マーリ・アルメイダの七つの月

シェハン・カルナティラカ

山北めぐみ＝訳

下

THE SEVEN MOONS OF MAALI ALMEIDA

Shehan Karunatilaka

河出書房新社

マーリ・アルメイダの七つの月　下

目次

登場人物・組織紹介

マーリンダ・アルメイダ・カバラナ（マーリ） 戦場カメラマン
ディラン・ダルメンドラン（DD） マーリの恋人。タミル人
ジャクリーン・ヴァイラヴァナタン（ジャキ） マーリの親友。DDの従姉妹
スタンリー・ダルメンドラン DDの父。青年問題省大臣
ラーニー・スリダラン博士 死者を誘導する「ヘルパー」
セーナ・パティラナ 生前JVPの革命家だった若者の霊
カシム 警視。マーリの行方を追う
ランチャゴダ 警視補。カシムの部下
バラル・アジット 死体処理人
コットゥ・ニハル 死体処理人
ドライバーマッリ 死体運搬車の運転手
シリル・ウィジェラトネ 司法大臣
ラージャ・ウドゥガンポラ 政府軍少佐
エルザ・マータンギ 慈善団体CNTRを運営するタミル人
エマニュエル・クガラージャ（クガ） CNTR理事長
ジョニー・ギルフーリー 英国高等弁務官事務所勤務。英国人
ロバート（ボブ）・サドワース AP通信記者。英国人
ゴパラスワミ大佐（マハティヤ） LTTE幹部
プラバカラン（スープレモ） LTTE最高指導者
クロウマン 盲目のまじない師
ヴィラン フジコダック・ショップ店員
クララン夕・デ・メル 〈ライオネル・ウェント・ギャラリー〉キュレーター

LTTE 〈タミル・イーラム解放の虎〉。タミル人国家の樹立をめざす武装組織
JVP 〈人民解放戦線〉。資本主義国家の打倒をめざす組織
UNP 〈統一国民党〉。スリランカの政権を握る与党
STF 〈特別機動部隊〉。政府の武力行使実働部隊
CNTR（センター） 内戦の犠牲者のための慈善団体

マーリ・アルメイダの七つの月　下

第三の月（承前）

赤いバンダナ

ジョニーはよく赤いバンダナのアイデアを思いついたのは自分だと自慢していた。とある大使館のカクテルパーティーで赤十字のゲルタ・ミュラーにそのアイデアを話したところ、彼女はドイツ人らしい有能さを発揮して、その月のうちに赤いバンダナを何箱も用意したのだった。それは非戦闘員を守る白旗、戦場内の攻撃禁止区域、神話に出てくるヒナラジャタイラジャみたいな石や矢を避ける魔除けになるはずだった。それが赤い布で、戦闘地域で銃を振り回す者の大半が雄牛であることを誰もが見過ごしていたようだ。

おまえはそのバンダナをけっこう気に入っていた。サファリジャケットや首のチェーンとの相性は悪くなかったし、あれはまだＪＶＰのやつらがクメールルージュのファッションを参考にしだす前だったから。

「いいアイデアだったんだがな」ずっとあとになってジョニーはぼやいた。「あいにくおまえの国の野蛮人《ヤコ》どもには価値がわからなかったようだ」

「そんなにここの人間を毛嫌いするなら、どうしてこの国に二十年も住んでるんだよ?」おまえはやつに訊いてみたことがある。

「目の見えない者の国の諺、知ってるか?」

「植民地時代にあんたのじいさんが言ってそうなことだな」

「おれはニューカッスル・アポン・タインに二十五年暮らした」ジョニーは言った。「そこのやつらのことも毛嫌いしている。だから、この国に限った話じゃないんだよ、お若いの。人間なんてみんなクズさ」

「白人《スッダ》どもは勝手にやってきて、勝手に他人のものを売り、稼ぐだけ稼いだら、とっとと逃げたんだ」

「いつまで《ハウ・ロング》？　いつまでその歌を歌うつもりだ《ハウ・ロング・ウィル・ゼイ・シング・ディス・ソング》？（U2の曲「Sunday Bloody Sunday」の替え歌）」調子っぱずれにジョニーが歌った。

ジョニーとおまえが仕事上の関係を超えたことは一度もない。とは言え、白状すると、このやりとりが交わされたとき、おまえはパンツ一枚で彼の邸《やしき》のジャグジーに浸かっていた。ガタイのいい褐色の肌の若造に二人仲良く撫で回されていたんだ。ラトネとデュミンダはどちらも二十代、ボルゴダにあるジョニーの別荘で表向きは石工として働いていた。なんの因果か、大画面のテレビにはクリケットの試合が映し出されていた。

「なんでこんなクソみたいなもん、観せられなきゃいけないわけ？」

ジョニーはイギリス高等弁務官事務所で文化全般を担当し、何枚ものパイに指を突っ込んでいた（さまざまなことに関わるという意味の慣用句）が、目下そのうちの三本はデュミンダの口に含まれていた。スリランカに暮らして十年超、あちこちに豪邸をおっ建ててきた彼は今、お稚児さんの相手をするのに忙しく、おまえの質問にはなかなか答えてくれなかった。「すまんな、色男。おまえさんはクリケットが好きじゃなかったな。だからって、おれのバスタブに屁をこかないでくれよ」

おまえはＤＤの上司といちゃついたことがあるし、やつの従兄弟と関係を持ったことがある。やつのサッカー仲間にフェラをしてもらったこともあれば、やつとのデート中にトイレでウェイターと一発やったこともある。だが、ジョニー・ギルフーリーとことをいたすなどという考えは一度だって起こしたことはなかった。

「あんたに紹介された仕事。例の仲介業務。あれって依頼主はＡＰ通信じゃないよな？」

「小切手にサインするのが誰かなんて、どうして気にかける必要がある？」

「マギー・サッチャーがこの国の愚かな内戦のことを気にかけるのと同じ理由さ」

ここでジョニーがデュミンダにくわえさせてもらった手巻き煙草《ビーディ》を一服。デュミンダはジョニーが吐いた煙を吸い込んで、それを彼の耳に吹きかけた。

「そんな馬鹿げた考え、誰に吹き込まれた？　金に困って減らず口を叩くと、ろくなことにならんぞ、お若いの。でもまあ、おれとおまえの仲だ、本当のことを教えてやろう。おれたちがこの国に来た目的、それは民主主義と自由と人権を促進するためなのさ」

おまえたちはドラァグクイーンみたいに大笑いして、若造二人もいっしょになって笑ったが、彼らにはこのジョークは聞こえていなかった。おまえはラトネにもう一本ビールを取ってくれと頼み、ただし彼が泡立つ湯の中でもう片方の手でやっていることはやめないように、と言い添えた。それから、ジョニーのほうを見てかぶりを振った。

「まさに同じことをアメリカはパナマとニカラグアとチリでやろうとしてるってわけだ」

「その三国にもかつてわが国はちょっかいを出したがな。女王陛下の公式見解は以下のとおり。ブリタニアは世界を支配することに疲れました。ただ眺めているほうがなんぼかマシです」

「テレビ伝道師のジミー・スワガート（当時は買春スキャンダルの渦中にあり、罪を認める涙のスピーチが話題を呼んだ）じゃあるまいし」

「われわれは正しい側を選ぶ。正しいチームを応援する。たいていの場合、それで間違いはない。常に正しいやつなんていないからな」

「スローガンになりそうだな。『新たなるブリタニア。マルビナスからモルディブまで。たいてい正しい』」

そこでいっとき間《ま》が空いたが、それは二人ともお付きの者に気を取られて、会話どころじゃなくなったからだ。若造二人が昼食の準備のために去ると、おまえは熱い湯にゆったりと身を沈め、クリケットを眺めるジョニーを眺めた。

「何か問題でも、お若いの？」

「危険な目に遭うのは好きじゃない。もっとギャラを弾んでもらわないと」

「たしかにな」ジョニーは言った。「こっちも頼んではみたんだよ。だが、却下された。おまえのその軽くてデカい口のせいでな」

「は？」

「APの仲介役だけやっときゃよかったんだ。行きたいと言われた場所に記者たちを連れて行く。インタビューをお膳立てして、やつらが殺されないように気をつける。誰もおまえに写真を撮れとは頼んでいない。自分は女王陛下のスパイだなどとうそぶけともな」

「はあ？」

「恋人にしゃべっただろ？　そいつが自分のパパにしゃべって、パパが自分のボスにしゃべった。で、そのボスからおれのボスに呼び出しの電話がかかってきたんだよ」

「ボブ・サドワースって、ほんとに記者なの？」

「おれはそれを言う立場にない。それはおまえも同じだ」

「イギリス人は大口の武器売買契約を中国人に奪われたところだ。スリランカ政府にも選ぶ権利はあるってわけだな。ご愁傷様」

「おれの勤め先は諜報機関だ。武器には関与していない」

「売れ残った大量の武器の行き先は？」

「これでも昔はヒッピーだったんだぞ。誰が何と言おうが、おれは平和主義者だ」

若造二人がバスローブと昼食の準備ができたという知らせとともに戻ってきた。デュミンダはラトネよりいい一物を持っていて、その下着の膨らみたるや、小さな男の子かはたまた大きな女の子かと見紛うばかりだった。ジョニーはローブを羽織ると、その膨らみをむんずとつかみ、デュミンダはよく稽古された笑みでそれに応えた。

「政治的な発言を慎むことができるなら、昇給を考えてやってもいいぞ」ジョニーは言った。

・・

スリランカ政府が戦地に派遣されたすべての記者に課した規則に、テロリストと寝食を共にしてはならない、というのがあった。ただし、これはAP通信の公式方針ではなかったし、戦時のどさくさに紛れて記者や仲介役の裁量に任されるようになっていた。

ジョニーはおまえに数多くの記者を紹介したが、彼らの望みはみな同じだった。死体を見ることはできるか？　リーダーにインタビューできるか？　前者は可能だったが、後者は絶対に不可能だった。どんな戦闘部隊とも一杯の紅茶を分け合わずして関係を築くことはできない、とおまえは記者たちに説明した。最高指導者《スープレモ》と話をするのはエルヴィスの独占取材並みに難しいことなのだ、と。

それは八七年初頭、おまえが仲介役の仕事を請けはじめたばかりの頃のこと。相手の記者はアンディ・マクゴーワン、『ニューズウィーク』に特派員として勤務する、失恋したての陽気な若者だった。ジョニーは多額の前払い金を払ってくれ、おまえはそれを〈ペガサス〉で首尾よく倍にしたが、その後、他の従軍記者たちとポーカーをして、みごと四分の一にまで減らしてしまった。

少年兵を探してワウニヤを訪ねるのはそれが二度目だった。十代の少年たちが決死隊の訓練を受けているとか、孤児たちがT56エンジン搭載機の操縦法を教え込まれているとかいった噂を聞きつけ、おまえはアンディを連れて北部じゅうを探し回ったが、どっちの証拠もつかめずにいた。

そんなおり、ワウニヤの宿舎で、烈火のごとく怒るAP通信特派員ロバート・サドワースに出会った。ヴァンニのジャングルを探検したいとリクエストしたところ、仲介役が彼を置いて逃げ出したというのだ。当時の指揮官で、のちに特別機動部隊《STF》隊長となるラージャ・ウドゥガンポラ少佐は、敵陣内にいる記者まで軍が保護するわけにはいかない、と突っぱねていた。少佐はおまえのかつてのボスだったが、袂《たもと》を分かった経緯を思えば、特別扱いなど望めそうになかった。

むさくるしいキワモノ記者だったアンディと違って、サドワースは常に身なりがパリッとしていた。戦場にいるときでさえ、デザイナーブランドの迷彩服にオーダーメイドのスラックスを着こなしていた。彼はそのカリスマ性を武器にアンディを手なずけた。「こんなことは言いたくはないのだがね、少年兵のネタ、あれはうまくいくはずがない。アッカライパットゥにそれらしき動きがあるにはあるが、〈虎〉は撮影もインタビューも許しちゃくれないだろう。子どものいる家族が口を割るとも思えないしな」

サドワースはおまえたち二人を借り物のジープのそばまで引っ張って行くと、声を潜めてこう告げた。「実は他にいいネタがあるんだ。おれたちが力を合わせりゃ、特ダネを物にできるぞ」ボブ・サドワースの言う「力」には、シドという名のボディガードも含まれていた。この男はスコットランド人で、たぶん英語をしゃべっているはずなのだが、その口から出る言葉はおまえにはまるで理解不能だった。傭兵派遣の〈KMサービス〉なる民間警備会社から送られてきたシドは戦車と見紛う大男で、迷彩服に長靴を身に着け、ウージーの短機関銃を携えていた。

サドワースが言うには、LTTEによって民間人が強制的に戦闘訓練を受けさせられている村があるんだとか。政府軍はその場所を把握してはいるものの、戦力を投入する準備がまだ整っていなかった。そんな場所に入れっこない、おまえはそう思ったし、実際にそう言ったのだが、サドワースはボディガードを雇えるほどの潤沢な予算からおまえの分の報酬も気前よく支払う用意があることを明かした。

やるやらないのやりとりを何度も経て、結局おまえは彼らをそこへ車で引率することに同意したのだが、ナンブクラムからオマンタイの検問所まで、いともたやすく通過できることに驚いた。村に到着したときに、その理由が明らかになった。

年老いた男もいれば、若い女もいた。おじさん、おばあちゃん、農民、牛飼い、学校の先生、誰もがライフルに弾を込めては、標的めがけて発射していた。彼らの指揮に当たるのはゴパラスワミ大佐、またの名をマハティヤ。〈虎〉の設立メンバーにして、スープレモと同じ村の出身者、指揮系統内でも上昇株の人物だ。口ひげを蓄えた長身の大佐はスープレモからさらにぜい肉をそぎ落とし、さらに飢えさせたような風貌をしていた。その彼がサドワースとマクゴーワンのインタビューに応じ、村人たちの撮影にゴーサインを出したのだ。

村人たちは誰ひとりとして強制的に何かをさせられていることを認めなかったし、無理やりそう言わされているようにも見えなかった。「ぼくらからすれば、怖いのは彼らより政府軍のほうだ。政府軍がぼくらの村を燃やしたんだ」学校を出たばかりのようだが、少年兵と呼ぶには歳をくいすぎている若者が言った。「この訓練はそうした脅威から身を守るためのものなんだ」

ラージャ少佐側からしたら、LTTEによる民間人抑圧の見本のような話だった。ところが、〈虎〉はこれを民衆の力を知らしめる物語に仕立てようとしていた。この戦争に終わりなどない。銃を撃ちまくる村人たちを眺めながら、おまえは思った。写真は自由に撮っていいと言われたが、「絶対に大佐を撮るな」と釘を刺された。結局、おまえはそれをやってのけることになったのだが。

マクゴーワンとサドワース（その頃には、アンディ、ボブと呼ぶようになっていた）はおまえを「メキシコ以東で最高の仲介役」だとほめちぎり、巨額のボーナスを約束した。まさにそのとき、テニスのロブ並みに高く放り投げられた一発の手榴弾とともに政府軍が到着を告げた。銃弾が空気を切り裂き、木々をなぎ倒し、地面に穴を穿《うが》った。おまえとボブとアンディは泡を食って、茶の木によく似た、だが、茶の木であるはずはない樹木の茂みに逃げ込むと、その根元の岩陰に身を寄せ合ってうずくまった。ボディガードのシドがウージーを構えたが、たちまち利き腕に弾を浴びた。シドは銃が砂塵の中へ落下するのを見届けると、おそらくスコットランドの言葉で悪態をついてから気絶した。

それは爆竹のようだとよく言われるが、その表現は部分的にしか合っていない。爆竹は爆竹でも、鼓膜のすぐそばに構えられた拡声器を通して響きわたる爆竹なのだ。マクゴーワンはめそめそ泣きだし、サドワースは馬鹿のひとつ覚えみたいに同じ罵り言葉を唱え続け、おまえの周りでは砂埃がポンポン弾けまくって、まるで目に見えない雨が地面に叩きつけているみたいだった。やがて、辺りは煙と怒号と悲鳴に包まれた。おまえたち三人は貧弱な茂みの陰の平べったい岩の裏っかわに身を寄せ合って、信じてもいない神々に祈りを捧げた。

それから、おまえはやるべきことをやった。赤いバンダナをその辺にあった枝にくくりつけ、茂みにぶすりと突き立てた。すると、それは血《ち》まみれの休戦旗みたいに空高くぱたぱたと翻った。四十五分間に及ぶやかましくて果てしない銃撃戦の間、弾丸は一発たりともおまえのほうに飛んでくることはなかったんだ。

・・

銃声が止み、スリランカ軍が野営地に行進してきたときには、村人たちは逃げるか死ぬかしていた。ボブとアンディが気絶したシドの重たい体を運ぶそばで、おまえは社会主義者のマーチングバンドのリーダーよろしく枝にくくりつけた赤いバンダナを頭上に掲げた。それから両手を高く挙げてシンハラ語でこう叫んだ。「おれたちは記者だ！　怪我をした外国人がいる！」

おまえたち三人はおそるおそる霧の中へ足を踏み出した。また銃弾が飛んできたら、逃げ出す準備はできていた。おまえたちを出迎えたのは医療従事者だったが、手当てをしてもらえたのは怪我人のみで、心的外傷を負っただけの者は尋問のために留め置かれた。一枚の赤いバンダナと二枚の取材許可証で身分確認が済むと、ロバートだけはさらなる尋問のためにココヤシの木立のそばの小屋に連れて行かれた。やつは抗議もせずに行ってしまった。戦場が彼を恐れ知らずの戦士に変えたのか、あるいは、口もきけないくらい怖気づいていたのか。このときのおまえにはどっちなのかわからなかった。なにしろ、あいつの固く結んだ唇はあらゆる感情を隠すことができるのだから。

その小屋の二人目の来訪者を目撃したのは、アンディとココヤシの木立を散歩していたときのことだ。それは頭に黒いずだ袋を被った囚人だった。小屋の戸が閉ざされたあと、一カ所だけ開いている窓を見つけたおまえは光と角度を正確に読んだ。それから、アンディの助けを借りて木を半ばまで登った。それだけの高さがあればじゅうぶんだった。カメラを構えようとしたとき、三人目の人物が小屋に入ってきた。それは見覚えのある顔で、おまえは必死に木の幹にへばりついて、そいつに気づかれないことを願った。

おまえの目が書類の載ったテーブルを見つけ、ズームレンズがそれを囲む三人の顔をとらえた。下座にはボブ・サドワース。その隣で頭巾を脱いだのは、汗まみれで打ちしおれたゴパラスワミ・「マハティヤ」大佐、〈虎〉の最大派閥のリーダーだ。そして、上座に陣取るのは、ついさっき村を壊滅させたばかりの政府軍指揮官。おまえのかつてのボス、ラージャ・ウドゥガンポラ少佐だった。

・・

あの遠征の後、ジョニーはおまえを〈アーツセンタークラブ〉へ飲みに連れ出すと、一通の封筒を手渡した。中には期待を上回る額の小切手と、オマンタイでのあの銃撃の最初のほうに撮られた写真が一枚入っていた。ジョニーは舞台上でアコースティックギターをつまびくやせっぽちの若者たちを横目で見ながら、テーブルの下でビールを注ぎ足した。当時〈アーツセンター〉は酒類販売権をめぐる法的トラブルを抱えており、顧客に自分の飲む分を持ち込ませ、一切の酒類を目に触れないようにすることで、法の抜け穴をかいくぐっていたのだ。

「ボブのやつ、感心してたぞ。アンディもな。おれの赤いバンダナもまんざらでもなかったようだな」

「こっちもあんたのお友だちのボブには相当感心したけどな」

「なあ、この辺でちょっとひと息入れるといい。旅行にでも行ってこいよ。カジノとも距離を置いてさ。で、疲れが取れた頃に、次の仕事の話をしようや」

「オマンタイの虐殺ではタミル人の民間人が七十人殺された。目の前で子どもたちが血を流すのを見たんだ。けど、そのかわり、おれはこの写真を撮った」

「デカい仕事を回してやるから。当然、報酬もデカいぞ。今度は血を流す子どもたちなんぞ見なくていい」

それはなんてことのない写真だった。写っているのはサリーをまとった女で、銃撃が始まってすぐ、大佐に逃げるよう促されている。女は茂みに潜むおまえに気づいたかのようにカメラのほうを向いている。シャッターを切った瞬間、女は慌ててサリーを頭に被せたが、顔を隠すには遅すぎた。その顔は渦巻く砂塵の中でさえ、はっとするほど美しかった。

「これがあのマハティヤ、ゴパラなんとか大佐か」ジョニーが言った。

「で、どうやらこっちはその愛人のようだな」

「つまり、こいつはスープレモが下したセックス禁止令に逆らっているわけか？　隅に置けねえな」

「それは政府軍が広めた噂だよ。当のスープレモだって、どうせ禁欲主義者なんかじゃない。すべては自爆テロ犯に恋人を作らせないための策略さ」

「それにしても、この写真には値打ちがある」

「ボブはなんつってた？」

「マハティヤとスープレモ・プラバカラン（本名ヴェルピライ・プラバカラン。一九五四―二〇〇九年。LTTEの最高指導者）はうまく行ってないんだろうとさ」

「ボブならその辺のことは知り尽くしているはずだ。大佐と長いことおしゃべりしてたからな」

「それは良かった。他に売る写真はないか？」

「あんたに売るのはないよ」

酒を隠すのに使っていたのは、『アイランド』の古新聞。おまえはその社会面で豚肉のチリトマト炒め《デビルドポーク》にたかるハエを追い払った。そこには和平協定の記事と並んで、インド軍がスリランカに投入する地上軍を倍に増やすかもしれないとの憶測が載っていた。

「情報部のおれの同僚も、おまえを仲介役にさせておくのはもったいないと考えている」ジョニーは言った。「おまえの前途は洋々だ。それをみすみす棒に振るな」

やつはバーで休憩中のバンドマンを未練がましく見つめていたが、たとえこの手の店であっても声をかけるのがご法度なのは承知していた。

「ボブは大佐とおしゃべりしたことをあんたに話さなかったのか？」

「ボブとは話をしていない」

「プロの嘘つきにしちゃ、あんたは嘘が下手だよな、ジョニー」

「それはそうと、ＪＶＰにこれ以上関わるのはやめておけよ。中産階級のコミュニスト気取りほど惨めなものはない」

ジョニーが話題を変えたら、話は終わったということだ。

「わからないわけじゃない。誰もが一度は通る道だからな。おれだってベトコンがヤンキーをやっつけたときには喝采を送ったし、インドネシアで同志たちが虐殺されたときには涙を流したさ。それに、資本主義はいずれおれたちみんなの首を絞める。でもな、お若いの、事実には向き合わないと。アカの命を誰よりも多く奪っているのはアカだ。スターリンや毛沢東やポル・ポト以上に精力的な殺し屋は神様だけさ」

「はいはい、ご高説痛み入ります」ぴっちりしたＴシャツを着たウェイターを横目で見ながら、おまえは言った。

「噂によると、ゴパラなんとかマハティヤ大佐は対抗派閥を立ち上げようとしているらしい。スープレモに反旗を翻すってわけだ。こりゃ、とんでもないことになるぞ、お若いの」

「大佐はプラバカランに喧嘩を売るほど馬鹿じゃないさ」

「どうやら政府の検閲官はあのＬＴＴＥ村の一件を報道禁止にしたようだ」ジョニーはそう言うと、おまえをひたと見据えた。

「ボブにとっては、好都合だ。記事も書かずに、記者を気取れる」

おまえはジョニーをにらみ返した。おまえたち二人が黙って見つめ合っているあいだに、バンドがまたしても予定にない休憩に入った。

「言いたいことでもあるのか、マーリ？」

「たとえば、おれがボブとあのやんちゃな大佐とラージャ・ウドゥガンポラ少佐が内緒でおしゃべりしている写真を持っているとしよう。それって、どれくらいの値がつくかな？」

ジョニーは眉をひそめ、それから首を横に振った。「そんな写真、おまえが持っているはずないさ、色男さん」

「どうしてわかる？」

「そんな写真を撮ったら、おまえは生きてはいられないからだ。そして、おまえは写真を撮ることより生きることを愛している」

「やつらはあのスコットランド人のシドを使っておれを捕まえようとするかな？　そうすりゃ傭兵にかけた予算も無駄にならない」

「わざわざ傭兵なんぞ使うまでもない。〈虎〉と政府軍が手榴弾を持っておまえを追いかけて来るさ。冗談でもそんな写真のことを口にするな、マーリ。まさか本当の話じゃないよな？」

「もちろんさ」おまえはそう言って小切手をポケットにしまった。「おれが死の淵から持ち帰ってきたのはあの赤いバンダナと、このやわなハートだけだ」

名前を呼んで

おまえは誰もが宇宙に訊きたがることを自分も訊いてみたいと思う。人はなぜ生まれ、なぜ死ぬのか？　そもそも、この世界が存在するのはなぜなのか？　それに対する宇宙の答えはこうだ。「知るか、くそったれ。余計なことを訊くな」死後の世界がややこしいのは死ぬ前と変わらず、〈はざま〉が気まぐれなのは〈下〉と同じ。要するに、人間は暗闇を怖れるがゆえにあれこれ物語をでっち上げているだけなのだ。

風がおまえの名前を運んでくる。おまえはそれを追いかけて、空気を、コンクリートを、鋼鉄をすり抜ける。緩やかな風に乗ってスレイブ・アイランドの裏通りを通り過ぎるとき、戸口という戸口からささやきが聞こえる。「アルメイダ……マーリンダ……」やがて、風は混み合うデヒワラの通りを吹き抜け、おまえはさらなる声を耳にする。「JVPの……活動家……アルメイダ……マーリが……行方不明……」

スレイブ・アイランドからデヒワラまではひとっ飛びで、ヘリコプターに乗るより速い。少なくとも、死はおまえをゴール・ロードの渋滞やパーラメント・ロードの乱暴なドライバーや通りごとにある検問所から解放してくれたわけだ。おまえはコロンボのさびれた通りをぶらぶら歩くぼんやり顔の人間たち、惜しまれながらこの世を去って、すぐに忘れ去られた者たちの、いずれ死すべき兄弟姉妹を飛び越えて進む。だが、おまえとて風に舞う一枚の葉、操ることも抗うこともできない力にもてあそばれ、飛ばされる身にすぎない。

スリランカの夢想家アーサー・C・クラークによれば、いま生きている人間ひとりひとりの背後には、三十人の幽霊が立っている。それが生者の死者に対する割合である（『2001年宇宙の旅―決定版―』伊藤典夫訳、早川書房より引用）という。おまえは辺りを見回して、かの偉人の弾き出した数字は控えめだったかもしれないと思う。目に見えるどの人間の背後にも、霊魂がうずくまっている。ある者の頭上には守護霊が浮かび上がり、食屍鬼《グール》や餓鬼《プレータ》や悪霊《デーモン》やラーフ（インド神話で、日食や月食を引き起こすとされる魔物）をせっせと追い払っている。ある者の行く手には、悪霊グループの主要メンバーが総出で立ちはだかって次々に邪念を吹き込んでいる。またある者の肩の上には悪魔がまたがり、怒りの素となる胆汁を耳に注ぎ込んでいる。

悪霊どもが跋扈《ばっこ》するこの島で人生の三十年余りを過ごしたアーサー卿は紛れもなくスリランカ人だ。オーストリアは世界に向かって、ヒットラーはドイツ人だがモーツァルトは自国民だと主張した。何世紀にもわたる武力侵略と略奪を経た今、ロンドン、アムステルダム、リスボンからやってきた海賊の皆々様には、せめてわれわれスリランカ人に慧眼《けいがん》のSF作家のひとりくらいお譲りいただけないものだろうか。

雨が稲妻を吐き、雷が放屁する。あの不慮の死からいくたび雨が降ったのか、もはやおまえにはわからなくなってしまった。これは気の早い雨季なのか、それとも、宇宙がおまえとそのあっけなく終わった人生のために涙を流してくれているのだろうか。今日の涙はインクの塊みたいに大粒で、怒れる雲から従順なる人々の頭上めがけて降り注いでいる。

・・

「行方不明者のリストを見た」レインコートを着たヨーロッパ人が連れに言う。

「知ってる名前はあったか？」ラミネート加工された紙にタイプ打ちされた文字を指でなぞりながら、同僚が尋ねる。

「マーリ・アルメイダ。リストにはJVP党員で活動家とある。あいつはそのどちらでもないがな」

レインコートを着た男はアンドリュー・マクゴーワン、戦争特派員にしておまえのかつての友人だ。その顔は濡れて赤くなっているが、それが雨のせいか涙のせいかは定かでない。

おまえは今、振り出しに戻ってベイラ湖の畔にいる。雨はやみ、寺院のそばには人だかりができている。ポーヤ（満月の日。スリランカでは国民の祝日）でもなければ、施しの日でもないのに珍しい。群衆の周りをバリケードよろしく包囲するのは、ライトブルーのレインコートを着た屈強のヨーロッパ人たちだ。一台のトラックが到着し、七人の警官が降り立つ。その中には、おまえの盟友、ランチャゴダ警視補とカシム警視の姿もあるが、しんがりを務めているところからして、混乱を収拾するより見物するために来たと見える。

　警官たちとレインコート姿のヨーロッパ人たちは、ケナガイタチと蛇のようににらみ合う。空がゴロゴロと鳴り、野次馬たちの間にもざわめきが走る。ようやく自分がどこにいるのかわかったおまえはきょろきょろと辺りを見回す。もうないはずの鼻腔を悪臭が突き刺す。長雨で川が氾濫し、ベイラ湖の堤防が決壊したのだ。湖を取り巻く道路には、しわくちゃのビニール袋やしなびた魚、腐った食べ物やふやけた紙が散乱している。誰もが呆気にとられた顔をしている。まさかこんなに汚い湖に魚が棲んでいるとは思わなかったよな？

　野次馬たちは割り込もうとする警官たちと、それを追い払おうとするヨーロッパ人たちの舌戦を見物中だ。だが、おまえの興味を引きつけるのは、野次馬たちが顔を背けているもののほう。水際には、さらに多くのレインコート姿のヨーロッパ人がいて、写真を撮ったり、カメラを構える者の頭上に傘を差しかけたりしている。彼らがベイラ湖畔で撮影しているもの、それは骨だ。濡れそぼった骨がビニールシートの上に並べられ、それぞれの骨の上には鑑識用の番号札が載っている。エースとジャックのフルハウスもあれば、ダイヤの9のハイストレートもある。誰の役にも立ちそうにない、五枚ばらばらの組み合わせも。

おまえの目の前で何枚ものカードがはためく。サマー・オブ・ラブの年に作られたボンド映画（一九六七年公開『００７／カジノ・ロワイヤル』）のオープニングみたいに、キングとクイーンとジャックが輪を描く。今度の吐き気は地核から噴き上がってくるかのようだ。足の裏から染み込んで、腹、さらには喉元までを泥土で満たす。気がつくと、カードは骨の上にある。背骨に肋骨、ばらばらの四肢。頭蓋骨はざっと数えて十五個あって、そのうちのひとつは、かつておまえの一部だったもの。おまえの体で唯一、冷凍庫に戻される前に沈んだ部位だ。

・・

「マーリンダから連絡は？」

「ない」

「国連の法医学調査チームがあの骨を引き取ると言い張っている」スタンリー・ダルメンドランが言う。

「どうして国連がここに？」ＤＤが尋ねる。

「会議のためにコロンボに来ているんだ」

「会議って？」

「愚にもつかないことさ。野党が仕組んだんだ。われわれに揺さぶりをかけるためにな」

「イカ、もっと頼んでいい？」

おまえがこの父子のお供で〈オッターズ・アクアティック・クラブ〉に呼ばれることはほとんどなかった。それはたぶん、他でもないおまえが議題となることが多かったからだろう。父親はこれを叱咤激励の機会ととらえ、息子のほうはタダ飯にありつくチャンスだと考えていた。マスタードポークをつつきながら、今日もスタンリーは息子に議会での出来事を話して聞かせる。ＣＮＴＲが作成した「行方不明者の母たち《マザーズ・オブ・ザ・ディサピアード》（Ｕ２に同名の曲がある。軍事政権下のアルゼンチンで息子を殺された女性たちを支援する団体〈五月広場の母たち〉に触発されたナンバー）」なるタイトルのビラが、野党スリランカ自由党に所属する人権活動家、Ｐ・Ｍ・ラージャパクサ（一九四五年生まれ。二〇〇〇年代以降、スリランカ大統領、首相を歴任する。Ｄ・Ａ・ラージャパクサの息子）によって、大々的に取り上げられたというのだ。「わが国の死体保管所は罪のない死者で溢れている」ベリアッタ選出の若き下院議員は訴えた。「せめて彼らの身元を確認し、その家族にいくばくかの心の平安を与えようではないか」

「一理あるよな」その美しい顔を悪魔《デビル》の名を持つコレステロールの塊でぱんぱんにしながら、ＤＤが言う。おまえにとって、ＤＤは史上最高の恋人ではなかったけれど、見目麗しさにかけては、断トツトップの十点満点《パーフェクト・テン》だった。と言っても、おまえが恋に落ちたのは顔でも体でもなく、人体で最大にして最重要の臓器、すなわち皮膚だ。ＤＤの肌は滑らかで黒くて傷ひとつなく、ニスを塗ったみたいに艶やかだった。ああ、できることなら今ここでその肌に鼻をこすりつけ指を這わせたい。そう思って、おまえは試してみるが、塩素と汗の臭いを微かに感じるだけだ。だが、それだって、今のおまえにはかけがえのないものだ。ＤＤが肩にタオルをかける。

「野党の立場からは、なんとでも言えるさ」と、親父さん。「試しにラージャパクサの若造に戦争の采配を任せて、どうなるか見てみるといい。ＪＶＰが息を吹き返しでもしたら、どうするつもりだ？」

「父さん《アッパ》、今は遺体の身元確認の話をしているところだろ」

「これは。異国の悪魔どもが。わが国の問題に口を出すのを許していいのかという問題なんだ」

「われらが大統領閣下だってインド軍を呼んだじゃないか。彼らは天使だとでも言うのか？」

「わたしはあれには反対票を投じた。ディラン、おまえも知っているはずだ。こら、爪を噛むのはやめなさい。まったく、いくつになったんだ、おまえは？」

国連の法医学調査チームはラージャパクサの招きで、行方不明者の記録と照合して遺体の身元確認をするノウハウを地元自治体に伝授するためにやってきたのだった。ちなみに、ＣＩＡがわが国の拷問人に拷問のノウハウを授けに来ているという噂もあるが、それはまたべつの話だ。国連チームは〈コロンボ・オベロイ〉に宿泊し、公僕たちを集めて会議中だった。その彼らがどうやって警察より先に骨の情報をつかんだのかは、秘密だらけのこの島にまたひとつ加わった解けない謎として語り継がれることだろう。

「彼らは歯科治療の記録と血液型の情報を求めている。この国の間抜けなキンマ嚙みどもが歯医者に通うとでも思っているのかね」

ＤＤはイカのチリトマト炒め《デビルドスクイッド》を頬張ったまま、辺りを見回す。

「言葉に気をつけたほうがいいよ、父さん《アッパ》。プールサイドにいるあの記者に聞こえたらおおごとだ」

スタンリーは首を伸ばして、ヤシ酒《アラック》を引っかけながら手帳に何やら書きつけているタオルを羽織った男を見る。

「とにかく時間と金の無駄だ」

「それがすべてじゃないだろ？」ＤＤがため息をつく。

スタンリーは皿から顔を上げ、息子の顔をまじまじと見る。

「そういう話し方はよさないか、ディラン。まるでマーリのようだ」

「マーリの話し方なんて知らないくせに。彼とちゃんと話したことなんてあった？」

「彼は才能のある男だ。どこかで無事でいてくれたらとは思うよ。だが、真実に向き合うことも必要だ」

「真実ならここにひとつある。一九八九年、グリーンピースによる調査で、ベイラ湖は世界で四十六番目に汚染された湖に位置づけられた」

「マーリは賢い青年だ。だが、賢すぎることが災いする場合もある」

「スリランカは独立以来、森林面積の二十パーセントを失ってきた。スリランカは過去十年間の自殺率が世界一高い。こうした真実は新聞の一面にもスポーツ欄にも載ることがない」

「逮捕でもされていたら心配だが。ＳＴＦに捕まったら最後、生きてはいられまい」

「その場合、死体はどこに？」

スタンリーがディランをじっと見つめる。

「頼むよ、アッパ。冗談はやめてくれ」

「シリル・ウィジェラトネ大臣から国連の法医学調査チームに連絡を取るように頼まれてな」

「なんのために？」

「調査に協力するため。連中が規則を遵守しているか確かめるためさ」

「スリランカに規則なんてあるのかよ？」

「もし彼が死んでいないとしたら、見つかりたくない事情があるのかもしれん」

「それならそれでいいって言うのか？」

「おまえが手を貸せないと言うのなら、ジャキに頼むさ」

DDのママがこの世を去って以来、このテーブルの三つ目の席が埋まることはめったになかった。ジャキはそこにおとなしく座って、プールで泳ぐ人たちやらウェイターやらを眺めていた。そして今、顔を上げ、スタンリーおじさんを見ると、栗色のハンドバッグから三つの物を取り出す。最初の二つは頓挫したアートプロジェクトのために額装されたレントゲン写真。残るひとつは木製のチャームがついたチェーンだ。「オッケー」と彼女は言って、それらをテーブルの上に置く。

スタンリーは息子を見て、ため息をつく。「ディラン。信じられないよ、母《アン》さん《マ》のチェーンをやつにくれてしまうなんて。彼女が二十年間身に着けていたものだぞ」

DDは顔を上げ、首を横に振る。「マーリは死んでなんかない」

「血が付いているじゃないか。おまえの血か？　それとも、やつのか？」

ヤーラでの血の誓いはDDのアイデアだった。ニューエイジ版兄弟の契りってやつだ。もっとも、彼の両親は同じことをヒンドゥー教の儀式の一環として執り行ったようだが。DDは前にもその話をしようとしたことがあったが、ジャキも親父さんもあまり面白がってはくれなかった。だから、自分からは二度としないと決めていたんだ。

「見つかった骨が彼のじゃないなら、そうだとわかったほうがいいでしょ」ジャキが言う。

「ああ、そうだとも」スタンリーが相槌を打つ。DDはおまえの血が付いた彼自身のチェーンを空の灰皿にぽとりと落とすと、憤然と更衣室に向かう。

・
・

死体保管所では、幽霊たちがテーブルの周りに集まって、何やらぶつくさ言っている。骨は細長いセロファンの上に並べられ、室内を冷やすために二台のエアコンが運び込まれたところだ。白衣を着た男が五人、前のめりになって銀色の器具で骨をつまみ上げている。政府の病理学者も三名同席しているが、その目的は専門家から技術を学ぶだけでなく、彼らを監視することにもあるのだろう。

おまえは高い天井からこれを見下ろしながら、壁のあちこちにハエみたいにへばりついた霊魂たちを観察する。カフィール人の奴隷たちは隅っこで身を寄せ合い、死んだ娼婦たちは自分の骨の上に浮かんでいる。脇腹に歯型のついた少年はずらりと並んだ銀色の器具を物欲しそうに眺め、ぺしゃんこの白い帽子を被った英国人紳士は角に座ってあくびをしている。おまえはあの学生二人組を見つける。彼らの瞳は紫色で、舌はだらりと垂れ下がっている。

「みんな、何を探してるの？」聞き覚えのある声があざ笑うように言う。セーナは黒いチュニックに黒いケープをまとっているが、その素材は今やゴミ袋ではない。「まともなお葬式をしてもらえるとでも思った？　死後も爵位は有効だとでも？」と言って、セーナは英国人紳士を見る。「あんたらみんな、焼却炉に放り込まれておしまいだよ」

「でも、今は放射性炭素で年代の測定も……」ジャフナ出身の工学部生が口を開く。

「それで何がわかる？　この子は五十年前にワニに食べられました、って？　ぼく、名前はなんて言うの？」

「ヴィンセント・サルガド」半ズボンを穿いた少年がおずおずと答える。

「ヴィンセント・サルガド君を記念して銅像でも建てられると思う？」セーナが鼻で笑う。それから、ふんぞり返って白衣の男たちの背後に歩いて行くと、彼らの尻に自分の尻をこすりつけて回る。ひとりまたひとりと、法医学者は白衣の下に手を突っ込み、尻をポリポリ掻きはじめる。

「マーリ卿！　どうしてここに？　やれやれ、ぼくの話を何も聞いてなかったの？」

どうしてここにいるのかも、何を探しているのかも、おまえには説明できない。ただここに引き寄せられて、そのまま立ち去れずにいるだけなのだ。

「ベイラ湖でカチコチに凍ったおまえの頭蓋骨が見つかったとしたら？」

「また放り込まれて終わりだよ」と、セーナ。「彼らが骨と記録を合致させられる確率は……」

「結合双生児が生まれる確率より低い。つまり、二十万分の一以下だ」

脳が最後まで手放そうとしない真実とは、『リーダーズ・ダイジェスト』仕込みの豆知識なのかもしれない。

「おれたち、ニュースに出ちゃったりしてな」死んだ船乗りのひとりが言う。

「ニュースなんてどこで観るのよ？」死んだ娼婦が尋ねる。

「ナヴァム・マワサのアパートの窓からのぞくのさ」水兵帽を整えながら船乗りが答える。「けっこう映りもいいんだぜ。いっしょに来るか？　ルパヴァヒニ・チャンネルで『マイ・フェア・レディ』も観られるぞ」

死んだ娼婦は微笑んで、首を横に振る。

「国連がスリランカ政府の法医学調査に協力、か」セーナが言う。「どうせ紙面の片隅のちっちゃな記事にしかならないだろうね。ベイラ湖で死体が見つかったなんて政府が認めると思う？　勝手に夢を見ていればいいさ、おバカさん」

おまえはふと、テーブル脇のライトボックスと、そこに貼られたレントゲン写真に目を留める。映っているのは、傷ついた二つの肺と、大臼歯の列に埋もれた三本の親知らず。レントゲン代より高くついた額から外されたそれらの写真は、長続きしなかった芸術家人生の記念に取っておいたもの。いっとき夢中になって、やっぱり最後までやり遂げられなかったことの証だ。

・・

「スリランカ放送協会から特報をお伝えします。身元不明の十五体の遺体の一部がベイラ湖岸に打ち上げられました。現在、国連の法医学調査チームがスリランカ政府の病理学者と協力し、白骨化した遺体の身元確認に当たっています。政府のスポークスマンは遺体が一九四八年以前のものであり、現在の政治情勢にはなんら影響はないと主張しています」

ジャキは未承認のニュースを勝手に伝えたとして初めての訓告を受ける。上司のミスター・ソム・ワルデナによれば、政府の大臣から彼のもとに電話があり、このような行為は今後一切許されないという「厳重な叱責」がSLBCに対して為されたそうだ。

国連の担当者が報告書を提出し、自治体の担当者がそれを担当大臣にリークし、その大臣が青年問題省大臣スタンリー・ダルメンドランと情報を共有し、ダルメンドランがその件を息子と話し、息子は回りまわって手元に届いた報告書を同居人に見せる。二人は午後じゅう泣いて過ごすが、やがて泣きやむ。その後の数日間、ジャキは目を皿のようにして新聞各紙に関連の記事を探すが、しびれを切らして解雇の原因となる行動を起こすことを決意する。

「十五の遺体のうち二体の身元が確認されました。一体はセーナ・パティラナ、人民解放戦線ガンパハ支部リーダーのもの、もう一体はマーリンダ・アルメイダ、コロンボを拠点とする戦争写真家のものだということです。両者とも政府の暗殺部隊に殺害されたと見られています。国連は今年に入って埋葬された身元不明の遺体は八百七十四体、捜索願が提出されたスリランカ市民は千五百八十四名にのぼるとしています。以上、スリランカ放送協会からの特報でした」

ジャキはこのニュースを顔色ひとつ変えずに伝え、おまえの名前を読み上げるときも、声が震えることはない。彼女はその場でクビになり、薄給の警備員たちの手でＳＬＢＣからつまみ出される。それから、スリーウィーラーを拾ってゴール・フェイス・コートに帰ると、自分の部屋のベッドに寝そべり、回転するシーリングファンを眺め、おまえのアドレス帳をぱらぱらめくりながら泣く。

「ありがとう、マイ・ダーリン」おまえはささやく。「さあ、次はキングとクイーンを探すんだ」

彼女にはおまえの声が聞こえない。陰気な音楽をかけると、ハッピーピルを二錠口に放り込む。

「ネガはキングとクイーンのもとにある。今しかないんだ《イッツ・ナウ・オア・ネヴァー》（「イッツ・ナウ・オア・ネヴァー」は、エルヴィス・プレスリーの曲のタイトル）。さあ、早く。おまえならきっと見つけられる」

おまえはささやく。叫ぶ。わめく。吠える。それでも、やっぱり彼女には聞こえない。

・・

「聞いたか？　マーリ・アルメイダが殺されたんだとさ」

「誰に？　政府にか？」

「ＬＴＴＥかもな。知らんけど」

「だが、なぜカメラマンを殺す？」

〈虎〉は自分たちを批判するやつは誰彼かまわず殺すんだ。タミル人の血が半分流れていれば、なおさらだ」

「やつはJVPだと思っていたが」

「誰に聞いた？」

「ま、ほんとのところはわからんがな」

記者クラブのジャーナリスト二人はおまえと仕事をしたことはあるが、知り合いと呼べる仲ではない。どっちも戦争特派員とは名ばかりで、コロンボのオフィスにこもって、政府のプレスリリースの提灯《ちょうちん》記事を書くのがその仕事。おまえはそいつらに唾を吐きかけるが、飛んでいった唾液は脂ぎった頭に着地する前に蒸発してしまう。風が再びおまえの名前を運んできて、おまえはその風にひょいとまたがる。三流記者どもとその真偽不明の情報にかかずり合っている暇はない。

「ひどい話だぜ。アルメイダがヘリコプターからベイラ湖に投げ捨てられたんだとさ」

「誰から聞いた？」

「義理の兄貴が軍にいるんだ」

「おまえの義理の兄貴もテキトーなやつだな。大統領がJVP党員ひとりのためにわざわざヘリを飛ばすわけないだろうが」

「やつはJVPじゃない。恐怖政治の証拠写真を撮ったんだ。それに、おれは大統領とは言ってない。この辺りで汚れ仕事をするやつと言ったら、決まってるだろ？」

「大学時代、マーリンダがハムレットを演《や》るのを見たな。ひどい大根役者だった」

「まあ、ともかくあいつは左寄りではあったんだろうな」

「くわばら、くわばら」

飲み屋で輪になってしゃべっている男たちに、おまえは一度も会ったことがない。やつらはおまえのことを何ひとつ知らないし、自分たちが話していることについては、もっとわかっていない。とは言え、おまえのハムレットがひどかったのは本当だ。おまえはべつの風に乗る。

話の種にされるより悪いことは、話の種にもされないことだけだ、と言ったのは、オスカー・ワイルドだ。投獄されたアイルランドの劇作家にとってはそうだったかもしれないが、東洋の死んだ仲介役に言わせれば、けっしてそんなことはない。夜の帳が下りても、聞こえてくるのは、舌の上で転がされては吐き出される自分の名前ばかり。そのしつこくやかましい響きがおまえを悩ませる。

インド高等弁務官事務所でも、おまえはときの人だ。大使は調査分析局《RAW》の緊急会議（またの名をインド人スパイ大集合）を招集し、おまえを雇ったことがある者はいないか確かめる。I・E・クガラージャをのぞく全員が首を横に振り、会議はお開きとなる。

あちこちのカジノでは、ギャンブラーたちが無駄話に花を咲かせている。〈ペガサス〉では、六階のバルコニーにも金網のフェンスが張られ、非常階段でおまえを撫で回したバーテンダーは事前通告なしにクビになる。〈ホテル・レオ〉の幽霊たちは相変わらずおまえには興味を示さず、世界も彼らには無関心だ。

おまえは有名になりたいと思ったことが一度もない。父は不在、母は息子に無関心だったにもかかわらず、思春期にありがちな妄想で自分を慰めることはしなかった。人気者になろうとしたことも一度もないが、戦地であの赤いバンダナをつけるたび、おまえはたちまち人気者になった。友だちなんて作るつもりはなかったのに、気づけば、誰とでも友だちになっていた。もしもこの知らせが北や東にも届き、誰かがおまえの名前を口にしたなら、向こうまで飛んでいけたりするのだろうか、とおまえは思う。死後の世界では、行動範囲が限定されているようだが。

「母親に伝えるより先に。ラジオでしゃべるとは。どういうことだ?」頭に血が上っているせいか、DDは親父さんと同じ口調になっている。

「アドレス帳のハートのジャックのページには、名前が九つ書かれていた。誰の番号にかけても、間違い電話だって言われたの。マーリンダの名前を出しただけで口汚く罵りだす人もいたんだよ」

「今から彼のお母さんに知らせに行こう」

「あの母子、いがみ合ってたじゃん」

「遺体を引き取るのは難しいだろうな」

「ほんの一部しか残ってないって聞いたよ」

ジャキが唇を噛み、嗚咽《おえつ》を洩らす。

「お別れの会を開こう。それから、調査を要求するんだ。全部ちゃんとやろう、な」絶対に取りかかりそうにないことを並べ立てるときのDDほどセクシーなものはない。

「クラブのキングの番号にもう一度かけてみたんだ。最初は誰も出なかった。けど、しばらくしてしわがれ声の男が出て、訊かれたの。おまえは特別機動部隊《スペシャルタスクフォース》か、って」

「STF? CIAでもKGBでもなく? おまえ、自分のやってることがわかってるのか?」

「わたしはマーリの頭蓋骨がベイラ湖にたどり着いた経緯を知りたいだけ。他に気にする人がいないみたいだから」

・・

あの娘は火遊びをしているんだ、それが綿菓子だと思い込んで。二人がおまえのおふくろさん《アンマ》の家に到着すると、母上殿はソファの上にぐったりと手足を投げ出している。長いシフトを終えて、三杯目の紅茶を飲み干したところなのだ。その知らせが伝えられると、彼女の手が震えだす。

「人生なんてそんなもの」彼女は言う。「こうなることはわかってたの。馬鹿な子だよ。絶対に聞く耳を持ちゃしなかったんだから」

「オッケー」ジャキが言う。

「そんなこと言わないで、おばさん」DDは喉仏の下のボーンカービングを指でもてあそんでいる。「彼は殺されたんだ。詳しいことは父さん《アッパ》が調べているから」

「なんのために？」空っぽのカップをにらみながら、アンマが言う。「犯人なんて捕まりっこない。あの子が戻ってくるわけでもなし」

「遺体が本当に彼のものか確認する必要があるんだ」

「あの子は物心がつくとすぐ嘘を覚えた。使用人のことで他愛もない嘘をついてみたり。お金が欲しくなると、『母さん《アンマ》はケチだって父さん《ダダ》が言ってるよ』なんて言って来たりしてさ。あれは八歳のときだった」

アンマは二人にお茶を勧めないが、これは彼女らしからぬことだった。いつもならケトルを火にかけてくると言って聞かない。気に食わない客に対しては、なおさらだ。彼女は自分のお茶をごくりと飲むと、二人に微笑んでみせる。

「あの子と親しくしていたのは、あなたたちのうちのどちら?」

ジャキとDDは顔を見合わせせる。

「彼女です」と、DD。

「わたしじゃない」と、ジャキ。

「あの子はあなたたちに話した? 自殺しようとしたことがある、って」ラクシュミー・アルメイダはそう言って、片方の眉をつり上げる。おまえが彼女にダルリーンおばさんのことを話したときもそうしたように。

おまえの恋人とおまえの友だちがもう一度顔を見合わせ、また背ける。

「あの子の父親が家を出たとき、あの子はあたしを責めた。あの子がやめた習い事は全部バーティが通わせたもの。フェンシング、バドミントン、カブスカウト、ラグビー。なのに、気に入らないことがあると、全部あたしのせいにした。朝食を食べながら、こう言ったこともある。『母《アンミ》さん、ビートルズが解散したら、おれは自殺する』」

「ビートルズ?」DDが訊き返す。

「ストーンズのほうが好きだと思ってた」ジャキが言う。

「冗談のつもりなんだよ。『七一年の暴動が失敗したら、自殺する』だの、『〈リバティ〉がジェリー・ルイスの映画をあと一本でもかけたら、自殺する』だの。あの子はいつも人の気を引こうとしてた。隙あらばあたしを傷つけようとしてたんだ」

「そんなことないって、おばさん。マーリはあなたを愛していた」DDはひどい大根役者だ。嘘ひとつ満足につけやしない。

「あたしの睡眠薬を飲んだんだ。でも、やりおおすには量が足りなかった。あたしをやつれさせるにはじゅうぶんな量だったけどね。まったく、世話が焼ける子だよ」

「ショックを受けているのはぼくたちも同じです、ラッキーおばさん。今そんな話をしてもしかたがない」

「どうしてそんなことをしたのか、彼に訊かなかったの？」そう訊くと、ジャキはティーポットとその脇に重ねられた未使用のカップをじっと見つめる。

「理由ならわかってる。父親に捨てられたから。父親が自分たちのことを忘れてしまったから。あの子のそばにはあたししかいなかった。だから、あたしに八つ当たりしたんだ」

おまえはティーポットを振り上げてアンマの頭で叩き割り、ギザギザの破片を彼女の喉元に突きつけて嘘を撤回するよう迫る。それから、その妄想からはっと目覚め、手つかずのティーポットとアンマの無傷の首を見て、これからは他人が勝手におまえの物語を語り、それに対しておまえにできることは何もないという忌まわしい事実に気づいてしまう。たまらず壁に体当たりするも跳ね返されて、おまえは吠える。

「あの子、あたしの話をしてた？　ひどい母親だったって？」

「ううん、それほどは」ジャキが嘘をつき、勝手にカップに紅茶を注ぐ。

「新しいお茶を淹《い》れてきましょうね」と言って、アンマが立ち上がる。

「あなたが紅茶にジンを入れるって話なら聞いたけど」ジャキが紅茶をひと口すすって、顔をしかめる。「でっちあげだと思ってた。でも、そうじゃなかったみたい」

DDは両手で顔を覆っている。すすり泣いているのか居眠りしているのかは定かではない。ようやく立ち上がったときも、視線は床に落としたままだ。「おばさん、今日はこれで失礼します。だいじょうぶですか？　葬儀の手配ならぼくにもできますよ」

「埋葬するものなんてろくにないって聞いたけど」と言って、アンマがまた片方の眉をつり上げる。

「死んだら死体は献体したいって言ってた」そう言って、ジャキが紅茶を飲み干し、めったに見せない笑みを浮かべる。「それがあの人の願いだったの」

ああジャキ、可愛いジャキ、とおまえは思う。たったひとり覚えていてくれた友。

「火葬にするのが一番だと思うよ。あの子は信心深いほうじゃなかったけどね」アンマが言う。

墓をせがんだ覚えなどない。おまえはアンマに、生まれてこのかた降った雨は全部あんたのせいだ、と毒づいてみる。アンマは知らなかったんだ。おまえが睡眠薬を飲んだのは、自分は男の子が好きで、それはアンマにもダダにも誰にもどうしようもないんだと悟った日だったことを。すべてがあんたとあんたのクソみたいな結婚生活のせいだったわけじゃないんだ、親愛なる母よ。

彼らは玄関口で義務的な会話を交わす。

「あの子がヴァンニに三カ月ほど出かけたことがあったでしょ。覚えてる、ディラン？」

DDがうなずく。

「あの子に言われたんだよ。母さんを愛したことなど一度もない、全部母さんのせいだ、って」

DDがおまえの母親をハグする。ジャキは黙ってうなずく。

「彼には心にもないひどいことをつい言ってしまう癖があったから」

「あら、あれは本心だったわ」アンマが言う。

玄関の戸を閉めると、アンマはカウチまですたすた歩いて行って、カマラとオマスがそばにいないことを確かめる。それから、窓の外をじっと見つめて、目から涙が溢れるに任せる。最初は一滴だった涙がはらはらと頬を伝い、やがて噴水みたいに流れだす。おまえの前で、いや、誰の前でも、絶対に泣かなかったアンマが泣きじゃくっている。

アンマの前に姿を現すことができたらいいのに、とおまえは思う。そのせいでばつの悪い思いをさせたってかまわない。アンマに教えてやるんだ、飛行機事故に遭って生き残る確率とSTFに拉致されて生き残る確率はまったく同じ、三十八パーセントだって。でも、じきに考え直す。いくら遅くなっても、たとえそれがおまえの不慮の死から数日たったあとだとしても、やらないよりはましだ。そう思って、おまえはアンマに好きなだけ泣かせてやることにする。

・・

この〈はざま〉なる場所のことをおまえはほとんどわかっていないが、風を乗りこなす術なら、それなりに身につけた。すべての霊魂がその方法を知っているわけではない。その証拠に、おまえはこれまであちこちで、煤けた部屋に閉じ込められ、想像上の壁にガンガン頭を打ちつける霊魂たちの姿を見てきた。

正しい風をつかまえれば、いろいろな場所に飛んでいける。とは言え、真に行くべきところへ運んでもらえることはめったにない。

「マーリの話、聞いたか？」

風が混み合うバスだとすれば、自分の名前が聞こえるたびにおまえが乗るのは、目的地まで瞬間移動できるトゥクトゥクだ。ある種の転送装置とも言えるが、『スタートレック』や『ブレイクス

7』に出てくるのとはまるで違う。ついさっきまで木の上で風を待っていたかと思うと、次の瞬間には高等弁務官事務所の娯楽室にいて、そこではジョニー・ギルフーリーが巨大スクリーンでクリケットを観戦中だったりする。

「やつは姿を現したのか？」

「そうとも言えるな。ベイラ湖で頭と骨の一部が発見された」

「ジーザス」

ジョニーはレンガみたいな装置に向かってしゃべっている。電話の最新進化形なんだろうが、放射線をまき散らす巨大な石の塊を好きこのんでポケットに入れて持ち運ぶやつがいるとは思えない。室内には、他に見覚えのある老いぼれが二人。言い争っているようだが、その中身までは聞き取れない。

「わかっている。恐ろしいことだ。われわれもショックを受けている」

ジョニーが太腿に刻まれた自分のしっぽに食らいつく蛇のタトゥーをぽりぽりと掻く。おまえはやつが耳に当てた装置に近づく。受話器の向こうから聞こえるきびきびとした早口は、長年戦地で仲介役を怒鳴りつけることで磨かれたものだ。

「なあ、ジョニー。まさかおれたちとは関係ないよな？」

「馬鹿を言うな、ボブ。ただ、用心はしておけ。休暇を取るのがいいかもしれん」

「それって、おれも狙われてるってことか？」

「大佐と少佐とのおしゃべりの現場を誰かに見られたってことは？」

「むろん、それはない」

「他の記者にもか？」

「アンディ・マクゴーワン？　まさか」

その声の主はロバート・サドワース。オマンタイの射撃練習場の隅っこの茂みに並んで寝そべり、四十五分間を過ごした相棒。村の乙女たちをこよなく愛し、一年前にこの島に着任して以来、いまだ一本の記事も本社に送信したことがないAP通信特派員だ。

「いや、ボブ。おれが言ってるのはそいつじゃない」

「マーリが標的にされたって言うのか？　いったい誰に？」

その瞬間、スリーウィーラーが駆けつけるが、それを操縦するのはエンタープライズ号のスコッティでも、リベレーター号のヴィラでもない。気がつくと、おまえはホテルの一室にいて、浅黒い肌の娘がシーツにくるまり、いびきをかいている。タオルを巻いたボブ・サドワースの髪は乱れ、二日酔いとおぼしき顔をしている。

「とにかく用心しろ、ボブ。それだけだ」

「それは脅しか、ジョニー？」

「そっちの商売のことでこっちの商売の邪魔をするなと言ってるんだ」

「おれの商売はジャーナリズムだ。なんだよ、そっちの商売ってのは？」

この部屋がどこにあるのかはわからないが、少し離れた窓から見えるあの赤い塔は〈ホテル・レオ〉だ。サドワースはブリストルを吹かしながら、ライオンのラガービールをちびちび飲んでいる。受話器の向こうから聞こえるのは、ジョニーのアジアナイズされたタイン川流域訛り、その後ろでは、老いぼれ二人がピーチクパーチク言い争っている。

「ボブ、おれはガキじゃない。イスラエル人と飯を食ったこともあれば、〈虎〉に知り合いだっている。そのおれの推測では、おまえは銃の密輸入の記事を書くためにここにいるんじゃない」

「何か言ってやることはできなかったのか、ジョニー？　マーリは仲間だったじゃないか」

「そうじゃなかったとは言わないさ」

「おれは商売するためにここにいる。それだけだ」

「おまえはジャーナリストだと思っていたがな」

カチリと音がして電話が切れると、ロバート・サドワースはテーブルの上のビールとシーツの中の女を見下ろし、そのどちらにも触れずにおくことにする。

・・

その羽目板張りのオフィスの壁を飾るのは、忠誠心厚き統一国民党《UNP》党員たちの写真。DS（ドン・スティーヴン・セーナーナーヤカ。一八八四―一九五二年。セイロン（現スリランカ）の初代首相）、ダッドリー（ダッドリー・シェルトン・セーナーナーヤカ。一九一一―一九七三年。DSの長男でセイロンの第二・六・八代首相）、サー・ジョン（サー・ジョン・ライオネル・コタラーワラ。一八九七―一九八〇年。セイロンの第三代首相）、JR。この楽園を栄光に導く想像力もなければ慈悲心もなかった特権階級のクソ野郎どものヴィンテージ・コレクションだ。おまえは悪臭よろしくぐるりと部屋を一周すると、マホガニー材のテーブルの上に腰を据える。そこにいる二人をぶんなぐりたいのはやまやまだが、彼らには聞こえない悪態をつくだけに留めておく。テーブルの上には複数のファイルと封筒、それに靴箱がひとつ。この部屋で息をしている者の中に、その持ち主はいない。

「用件はマーリンダ・アルメイダのことだと思っていたが」

「CNTRが所有すべき写真のことで参りました」エルザ・マータンギが告げる。

「写真なら見た。いいか、あんたは牢屋にぶち込まれていてもおかしくはないんだぞ」

「わたくしどもの写真だけいただければいいのです、サー。残りはどうぞお手元に」

「なんとまあ寛大なことだ。あの写真を公にするつもりなのかね？」

「わたくしどもはジャーナリストではありません」

「あれはたしか八三年の写真だったな？」

「それ以外に何があるというのです？」

通説では、八三年の暴動はボレッラ墓地で始まったとされている。その日、墓地では、北部で〈虎〉に殺された十三人の兵士の葬儀が営まれていた。その十三という不吉な数字は、以後脈々と流れ続ける死体の川に比べれば、ちっぽけな数にも思われるが、その時点では最大のテロ攻撃だった。だが、実際には、暴動はこの部屋に似ていなくもないオフィスで、ネクタイ姿の怒れる男たちがガリ版刷りの選挙人名簿を腰布姿の酔漢《サロン》どもに渡したことから始まったのだ。

「ずいぶんと立派な写真スタジオをお持ちのようだ。これだけの数の顔をどうやって拡大したのかね？」

「全部マーリンダがやってくれました。そういう知り合いがいるとかで」

「わたしは辮髪《べんぱつ》の中国人ではない。あんたがたにこれを差し出す義理もない」

彼は箱を開け、封筒を掲げてみせる。エース、キング、クイーン、ジャック、テン。マーク違いの、ロイヤルストレート。

エルザの顔におまえも見たことのある表情が浮かぶ。駆け引きの余地を探ったあとで正攻法で行くと決めたときの顔だ。

「八三年七月の暴動を政府はいまだ事実とは認めていません。忘れることではなかったことにはならないのです。たとえひとりであれ殺人者に法の裁きを受けさせれば、タミル人の信頼を取り戻すことができるでしょう。そうすることなしに、あなたがたがこの戦争に勝つことは不可能です」

大臣は「スペードのクイーン」の封筒を手に取り、それを逆さまにする。エルザの前に写真がこぼれ落ちる。どれもクローズアップで、惜しみない報酬とフェラのおまけと引き換えにフジコダックの店のヴィランが引き伸ばしたものだ。踊る悪魔、棒を持った男、ガソリン缶を抱えた若者、褐色の肉切り包丁を振りかざすけだもの。どの顔もなんとか識別できる程度にまで拡大されている。

「こんなものが公になれば、この国は再び炎に包まれる。それがきみたち民族の望みなのかね？」

エルザが急いで写真に手を伸ばす。テーブルいっぱいに散らばった白黒写真の中では、民族が違うというだけの理由で、人が人に火を放っている。エルザが写真をかき集めていると、大臣が二枚の写真をつまみ上げる。彼は高価な椅子の背に身を預け、手中の写真を掲げてみせる。

「これについては、どうするつもりなのかね？」

一枚はあとの一枚を拡大したもの。元の写真は、裸にされたタミル人の男が棒を持った若者たちにいたぶられるさまをとらえたものだ。背景には一台のベンツが写り込んでおり、ナンバープレートは見えないが、後部座席に男が乗っているのがわかる。男は開いた窓からその暴行を眺めている。表情は読み取れないが、口はきつく閉ざされている。もう一枚の写真は同じ人物のぼやけたクローズアップだ。シリル・ウィジェラトネ大臣はその写真を掲げ、声を荒らげる。

「この写真をどうするつもりかと訊いているんだ」

「それはあなただとお認めになるのですか？」エルザは賢明にも笑みを浮かべないことを選ぶ。

「言葉には気をつけたまえよ、お嬢さん。暴徒を組織した罪をわたしに着せようとした者はあんたが初めてではない。だが、そこまでの力がわたしにあるものか。暴徒どもは勝手に逆上し、悲しいことにタミル人がその犠牲になった。それだけのことだ」

「犠牲になったのは、罪のないタミル人です」

「それについては遺憾に思う」

「では、なぜ止めようとなさらなかったのです？」

「一九八三年の暴動を招いたのはきみたち民族だ。われわれではない」大臣が言う。「眠れる獅子を起こすと、痛い目に遭う。そのことを肝に銘じておくがいい」

「暴徒たちはどうやってタミル人の家を見分けることができたんです？」

「きみは駆け引きがあまり得意ではないようだな、ミセス・マータンギ」

「ミズです」

「わたしはここにある写真をきみに渡してもいいと思っているんだ。ただし、言うまでもなく、この二枚は除外させてもらうがね」

「そうでしょうとも」

「そのかわり、ネガが欲しい。ネガはどこにある？」

「マーリのガールフレンドとボーイフレンドなら知っているかもしれません」

「スタンリーの子どもたちに手を出すわけにはいかない」

「手を出せないのは、そのうちのひとりだけでは？」

「ネガを手に入れてくれたら、残りの写真を渡してもいい」

「ネガがあれば、そもそも写真など不要です」

「それと、もうひとつ手を貸してもらいたいことがあるんだがね」

エルザは大臣の笑顔の意味を探ろうとするが、じきに諦め、投げ上げられたルピー硬貨が落ちるのを待つ。

・・

おまえは天井まで浮かび上がって、シリル大臣がエルザ・マータンギにイギリスの武器ブローカーの話をするのを眺める。政府はイスラエルの武器を扱うそのブローカーと話をしたいのだが、中国との新しい契約がそれを許さない。大臣によれば、政府は〈虎〉のリーダーの座をスープレモから奪い取るために用いることを条件に、買い付けた武器をマハティヤ大佐に流してもいいと考えていた。だが、マハティヤは政府軍のこともイギリス人のことも信用していない。そのため、政府は仲介者を必要としているのだった。

「このことはきみのパートナーのクガラージャ氏には内密にしてほしい。さる情報筋によれば、彼は〈虎〉ともインドの諜報機関ともつながりがあるようだからね」

「わたくしがそれを知らないとでも？」

「その見返りに、写真はすべて差し上げよう。むろん、例の二枚は除いてだがね。これできみが牢屋送りになることもない。きみのような立場の者にとっては、夢のような申し出だ。これ以上望むべくもない」

「でも、結局は殺されることになる。あなたがたか彼らのどちらかに」

「われわれは悪人しか殺さない。ただし、この国を脅かす者は悪人だ。むしろ、究極の悪人と言えるだろうね」

「八三年に命を奪われた人々のことはどうなるのです？」

「一九八三年は遠い昔だ。今さら蒸し返してもしかたない。同じことが再び起こるのを望んでいるなら、話はべつだがね」

「もしもわたくしがネガをカナダに持ち帰り、スリランカ政府がテロリストに武器を横流ししようとしていることをマスコミに伝えたら？」

「きみはそんなことをするほど愚かではない。このオフィスを去る前に心を決めてもらおう」大臣には「もしも」という言葉を使うこともできたはずだが、その必要はなかった。権力とは、脅し文句を口にせずとも脅しをかけることを可能にするものなのだ。

「取引に応じる場合、CNTRはインドの退却とタミル人民間人の保護を求めます」

「CNTRは関係ない。きみと話をしているんだ。アルメイダのことを忘れたのかね？　われわれは彼を殺してはいない。だが、きみやきみの大切なクガについては、どうかわからんぞ」

「その種のビジネスにわたくしどもは関わっておりません、サー」

「仕事仲間を失ったにしては、あまり動揺しておらんようだが」

「すでに多くの仲間をなくしてきました、サー。こういうことには慣れてしまったのです」

「それはわたしとて同じだよ」偉人の息子にして、フェザーボアを巻いたぽっちゃりボーイのおじが言う。「くれぐれもそのことを忘れるな」

「最善を尽くします」エルザはポーカーをやらないが、もしやるようなことがあったら、さぞかし凄腕にちがいない。

「週末いっぱい時間をやろう。日曜にネガを持ってきてくれ。その際、打ち合わせにも出席してもらう」

「写真は今いただいても？」

大臣が受話器をつかみ、だみ声で命令を下す。すると、警官でも軍人でもないのに武装した黒衣の男たちが入ってきて、エルザ・マータンギを部屋の外へエスコートする。うち、ひとりはあとに残って封筒を片付ける。エルザの顔から笑みが消える。彼女はかぶりを振りながら、部屋の外へ押しやられる。

大臣は受話器を置いてうなずく。「今から四十八時間後だ。ネガと返事を待っている。写真はそれまで預かっておこう」

・・

「あと一本でもマーリ・アルメイダがらみの電話を取り次いでみろ。おまえを――ああ、そうとも、おまえだ――ジャフナに飛ばしてインド人の使い走りにしてやるからな」

彼はキッチンナイフで封筒を開けようとして指を切りそうになる。

「クソッ。さてはあのホモ野郎の幽霊がここにいて、おれの一日を台無しにしようとしているな」

なかなか勘が鋭いじゃないか、とおまえは思う。

「メンディス、聞いているのか？」

「はい、サー」うわずった声で返事をしたのは、部屋の隅でファイル整理に励むでっぷり太った伍長だ。

「客が来たと言っていたな？」

「はい、サー。警官が二名」

「通せ。電話は一切つなぐなよ。ただし、例外は……わかっているな？」

「はい、サー」

太った伍長がファイリングキャビネットの脇の扉から出ていく。長方形のこの部屋にはファイルや地図が散乱し、並んだテーブルの上には武器が雑然と置かれている。鍵穴に鍵が刺さったままのガラスキャビネットに鎮座するのは、ウージー、カラシニコフ、三十八口径のブローニング、それに手榴弾とダムダム弾が少々。角に置かれた机の上には複数の電話が載っていて、正面のネームプレートにはこう記されている。「ラージャ・ウドゥガンポラ少佐」。おまえはかつてこの机を挟んで少佐に頼みごとをし、それと引き換えに命令を仰せつかったことがある。

太った伍長が警官二人を連れて戻ってくる。ひとりはずんぐりとして口数少なく、ひとりは痩せぎすでおしゃべりだ。少佐はなおもナイフと格闘しながら、渋面を彼らに向ける。

「ランチャゴダ警視補、カシム警視。おまえたちを選んだのは評判を見込んでのことだ。じつにいい働きぶりだと聞いているぞ」

「サー！」

二人は気をつけの姿勢で立ち、親分と目を合わせないようにする。

「〈レオ〉にはゴミがいくつ残ってる？」

カシムが数字の記されたメモ帳へそわそわと手を伸ばしかける。だが、かつてラージャ少佐が落ち着きのなさを理由に兵卒の鼻の骨をへし折ったという逸話を思い出したのだろう。

「七十七です」と、声を張り上げる。

「嘘をつくな。四十余りだったはずだぞ」

「先週、追加が来たのです、サー」ランチャゴダが答える。

「外出禁止令はすでに申請してある。そろそろ大臣から連絡がある頃だ。おまえたちには輸送を取り仕切ってもらう。ボレッラでSTFがあとを引き継ぐ。どうだ、車は足りそうか？」

「トラックを三台確保できます」

「ハ！　それじゃ足りんわ。運転手はこっちで手配する。何往復かしてもらうことになるだろう。それはそうと良くない噂を聞いたのだが」

「と申しますと？」

「われわれが犯罪者を雇っていると。死体を猫の餌にしているやつがいるとか。噂はあくまで噂だろうな？」

「腕のいいゴミ処理人はそう簡単に見つかるものではありません、サー。信頼がおける者となればなおさらです。われわれが使っているのはそりゃ聖人ではないですが、人殺しでもヤクの売人でもありません」ランチャゴダがまくしたてるそばで、カシムはじっと床をにらんでいる。

「ならば、いいが」

「猫の話など聞いたことがありません、サー」

「わかった。話は以上だ。行っていいぞ」

警官たちが出ていくと、電話のひとつが鳴りだして、おまえは夢想からはっと目覚める。その夢想の中でおまえは外の受付で封筒を交換していた。おまえがこの部屋に招かれたのは二回だけ。一回目は労をねぎらわれ、二回目でお役御免を言い渡された。

電話機の横のライトが点滅し、少佐が受話器をつかむ。

「もしもし？」

「ラージャ・ウドゥガンポラ少佐とお話しできますか？」

「誰だね？」

「友人のアドレス帳にこの番号が書いてあって」

「そのご友人とは？」

「マーリ・アルメイダ」

ガチャン。

「メンディス！」

少佐は受話器を叩きつけると、伍長が長い廊下に入ってくるのを待つ。

「このすっとこどっこいが！　電話はつなぐなと言っただろうが」

「サー、そちらは少佐殿の私用の回線です」

「だが、この番号は誰にも教えていないはずだが」

電話の横のライトが再び点滅する。

「よろしい、出て行け！」

少佐は伍長がドアを閉めるまで待つ。

「もしもし」

「マーリンダとはどういう知り合いなんですか?」

「お嬢さん、こちらはスリランカ軍司令部だ。この番号は機密扱いなのだよ。そちらの居場所を突きとめて、勾留させてもらうこともできるのだが?」

「どうしてマーリはこの番号を?」

「わたしはスリランカ軍のラージャ・ウドゥガンポラ少佐だ。すでに報道機関向けの声明は出している。アルメイダは一九八四年から一九八七年にかけて軍のカメラマンとして雇われていた。わたしはやつとは個人的な面識はない。過去三年間にやつが軍の仕事を受けたことは一度もない。今度電話をかけてきたら、命はないものと思ってくれ」

少佐は受話器を叩きつけると、机の上の整理に取りかかる。手紙はトレイに、封筒はゴミ箱へ。と、そのとき、またもや電話が点滅する。少佐は悪態をつきかけるが、そうしなかったのは幸いだった。

受話器の向こうから聞こえる声は廊下まで響きわたるほどやかましい。

「おう、ラージャ。これでもうおれがおまえに味方していないとは言わせないぞ」

「サー、深く感謝しております」

「外出禁止令が認められた。深夜〇時から深夜〇時まで。それだけあればじゅうぶんだろう」

「はい、サー。じゅうぶんすぎるほどです。心より感謝いたします、サー」

「大統領に理由を訊かれたぞ」

「なんとお答えに?」

「そのまま伝えた」

「それで?」

「『本当に二十四時間で足りるのか』だとさ」

笑い声は音楽だと人は言うが、それはこの世に数多ある偽りのひとつ、勝手な思い込みにすぎない。笑いの中には人を傷つけるものもあれば、ひどく悪趣味なものも、血も凍るほど残酷なものもある。ラージャ・ウドゥガンポラ少佐とシリル・ウィジェラトネ大臣の声を揃えての高笑いほど耳障りな音楽を、検査したばかりのおまえの耳は知らない。

「それともうひとつ」

「なんなりと、サー」

「もう一件集荷を頼みたい」

「して、その名前は、サー?」

「エルザ・マータンギ。場所は……」

「わかっております、サー。〈ホテル・レオ〉ですね」

「あの女から目を離すな。指示を出したらすぐ運べるよう準備しておけ」

「どのようなもてなしを、サー?」

「せいぜい丁重に頼む」

「目的は情報? それとも、懲罰で?」

「両方だ」

「ならば、ザ・マスクにやらせましょう」

「どんな悪鬼《ヤカ》でも好きに使え。絶対にしくじるなよ」

第四の月

「おれは天使だ。母親の目の前で最初に生まれた子を殺す。都市を塩に変える。気が向けば、少女の体を引き裂きもする。ひとつ確かなのは、おまえたち人間には永遠にその理由が理解できないということだ」

グレゴリー・ワイデン、映画『ゴッド・アーミー／悪の天使』

外出禁止令

外出禁止令の日に動いているのは風と霊魂と検問所の警備員の目玉だけ。おまえは木の上で半月とそれを覆う雲を眺めながら夜を過ごしてきた。頭に浮かぶのは、あらゆる菩薩もアーサー・Cの言う三十人の幽霊も一度は考えたことのある問いだ。この世のすべてを止めてしまうことはできるのだろうか?

おまえの記憶に残る最初の外出禁止令は一九八三年の大虐殺の後に敷かれたもの。あのあと、外出禁止令は月に一度の満月の祝日《ポーヤ》並みにありふれたものになった。雨の後には洪水が起こるように、それは暴力の嵐が吹き荒れるたびに繰り返される。南部で、北部で、そして、この荒れに荒れた西部《ワイルド・ワイルド・ウエスト》で、政府は歩道から人を、車道から車を、議論の場から自由を締め出す。いつだったかジョニーは、外出禁止令とは政府が秩序を維持するためにある、と言っていた。悪いやつらをつかまえて「昼日中にはできないことをする」ためにある、と。

おまえのいる木はぶつくさ言う自殺者たちで賑わってくる。自殺者は餓鬼《プレータ》の次に見つけやすい。瞳は黄みがかった緑色で、首はしばしば折れていて、常にぺちゃくちゃしゃべっているが、話し相手は自分だけだ。おまえは風に身を任せ、検問所から検問所へと飛んでいく。道路はどこも空っぽで、バス停にも人影はない。猫は路地裏をパトロールし、カラスは屋根の上を警備中。のろのろと歩き回っているのは息をしていない連中ばかりだ。

一台のトラックが轟音を響かせながら幹線道路を突き進む。ライトブルーのアショック・レイランド、いつもならどこより混み合うゴール・ロードに今朝一番に姿を現した車だ。トラックはバンバの検問所でもスピードを緩めず、警備員が手や眉を上げることもない。その直後、緑色のトヨタが止められ、運転手が車から引っぱり出されて尋問を受ける。男はフロントガラスに貼られた医療従事者のステッカーを指さして解放される。

二台目のトラック（色は赤で、ウッドパネルが貼られている）が検問所でスピードを上げ、警備員も手を振ってそれを通す。おまえがその背に跳び乗ると、トラックは角を曲がってブラーズ・ロードへ進み入る。乗り心地はどうかって？　揺れもひどいが、臭いはもっとひどい。鼻がないことは凍った腐乱死体の芳香から逃れる理由にはならないのだ。

このトラックの屋根に乗っているのはおまえだけじゃない。息をしていない者たちが他にもいて、おまえといっしょに頭を上下させている。突風が吹き抜け、そいつらの顔を輪切りにしていく。忘れられた笑みと途方に暮れた目がばらばらに宙を舞うと同時に、トラックは墓地へ入っていく。

そこには先客が二台。どちらもトラックで、どちらも後ろが開いていて、男たちがせっせと積荷を下ろしている。積荷とは死体で、包みを解かれてぐんにゃり横たわっているが、中にはまだ凍っているものもあれば、すでに腐敗しかけたものもある。ごちそうを前にしたハエが歓喜のうなりを上げている。作業中の男たちは厚手のマスク、と言ってもたいていは古いサロンで口と鼻を覆っている。その姿はまるで追いはぎか暗殺者だが、本物の追いはぎと暗殺者も相当数紛れ込んでいるにちがいない。

今ここにカメラがあればいいのに、とおまえは思う。それを言うなら、ネガを現像する場所だって必要だし、焼きあがった写真を見てくれる誰かにだっていてほしい。そして、おまえはそれと同じくらい切実に、もっと時間がほしいと思う。身を賭すべき何かがほしいと思う。自分を殺したのは誰か知りたいと思う。ここに制服を着た者はひとりもいないが、兵士のように背筋を伸ばしててきぱきと動く者ならいる。彼らはほとんど会話もせず、動きを止めることもない。

　門のところでは、警官二名と軍人でも警官でもない男二名がＩＤをチェックして、それを記録している。台車付き担架と手押し車が行き交うこの大混乱の中で、彼らだけが秩序と統制の象徴だ。手袋をはめた者もいれば、レジ袋で代用する者もいる。ある者は靴を履き、ある者はサンダルをつっかけている。無駄口を叩く者はなく、死体を台に載せ火葬場の塔へ運ぶ途中で、時折うめき声が洩れるだけだ。ちなみに、このうめき声は死体を持ち上げる男たちからだけでなく、それを眺める霊魂たちからも発せられる。

　黒衣の男たちが大声で指示を飛ばし、死体がまっすぐに積まれていることを確認する。積み方がまずく、手押し車がひっくり返りでもしたら、その後ろにのたくるスリランカ名物の行列をすべて止めてしまうことになるのだから。

　到着したばかりのトラックが駐車場に積荷を下ろしはじめる。二台目はすでに積荷の半分を手押し車に移し終え、三台目は火葬場から戻ってきた空の担架を埋めているところだ。この三台目のトラックに向かって歩いてくる男が三人。顔の半分は覆われているが、人間というよりウシ科の獣に近いその威張った歩き方で誰かはわかる。水牛みたいにのっそりと歩いてくるのはバラルとコットゥで、その後ろを片方の脚に偽物の長靴を履いたドライバーマッリが速歩でついてくる。

この混沌のはずれに、交通信号機みたいに突っ立っているのがランチャゴダとカシムの警官二人組。混乱を収拾するために来たはずが、むしろ混乱に貢献している。たいていの死体の上には、その霊魂が夢魔《サキュバス》よろしくまたがって、変わり果てたわが身を嘆かわしげに見下ろしつつ、なんとかこの入れ物の中に戻って息を吹き返せないものかと思案中だ。

見上げると、巨大な煙突が天空に向けて黒煙を吐き出しているが、星々は顔を背け、神々は耳をふさいでいる。こんなふうにコロンボの空が煙で満たされるのを、おまえは何度も見たことがあった。あの肉の山の中に自分はいない。おまえはそのことを今はもうない骨身で感じる。手押し車と担架は火葬場の塔に向かって転がされていく。塔の壁には巨大な穴が穿《うが》たれていて、積荷はそこから焼却炉へ投げ込まれる。地獄の業火はシューーッという声を上げて死体を呑み込むと、大きくひとつげっぷを洩らす。霊魂たちはむせび泣くが、その泣き声が聞こえる者に限って、とっくに聞くのをやめている。

タイヤが軋む音と誰かの大声に誘われて、おまえは火葬場の外に飛んでいく。そこにいるのはラージャ・ウドゥガンポラ少佐。ごった返す人々に向け、両腕を振り回している。ささやきで湿った空気を、少佐の歌うような叫びが切り裂く。

「なぁにをもたついとるんだ、こののろまどもめがっ！」

もしもおまえが目を閉じていたなら、少佐のキンキン声に思わず吹き出していたかもしれない。大げさに抑揚をつけたその口調は、まるでバッグス・バニーのシンハラ語吹き替え版のようだったから。だが、背中を丸めたオランウータンみたいな彼のシルエットを見たとき、おまえは思い知る。この声はおまえの胸を両の拳で叩き、肋骨を砕くことだってできるのだ、と。

「二時間も作業が遅れているぞ、この怠け者め！　荷下ろしはうちの者にやらせる。おまえらは残りのゴミを運ぶんだ。ほら、さっさとやらんか！　ぐずぐずしていると、全員焼却炉にぶち込んじまうぞ！」

一同は弾かれたように動きだす。軍人でも警官でもない黒衣の男たちは私服警官二人に怒号を飛ばす。ランチャゴダとカシムはバラルとコットゥをどやしつけ、バラルとコットゥはドライバーマッリを突き飛ばし、ドライバーマッリは政府を罵りながらもその命令に従う。警官二人は運転手とともにトラックのキャビンに乗り込み、ゴミ処理人たちは荷台にホースで水を撒く。洗い流されるのは赤、茶、黄、青が織り成す模様。死者のはらわたでこしらえた万華鏡だ。

「行き先はどちらで、サー？」ドライバーマッリがエンジンをかけながら尋ねる。

ランチャゴダがギザギザの歯を剝き出して笑う。

「どこだと思う？」

カシム警視は押し黙り、ランチャゴダ警視補はその沈黙に耐え切れなくなる。

「顔色が悪いですよ。まるでピットゥ（米粉とココナッツミルクを混ぜた生地を竹筒に入れて蒸したもの）みたいだ。考え込んでもしかたありませんて。どうせテロリストや人殺しばかりなんだ」

「いや、そんなことはない」

「どうしてわかるんです？」

「彼らはまだ若い。だいたい、おれはこういうのには反対なんだ。最初からずっとな。去年異動願を出したのもそのためさ。ずっと待っているんだがなあ」

「ＪＶＰは軍と警察とその家族を脅かした。わたしらは家族を守ってるんです。人を殺せる年齢に達しているなら、死ぬ年齢にも達してるってことだ」

「なら、彼らの家族は？　誰が守る？」

「自業自得ですよ。子どもの育て方を間違ったんだから。ドライバーマッリ、何をぐずぐずしてる？」

「この島は呑み込まれる。最初は炎に。次は洪水に」ドライバーマッリがぶつぶつとつぶやきながら、いいほうの足で軽くアクセルを踏む。

「なんだって？」

「いいえ、なんでも」

おまえがボンネットに腰を据えると、トラックがガタゴトと動きだす。風がまたおまえの名前を運んでくる。それが誰の声だかわからないのは、いつもの芝居がかった間《ま》が抜け落ちているからだ。

・・

「マーリの遺体がご家族のもとに返されるよう、わたしがちゃんと取り計らおう」スタンリーが息子に言い聞かせる。

「遺体なんてないんだよ、父さん《アッパ》」ＤＤの声に力はなく、目には光るものが見える。

「誰がそんなことを？」

「国連の法医学調査チームだ」

「彼らに会ったのか？」

「向こうから会いに来た」

「どこへ?」

「〈アーツセンタークラブ〉」

「あんなところへ行くべきではない」

「どうして?」

「ヤク中とオカマだらけだからさ。手入れが入るのも時間の問題だ」

おまえのダダとスタンリーはさぞかしウマが合っただろう。まるで燃えさかる家みたいに（「燃える家のように」とは仲の良さを強調するときに使う慣用句）。で、その家の中は火だるまになったホモ野郎でいっぱいなんだ。おまえは二人がおばさんみたいな服を着て、星占いを比べ合ったり息子たちのウェディングドレスを選んだりするところを想像しようとする。

「〈アース・ウォッチ・ランカー〉を辞めようと思う」ＤＤが言う。

「それは。いい。考えだ」と、親父さん。「おまえは親しい友人を亡くしたばかりだ。少し休めば、気持ちの整理もつくだろう。その気になったら、いつでも事務所に戻ってくればいい」

「国連の仕事を見つけたんだ」

「ほう。というと〈環境計画〉かね?」

「遺体の身元確認専門の法医学調査ユニットをコロンボで立ち上げる」

「ラージャパクサのやつもいっしょか?」

「この組織は政治とは無関係だ」

「この国に政治と無関係なものなどひとつもない。いい加減大人になってくれないか、ディラン」

スタンリーは身を乗り出して息子の肩に両手をのせる。おまえにはやつのはらわたが煮えくり返っているのがわかるが、ＤＤにはそれが見えていない。ＤＤに見えていないものや理解できていないことを集めたら、大聖堂だって建てられるはずだ。親父さんが深いため息をつく。横から眺めると、この父子は双子みたいにそっくりだ。

「ぼくたちがこの国を良くしなければ、誰がする？」若いほうが言う。

「いいか、やるべきことをやるんだ」歳をくったほうがいまいましげにつぶやく。「やるべきことを」

と、そのとき、ジャキがキッチンからすたすたやってきて、おまえはようやくここがゴール・フェイス・コートのフラットだと気づく。部屋が前と違う気がしたのは、壁のおまえの写真がかかっていた辺りがぽっかり空いているせいだ。

ジャキは拡声器を持ったＪＶＰ党員みたいに、あるいは選挙人名簿を手にした暴漢みたいに、父子の間に割って入る。そして、アドレス帳と五種類のトランプの名が記された紙を掲げてみせる。

「ついに突きとめたよ。全員の名前がわかったんだ」

ＤＤが憔悴した面持ちで訊き返す。

「名前？　いったいなんの話だ？」

「五通の封筒だってば。トランプのマークが描かれた……」

「はいはい。同じマークがアドレス帳の電話番号の横に描かれてたってやつか」

「誰の番号なのか、わかったの」

このことを喜ぶべきか、それともジャキの身を案じるべきなのか、おまえにはわからない。その答えが父にも息子にもわかっていないのは、二人の表情を見れば明らかだ。

ジャキがアドレス帳のブックマークされたページを開いてみせる。「まず、ダイヤのエース。これはジョニー・ギルフーリーの番号だった。大使館で働くいけすかない男だよ」ジャキが紙に書かれた名前を丸で囲む。「マーリはＡＰ通信のロバート・サドワースって男の話もしてた」

「ＡＰとは仕事をしているが、サドワースなんてやつは聞いたことがないな」ＤＤが言う。「あの変わり者のアンディ・マクゴーワンじゃなくて？」

「サドワース？」スタンリーが首を傾げる。「ロッキード・システムズ社に同じ名前のセールスマンがいたな」

「そのロッキードなんとかって？」ＤＤが尋ねる。

「南アジア地域協力連合《SAARC》のほとんどの政府に武器を売りつけている会社だ」

「今度はマーリが武器商人だったって言うのかよ」

「それはどうかな」と、スタンリー。「武器商人なら家賃を支払う余裕があるはずだ」

彼が息子を見る。息子は黙って目を逸らす。

「スペードのクイーンはＣＮＴＲのエルザ・マータンギ」ジャキが言う。

「父《アッパ》さん、あの件は調べてくれた？」ＤＤが尋ねる。

「すでに話したはずだが。エマニュエル・クガラージャはイーラム革命学生組織《EROS》といったＬＴＴＥと関係が深い組織とつながっている。インドの諜報機関、ＲＡＷともな。英国で暴行罪により逮捕されたことがあるが、告訴は取り下げられた。エルザ・マータンギはトロント大学で〈虎〉の資金集めをおこなっていた。ＣＮＴＲはカナダ、ノルウェー両政府の出資で作られた組織だが、米国の平和基金会からも資金提供を受けている」

スタンリーは青年問題省の子分にちょっとした宿題を課したのか。それとも、だまされやすい息子相手に話をでっち上げているのだろうか。

「アメリカに平和基金会なんてあるのか？」DDが尋ねる。

「予算額は戦争基金会とどっちが上かな？」ジャキがまぜっ返すが、誰も笑わない。

「CNTRがLTTEかRAWの隠《かく》れ蓑《みの》だとすれば、あとは推して知るべしだ」

「つまり？」と、DD。

「どちらも関係者の口封じを厭《いと》わない」

束の間の沈黙ののち、ジャキが咳をする。「ハートのジャックのページに書かれていたのは次の名前。バイロン、ジョージ、ハドソン、ギネス、リンカーン、ブランド、ワイルド。たいていは番号違いだって言われた。彼の名前を出しただけで、電話を切る人もいた」

おまえが味見した男の中には、電話番号を渡してくるやつもいた。おまえはそれを書き留めはしたが、けっして電話はかけなかった。自分のを訊かれたときには、でたらめな番号を教えたが、その前に必ず写真を撮らせてもらうことにしていた。

「JVPの仲間かもしれんな。遺体のことを聞きつけたのにちがいない」スタンリーが言う。

DDは首を横に振り、髪の毛をもてあそぶ。「マーリは誰とでもすぐに仲良くなったから。そうだよな、ジャキ？　で、キングとテンは誰だったんだ？」

「クラブのキングはラージャ・ウドゥガンポラ少佐のオフィスの直通電話」

「おいおい、気は確かか？」スタンリーのネクタイが風にはためく。「ウドゥガンポラといえばSTFの総司令官だぞ。その彼の直通電話に電話したのか？」

「試しにかけてみただけ」

「頼むから。彼とはしゃべっていないと。言ってくれ」スタンリーの手が震えている。

「うん、しゃべってはいない」ジャキが涼しい顔で嘘をつく。

スタンリーは眉をひそめてジャキを見つめるが、結局、その嘘を信じることにする。

「これは遊びじゃないんだぞ、ジャキ？　ウドゥガンポラは血も涙もない男だ。やつの部隊にはCIA仕込みの拷問人だっているんだぞ。ザ・マスクって聞いたことあるか？　マーリンダがやつと関わっているのなら、われわれはおとなしくしているのが身のためだ」

「マーリの箱は返してもらえるの？」

「シリル・ウィジェラトネ大臣がそう約束してくれた」

「オッケー」

「あの箱には何が入っているんだ？」

「わたしだって知りたいよ。おじさん、大臣に電話してくれた？」

「何度言えばわかる？　わたしを信じていないのか？　まあ、いい。今から電話しよう」

「オッケー」

スタンリー・ダルメンドランは部屋の中に入ると、受話器を取って、番号を調べもせずにダイヤルを回しはじめる。その番号にはやたらとゼロが含まれているため、スタンリーの指の忍耐力が試される。

「ジョニーがエースで、STFがキング、エルザがクイーン、ジャックはJVP。となると、テンは？」

「前に話したよね。ハートのテンの横に書かれていたのは、このフラットの番号だって」

「てことは、つまり?」

「中身はわたしたちの写真とか?」と、ジャキ。「それか、あなたの写真だけかもね」

DDはジャキからアドレス帳を取り上げると、ページをめくりはじめる。

「おまえの名前はJのところに書いてある。ほら、ここにジャキって。その横に括弧付きで『いとこのディラン』とある。このアドレス帳って、どれくらい前のものなんだろうな?」

かつて胸があった辺りに刺すような痛みが走り、見えない両腕が疼きだす。「パーフェクト・テン」と名付けた封筒の中のすべての写真が脳裡に浮かぶ。そして、おまえは悟るんだ。盗む価値などろくにないそれらの写真こそがおまえにとっては何より守るべきものなのだ、と。

あいつの弱み

気づくと、おまえは〈オッターズ・アクアティック・クラブ〉に舞い戻っている。週に一度の父子の語らいに最初で最後に招かれた日に。その日、おまえはジャキの交際相手として呼ばれ、それきり二度と誘われることはなかった。それは最初の半年が過ぎる前、おまえとジャキがあちこちのクラブやカジノに顔を出し、寝室以外の場所ではカップルみたいに振る舞っていた頃のこと。

スタンリーは気さくで快活なホスト役を演じようと、輸入ビールとイカ料理を気前よく注文している。この日、おまえはもうひとつ、最初で最後の経験をしていた。それはバドミントンの試合、種目はミックスダブルスで、DDとジャキ対スタンリーとおまえという組み合わせだった。試合も半ばを過ぎる頃には、ジャキが下手くそなのは誰の目にも明らかだったが、試合が終了したときには、おまえのほうがもっと下手くそなことが確定していた。羽根を打ち返す才能に恵まれない分を、おまえはジョークで埋め合わせた。

「DD。きみの弱みを見つけたかも」

「え、何?」

「バッドミントン」

スタンリーはおまえがショットに次ぐショットをミスして、ゲームに次ぐゲームを失っても、何も言わなかった。ただし終盤、奇跡的に持ち込んだゲームポイントで、おまえがネットに羽根を叩きつけた瞬間、やつが「クソッ!」とつぶやくのをおまえは聞き逃さなかった。そのひと言には、やつがそれまでに打った怒りのスマッシュすべてを上回る、たまりにたまった鬱憤が込められていた。

おまえはひとまず、アメリカのテレビドラマ『南北戦争物語　愛と自由への大地』の話題を振った。パトリック・スウェイジ主演のこのミニシリーズを、おまえたち三人は夢中になって観ていたんだ。スタンリーの目から生気が消えたが、それでもまだやつは作り笑いを浮かべていた。戦闘シーンがどれだけ現実離れしているかについて、おまえがしゃべっていたところ、やつはいきなり話題を変えた。

「以前、車に手榴弾を投げられたことがあってね。すぐそこのブラーズ・レーンで」

DDによれば、一九八七年に和平協定が結ばれるまで彼の親父《アッパ》さんはLTTEの殺害リストに名を連ねていたんだとか。この父子は今でも移動には別々の車を使う。〈オッターズ〉に行くときでさえも。

「マーリンダ、きみのお母さんはタミル人だと聞いたが？」

「半分バーガーで、半分タミルです」

「お父上は？」

「三年前に他界しました。彼はシンハラでした」

「それは残念だ。ということは、きみは何人になるのかね？」

「スリランカ人です」

「いかにも今どきの若者らしい答えだ。きみたちの世代では、そういう考え方が主流になっていくんだろう。われわれのほうはもう手遅れだがね」

「部族主義ってサイテーだよね」と、ジャキ。「国より民族、だなんてさ」

「部族主義にも。真実はあるのだよ」スタンリーはのたまった。「シンハラ人は数の上ではタミル人に勝る。だが、タミル人はシンハラ人より賢い。シンハラ人よりよく働く。そして、われわれはより高い成果を求められる。ただし、その成果は隠さねばならない。シンハラ人の妬みを買わないように」

「今も身の危険を感じているってことですか？」おまえはスタンリーの目を見て話そうと努めたが、やつのせがれがひと泳ぎしようと服を脱ぐのをちらちらと盗み見ずにはいられなかった。汗まみれのTシャツと短パンが脱ぎ捨てられて〈スピード〉のブルーの競泳水着が露わになった。

「距離を置き、目立たない。それがわたしのやり方だ。厄介な法案では棄権する。シンハラ人とは対立しない。むしろ、協力を心掛ける。誰だって平穏な生活を願うものだ。そうじゃないかね、マーリンダ君？」

それから、スタンリーはおまえに、タミル人が代々守ってきた土地、中世から植民地時代にかけて、タミル人が北部に築いてきた王国についてのレクチャーをした。シンハラ人はどうしてそんなに自信がないのか、とジャキが質問すると、アメリカの白人がかつて奴隷だった黒人を恐れるのと同じ理由だ、とスタンリーは答え、その間にDDはバタフライを二往復して平泳ぎに移った。

「でも、人種なんて存在しない。全部作り話なのに」ジャキが言った。「誰かが都合よくでっちあげただけ。だって、シンハラ人とタミル人の見分けがつく人なんている？」

「それは違う」と、スタンリー。「黒人が俊足なのも、中国人が勤勉なのも、ヨーロッパ人が発明を得意とするのも事実だ」話はそこから横道に逸れ、生まれ対育ちをテーマとする長広舌が始まったが、スタンリーはその中で五〇年代にロイヤル・カレッジで水泳と陸上の選手として活躍したことに触れるのを忘れなかった。人生のサイコロがどう転がるかを決めるのは人種と学歴と家柄、それが彼の結論だった。

タオルにくるまったDDが戻ってきて、イカにがっつきはじめたが、彼はその前におまえに微笑みかけるのを忘れなかった。DDはいつものようにうなずきながら父親の講義に耳を傾けた。そこがおまえとジャキとは違うところだった。

イカが平らげられたところで、スタンリーは請求書にサインをして、バドミントンの試合以来初めておまえの目をまともに見た。

「われわれは教育を受けたコロンボのタミル人だ。慎重に行動し、目立つことは避けなければならない。理解していただけたかな？」

人はみな、生まれたときにくじを引かされる。それ以外はすべて後付けの言い訳、自らの幸運を正当化し、不公正から目を逸らすために捻り出した物語にすぎない。それがわかっていてもなお、口をつぐんでおくべきかどうか、おまえは迷う。

「おじさん、この国はわが子をイギリスの学校に送り込めるようなヤシ酒飲み《アラック》によって代々受け継がれてきた。たいていはシンハラ人だが、全員がそうとは限らない。ひとつ確かなのは、彼らがみんなコロンボ人だったってことだ。そして、英語が話せるコロンボ人であることは、この国が背負うあらゆる苦しみから免除されることを意味するんだ」

「この国にまだマルキシストが残っていたとはな」スタンリーはそう言うと、最上級の作り笑いを浮かべながら席を立った。「教えてくれ、マーリ。きみはその写真の仕事でどれだけ稼いでいるのかね？」

「アッパ！」DDが困ったような呆れたような顔で声を上げた。

「いいんだ、DD」おまえは言った。「あんたも同じ質問に答える用意があるなら、訊いたってかまわない。厄介な法案に投票しないことで、あんたはどれだけ稼いでるんだ？」

「論じがいのあるテーマだな。だが、もう行かなくては。その話はまたの機会にでも」

スタンリーは動揺を隠せなかった。なにしろ、息子の前でうっかり本性を現してしまったんだから。

「気にしなくていいよ、おじさん。しゃべったら都合の悪いことは他人にも訊くもんじゃないよな。けど、喜んで教えてやる」

「興味はないね」と、スタンリー。

「おれほど稼いでる百万長者は世界じゅうのどこにもいない」

スタンリーが片方の眉を上げた。「ほう? で、それはどれだけなのかね?」

「これでじゅうぶんと思えるだけ」

おまえはにやりと笑い、スタンリーは憮然として立ち去り、ジャキは呆れ顔でぐるりと目玉を回した。そのオチなら前にも聞いたことがあった上に、おまえの口からではなかったからだ。

DDがおまえの肩に腕を回して横向きのハグをした。それは兄弟がするようなハグだったが、おまえにとってはそうじゃなかった。「よくぞアッパにガツンと言ってくれたね。ジャキ、こんないい男どこで見つけた?」

ジャキは煙草の火をもみ消し、肩をすくめた。「彼のほうがわたしを見つけたの」

その口元は微笑んでいたが、目は笑ってはいなかった。

・・

それから何カ月もたった後、夕食の席で、おまえとDDは彼のアッパが政府によるジャフナでの民間人攻撃を非難しなかったことをめぐって口論になった。

「アッパはあらゆる暴力に反対の立場だ。その姿勢は一貫している」

「一度だって止めようとしたことがあるか? せめて疑問だけでも投げかけるべきじゃないのか?」

「あの人には誰にもなんの借りもない。ぼくたちには世界を変えることなんてできないんだよ、マーリ。できる範囲でちょっとずつ問題を解決していくしかないんだ」

「いかにも特権階級のクソ野郎が言いそうなことだ」

「また始まった。生まれたときのくじ引きの話かい？　ミズーリのダダから罪悪感まみれの遺産を贈られた身であれば、正義を振りかざすのもたやすいよな」

「特権は人を助けるのにも排除するのにも使うことができるんだ」

「ぼくにどうしてほしいってこと？」

「べつに何も。せいぜい木の命でも救ってりゃいいさ」

「死体の写真を撮るよりはましだよ」

「オッケー、今ので腹が決まったね。サンフランシスコについていくよ。向こうでせいぜい金儲けをしてたっぷり愛し合い、クソみたいなこの国なんて焦土と化すに任せよう」

「きみが写真に撮ろうが撮るまいが、この国が焦土と化すことに変わりはないさ」

「いいや、おれは本気だ。そうしよう。もう決めた」

「きみはどうしようもない意気地なしだ」DDは言った。「全部口だけ。きみにそんなことができるわけない」

DDは自分の皿をつかむと、ついさっき少なすぎる油で熱しすぎたせいで駄目にしたばかりのフライパンといっしょにシンクに放り込んだ。つまり、やつは不機嫌モードに突入、今夜はもう皿洗いをせず、木曜にカマラが来るまで皿は積み上げられたままということだ。

「何ができるわけないって？」声がして振り向くと、ジャキが戸口に立っていた。

・・

DDはアッパにカミングアウトすると言いだして、おまえは馬鹿な真似はよせと言って聞かせ、やつはおまえを自己嫌悪にまみれたホモ野郎だと罵って、仕事を辞めて東京で修士号を取ると宣言した。

よりによってそのタイミングでおまえはやつに借金を申し込み、いくら要るのかと訊かれてその額を答え、何に使うのかと訊かれて一カ月ほど北部ヴァンニの難民キャンプで過ごすつもりだと答え、何をするのかと訊かれてまたひとつ嘘を重ねた。

「こんな生活、いつまで続けるつもりなんだ、マーリ？」

「用立てるのが無理なら、そう言ってくれ。説教は必要ない」

「AP通信の仕事か？　それとも、政府軍か？」

「言えない」

「なら、貸せない」

「いいさ。愛してるとか重たいことを言わない他の誰かから借りるから」

「なぜジャキに話さない？」

「あいつはおれ以上にすっからかんだ」

「ぼくたちのことをだよ」

「おれたちの何を？」

「彼女にはおまえの口から話すべきだ。あいつは子犬みたいにおまえのあとにくっついて、構ってもらうのを待っている。見ていられないよ」

おまえはジャキに話すと約束してその場を去ったが、結局話さずじまいだった。別れ際、DDは、金は貸せないと言ったものの、例によって結局は貸してくれた。おまえはその金をちょっとだけルーレットでスッて、一部はアヌラーダプラでフェラしてもらうのに使い、残りはワウニヤで爆撃から逃げまどう一家にくれてやったんだ。

・・

その話をしたのは、ジャキが出演する芝居を観に行くために車を走らせていたときのこと。それはなんとかという有名なロシア人が書いたなんとかという劇で、主演はラディカ・フェルナンド、あのニュースを読むレディーだった。DDはおまえに、自分は今まで女の子としか付き合ったことがないし、おまえは彼の従姉妹と付き合っているわけで、こんなのはまったく筋が通らず、アッパはショックを受けるだろうし、自分としても騒ぎを起こすのは本意ではない、というようなことを言った。おまえはオッケーとだけ答え、芝居の間ずっと彼の太腿に指を這わせていた。芝居がはねたあと、おまえがジャキに、主演女優と息がバッチリだったな、と声をかけると、ジャキは彼女に恋をしてしまったかも、と言い、おまえは声を上げて笑い、すると、ジャキはこう言った。「うん、あなたにはどうでもいいことだよね、わかってた」

・・

ヴァンニから戻ってからの一週間、DDの部屋に通じるコネクティングドアの鍵はかけられたままだった。おまえはカジノに通いつめ、その間ヴィランがおまえのフィルムを現像した。あいつはフジコダックの店経由で新たな機材を注文しては、おまえの写真といっしょにせっせと自宅へ持ち帰っていた。

耳の中では常にぶうんという音が鳴っていて、どれだけマリファナを吸おうがカジノで連勝しようが、その音を追い払うことはできなかった。目を閉じれば、防空壕の中で身を寄せ合う子どもたちの姿ばかりが浮かんできた。ちっちゃな肘の下にちっちゃな頭を押し込めて、うつろな目を大きく見開いている。

そんなある日、DDが仕事がらみのパーティーから酔って帰ってきて、カウチで『クラウン・コート』の録画を観ていたおまえを見つけると、ジャキが部屋にいるかもしれないのにおまえをおまえのベッドまで引きずっていって、おまえたちはジャキが家にいて起きているときには絶対にやらないことに及んだ。

その獣じみた汗まみれの行為の最中に、おまえが財布からコンドームを取り出すと、DDはいきなりキレて、エイズにでもかかっているのかと訊いてきた。そうじゃないけど検査は受けるつもりだとおまえが答えると、DDはヴァンニで誰かとセックスしたのかと詰問、おまえはしていないと答えた。フェラはセックスには入らないし、相手の顔を見ていなければ、やっぱりそれもセックスじゃないし、DDを思い浮かべながらした場合も、数には入れないことにしていたからだ。

あいつが最も喜ぶことをやらされたあとで、くたくたになったおまえが乱れたベッドに横たわると、あいつはおまえの顎ひげをぐいとつかんで顔を近づけ、高い酒の臭いをプンプンさせながら言った。「他の誰かとこういうことをしたら、きみを殺す。これは冗談なんかじゃないからな」

と、そのとき、玄関の戸が開いて千鳥足のジャキが入ってきて、おまえたちは二人してぎょっとした。連れがいるみたいだったけど、独り言を言っていただけかもしれない。あいつが独り言を言うのは、珍しいことじゃなかったから。

ＤＤはおまえを見て険しく目を細め、おまえは彼の漆黒の肌を優しく撫でた。一等賞を獲《と》った競走馬の毛並みを愛でるように。

「そんで、こういうことしてんのがジャキにばれたら、あいつはおれたち二人を殺すだろうな」おまえは彼の口にキスをした。それは発酵した葡萄《ぶどう》の味がしたけど、やっぱりすごく美味しかった。

ジャキは客とくっちゃべりながらドタバタと自分の部屋に向かい、やがて、ドアが閉まって鍵のかかる音がした。その客が空想上の客だったのかそうじゃなかったのかは定かではないが、彼女が同居人二人をベッドの上で暗殺するよりましなことをやろうとしていたのは明らかだった。

黒い月

大臣のサングラスが日差しを受けて薄く色づく。それはまるで穢《けが》れた駐車場と忙《せわ》しない火葬場と怒れる霊魂（その多くは他でもない彼の口から発せられた命令により、ここに追いやられた者たちだ）だらけの墓場から彼を守っているかのようだ。

「スタンリー、一連の写真をマーリンダ・アルメイダが撮った証拠はどこにもないのだよ。なのに、どうしてあれが彼のものだと言えるのかね？」

今やおまえは『スタートレック』や『ブレイクス７』に出てくるどんな装置より高速な移動手段を手に入れた。おまえの名前を誰かが口にするだけで、電話線の向こうにだって瞬間移動できるらしい。かくしておまえは今、ふかふかのベンツの座席にまこと嘆かわしき司法大臣殿と並んで身を沈めている。彼の死んだボディガードはボンネットの上に座って、暗殺者はいないかと監視中。前の座席には、運転手と用心棒。どっちも黒い服を着て、頭に被り物をつけている。

家に電話機を設置する余裕があるのは人口の半数以下というこの国の大臣の車には電話機が備えられている。おりしも彼はそのレンガみたいな代物に向かってしゃべっているところだ。相手の話し声はおまえには聞こえないが、とくに支障はない。

「……わかってる。それはわかっているさ。だがな、わたしはこの件を客観的にとらえようとしているんだ。純粋に公正な立場からな。きみはこの件と距離が近すぎるんだよ、ダルメンドラン。身びいきは許されない。国益を第一に考えなければ」

「……そうだ、スタンリー。国連は例の遺体をいまだに手放そうとしない。まったく話の通じないやつらだよ。ああ、返すよう話はしている。こちらの手元に戻り次第、しかるべき方法で身元確認をおこなうつもりだ」

「……あの箱の中には、少々厄介な写真が入っていてね。こちらの法律家チームで分析をしているところだ。カモにされるのはごめんだからな。一部は機密扱いで軍で保管することになるだろう。あの写真を公にすることが果たしてこの国のためになるのかどうか」

「……八三年？　ああ、たしかその年の写真も含まれていた。この時期にあの件を蒸し返すのは得策とは思えない。きみも同意してくれるはずだ」

「……悪いがスタンリー、予定が詰まっているのでね。写真が手元に戻ってきたら、しかるべき機会を設けて一枚ずつ検討するとしよう。どうするべきか、きみの意見を聞かせてくれ」

「……そりゃあ、きみの意見は重要だとも、スタンリー。この国はシンハラ人の国かもしれないが、われわれはすべての民族を尊重している。それこそが最優先事項だよ。だが、あらゆる偉大な国家は鉄拳により統治されてきた。英国、フランス、日本、ドイツ。今のシンガポールを見るがいい」

「……だから、忙しいと言っただろう？　結果がわかり次第知らせるから。ああ、必ずだ」

「……いいかね、スタンリー。今はスリランカにとって最悪の時期だ。わたしの占星術師によれば、黒い月、ラーフともアパレーとも呼ばれる試練のときなんだ。国連が説教しにやってくるのはいいが、南アフリカやパレスチナやチリの問題に対してあいつらがしていることを見てみろよ。この国の問題は部外者には解決できない。違うかね？」

ベンツは墓地の駐車場に滑るように入っていくと、巨大な煙突に程近い日陰に停まる。黒服の男たちが降り立って、両側からドアを開け、おまえはおや？と思う。大臣殿は両方のドアからお降りあそばすおつもりなのか？　運転していたやつが右のドアから手を入れて、後部座席の箱をつかむと、大臣は左のドアから降りる。すぐ横にいたくせに、おまえはそこに箱があったことにまったく気づいていなかったんだ。

「……とにかく今は時間がないんだ、スタンリー。何かわかり次第電話するから」

軍人でも警官でもないガードマンがトランクを開けてずだ袋を引っぱり出し、おまえは誰かに自分の墓を踏みつけられ、その上にクソまでひり出されたような感覚に襲われる。振り向くと、そこにいるのはセーナだ。モラトゥワとジャフナから来た工学部生、死んだ〈虎〉数名、それに見たことのないやつも何人かいる。あんなに速くここに飛んでこられたのは、名前を呼ばれたからだけじゃなく、この袋入りの骨のおかげでもあったわけだ。

「そんな格好で自分の葬式に出るつもり？」セーナがからかう。マントもツンツンヘアもギザギザの歯もさらに長くなっている。「さあ、葬列に加わろう」

大臣は脇を黒服二人に固められ、影には悪霊《デーモン》を従えている。黒服のひとりはずだ袋を、もうひとりは朽ちかけた箱を抱えている。箱に描かれているのは、エースのハイストレート。普通ならば勝てる手だが、今度ばかりはそうはいかないかもしれない。

　おまえはついにブチ切れて大臣に襲いかかる。その顔に、喉元に、首筋に、爪を立てようとする。**大臣に取り憑く悪霊**《ミニスターズ・デーモン》がおまえとご主人様の間に立ちはだかって、おまえを突き飛ばす。おまえの体はベンツを飛び越えてセーナの腕の中へ。やつの抱擁はひんやりとして妙に心地いい。大臣は駐車中のトラック三台とそれをホースで洗うサロン姿の男たちの脇を通り過ぎる。

「あなたを殺したやつらを殺すのをぼくが手伝ってあげる」セーナがおまえの耳にささやく。

火葬場の入り口には、ランチャゴダとカシムがいる。二人は揃って大臣に敬礼する。

「全部片付いたか?」シリルが尋ねる。

「はい、サー」と、カシム。

「はい、サー。だいたいのところは」と、ランチャ。

「外出禁止令はじき解かれる」と、シリル大臣。「さっさと終わらせろ」

　さきほどよりも煙は薄れ、たち込めていた肉の焼ける臭いは、それを隠すために撒かれた大量の化学薬品の臭いに取って代わられている。七十七人分の死体は今や、くすぶる燃えかすと薄れゆく悪臭と生者には見えない影に姿を変えている。焼却炉の開口部の前には、台車付きの担架が一台。黒服の男の片割れがその上にずだ袋を、もう片方が箱を載せる。彼が箱とずだ袋を重ね、それがぐらりと傾くのを、おまえは見ていることしかできない。

　大臣がため息をつくと同時に、おまえの骨とおまえの写真は焼却炉めがけて転がり落ちる。それから、大臣は踵《きびす》を返して車に向かう。大臣に取り憑く悪霊《ミニスターズ・デーモン》はボンネットに跳び乗ると、おまえに向かって肩をすくめ敬礼をしてみせる。

三匹のネズミ

どれくらい長いことそこで煙を眺めていたのかはわからない。そして、そうしているのはおまえひとりじゃない。ひとりどころか七十七人もの霊魂たちが余燼《よじん》と化したかつての住み家を見下ろしていた。そのくつろぎぶりたるや、安楽椅子に揺られながら、焼け落ちるわが家を眺めているかのよう。泣き叫ぶ声はすでに潰《つい》え、コウモリやカラスさえ今だけはおとなしくしている。

ふいにささやき声がして、おまえははっと我に返る。ささやきってやつは人を驚かせるのが好きなんだ。見ると、セーナがおまえの肩に頭を預け、おまえの耳たぶに声を吹きかけている。「ご愁傷様」

「失せろ」

「あいつらは罪を免れるだろうね。なぜって、カルマなんて嘘っぱちだからさ」

悪寒が全身を駆けぬける。セーナの声は割れていてやけに高く、周波数がズレたままボリュームを倍にしたかのようだ。

「また演説を聞かされんのかよ？」

「カルマに欠陥があるのはわかってるでしょ、ボス？」

「セーナ、今はそういう気分じゃないんだ」

「すべてはあるべき場所に収まるというのが大前提。だから、ぼくたちは何もしないで、カルマに身を委ねるしかない。そんなの絶対に馬鹿げてるよ。何があろうと『アッラーの思し召しのままに』って唱えろって言うのかい？」

「おまえの死体もこんがり焼かれちまったのか？」

「無関心を植え付けることで得をするのは特権階級だけ。あそこにいる足の不自由な人は前世で誰かの足を折った。だから、自業自得。あの農民たちは前世で無駄遣いをした。だから、今はひもじい思いをしている。あの工場経営者はかつて菩薩のように寛容だった。だから、お邸《やしき》を何軒も建てられるのも当然のこと。その伝でいけば、あいつのポルシェをせっせと磨けば、ヴァラムのおこぼれに与《あずか》れるかもね」

「おれに言うなって。こっちは生者にささやくこともできなければ、ネガを見つけさせることも、自分を殺したやつを突きとめることもできずにいるんだ。けど、おまえだって人のこと言えないぞ。ただの大口叩きのくせに」

セーナの全身の痣《あざ》や傷痕が心なしか洒落《しゃれ》て見える。まるでプロの彫師に手を加えてもらったみたいだ。

「仏教では、今いる場所が自分のいるべきところだと貧者に無理やり信じ込ませる。いかにもそれが自然の摂理って感じでさ。そんなのは貧乏人を苦しいままにしておくための都合のいいでたらめだよ」

「なあ、セーナ、あいつらはおれの写真を燃やしちまったんだ。おれにはあと何が残ってるんだろうな？」

セーナが見たこともない優雅さで、ふんわりと宙に浮かぶ。やつの変化はそれだけじゃない。一瞬考えてから、おまえは気づく。やつはもうおまえを「サー」と呼んでいないんだ。

「あらゆる宗教は貧乏人を手なずけ、金持ちを城に住まわせる。アメリカの奴隷たちだって神の前にひざまずいた。なのに神様は凄惨なリンチから顔を背けただけだった」

「何が言いたい？」おまえは尋ねる。

「ぼくが言いたいのはね、ミスター・マーリ、カルマには物事のつり合いなんて取れないってこと。今いいことをすれば、あとでいいことがある。蒔いた種は刈り取れ。他人のために尽くせ。そんなの全部嘘っぱちさ」

「無神論者の共産主義かぶれか。ゾクゾクするぜ」

「言いたいことは他にある？」

「ソ連人、中国人、クメール族は神を持たない。神を信じないことで人は悪魔になる許しを得るのかもしれないな」

「まるで神様を信じてるみたいな口ぶりだね。それとも、その優しさもカルマのなせるわざ？」

「同意するよ、同志パティラナ。おれたちはみんな野蛮人だ。どんな神の前にひざまずくかは関係ない」

「それ、それ。それを言いたかったのさ。この世界には自動修正機能がある。でも、それを操るのは神でもシヴァでもカルマでもない」

ガタゴト進むトラックの上にセーナがふわりと舞い降りる。

「ぼくたちさ」

・・

セーナは当然おまえがついてくるものと決めつけ、おまえは当然その期待に応える。ホースで洗い流されたものの、トラックはいまだに肉の臭いがする。ハンドルに覆いかぶさるドライバーマッリの肩の上には、食屍鬼《グール》が二人のっかって、耳に何やら吹き込んでいる。彼がエンジンをかけると、バラルとコットゥがキャビンによいしょと乗り込んで、擦り切れた布張りの座席に背を預ける。ため息を吐き、目を閉じて、腹周りのぜい肉とポケットの中の現金をぽんぽんと叩く。

「ぼくたちを殺したやつらを罰する覚悟はできた？」

「あいつら、全部燃やしちまった。おれがやったすべて。おれが見たすべて。何もかも消えちまった」

「この列車は写真だけじゃ止められないよ、坊や《ブター》。くだらない感傷は捨てるんだ、ブラザー。あなたがこの世に生きた理由を考えてみて。目的はなんだったの？　ギャンブルをして、写真を撮って、ナニをシコシコしごくだけ？」

「この目で見ること、それだけだ。いくつもの朝焼けも、あちこちで起きた殺戮も、おれが写真に撮ったからこそ存在した。けど、それももう、おれといっしょにこの世から消えちまった」

「泣き言もいいけど、できることは他にもあるんじゃない？」

トラックの上に浮かんでいるのは全部で七人。おまえとセーナ、ジャフナ大とモラトゥワ大の学生二人組、それにグロいやつが三人いて、おまえはじろじろ見ないようにするものの、どうしたって見ずにはいられない。ひとりは顔じゅうに刺し傷があって、そこから蛆《うじ》がうじゃうじゃ這い出している。ひとりは四肢のすべてが折れていて、あとのひとりは溺死したと見えて青みがかった灰色の何かと化している。

全員がここ数年のビーシャナヤー――ＪＶＰを壊滅させた弾圧の犠牲者だ。そして、どうやら全員がセーナを慕っているらしい。

「何見てんだよ、インポのホモ野郎《ポンニャー》？」顔に蛆がわいているやつが言う。

死後の世界でおまえが浴びせられた同性愛嫌悪的《ホモフォビック》な罵りは、さんざん男と遊んだ二十年間に受けた分をとうに超えてしまった。

セーナが立ち上がって演説を始める。

「同志諸君。どうか冷静に。あいつらはぼくらを殺そうとしたが、ぼくらはまだくたばっちゃいない。今、ぼくらは大きなうねりの中にいる。この国は不公正という名の暴力に飲み込まれようとしているんだ。〈はざま〉も〈下〉と同じ。〈光〉にしたって何も変わらない。どこもかしこも無秩序だ。蝶（仏教では、魂を浄土に運ぶとされる）もブッダも右往左往。何が公正かなんて誰も教えてくれやしない。何兆個もの原子が自分の居場所を確保するべく押し合いへし合いしているんだ」

外出禁止令の夜に雨が降る。今このとき、動いているのは風と霊魂とこのトラックだけ。ひしめくビル群も縦横に走る道路もがらんとして静まり返っている。セーナは空の裂け目を見上げて笑い声を上げる。

「宇宙がぼくらに味方しているみたいだ！　準備はいいか、闘士諸君？」

学生二人組がうなずき、グロテスク三人衆がうなずき、おまえは肩をすくめる。

「マーリ兄さん、あなたがすやすや寝ているあいだ、ぼくら大忙しだったんだよ。クロウアンクルにもあなたはどうしているかって訊かれたよ。そろそろ目を覚ましたらどう？」

「で、何すんだ？」おまえは訊き返す。「さらに演説をぶつつもりか？」

「大切なのは、ぼくらがどんなふうに死んだかじゃない。どう生きるために生まれたかだ。今夜、ぼくらは正義の天秤を正してみせる」

「正義の天秤？　んなもん正せるわけないさ。永遠にな」おまえは言う。

かつては工学部の学生だった闘士二人組はおまえが何か言うたびに顔をしかめる。

「クロウアンクルがコツを教えてくれたんだ。それに、もっといい先生も見つかったしね」

「まさかおまえ、マハカーリーと手を組んだのか？」

「力を貸してくれる相手なら、誰とだって手を結ぶさ」

そこから先は、銃撃や心臓発作みたいにあっという間《ま》の出来事だった。ばらばらのピースをつなぎ合わせることができたのは、ずっとあとになってマーラの木に座っていたときのことだ。まず、学生二人組がトラックのボンネットにそろりと降り立つ。それから、グロテスク三人衆がトラックと並走して、ドライバーマッリの目を引きつける。

セーナがおまえの顔の真ん前にぬっと顔を突き出す。唇を奪う気なのか、鼻をむさぼり食う気なのかはわからない。「誰だって平和が一番だ。非暴力を求めているのはみんな同じさ。ただし、相手が蚊やネズミやゴキブリとなれば話はべつだ。それか、テロリストとかさ。殺《や》るか殺られるかの問題だからね。でもさ、それって命に貴賤があることにならない？　うん、もちろん、それは間違いじゃないよ。蚊は人類の半数の命を奪ってきた。ぼくだってＤＤＴの使用には反対しない。そして今、ぼくに問うあらゆる神に告ぐ。これが答えだ」

セーナが運転席に飛び込んで、ドライバーマッリの耳に叫ぶ。やつの悪態まみれの毒々しい言葉が運転手の眉間に深い皺《しわ》を刻む。トラックはスピードを上げ、空っぽの道を〈ホテル・レオ〉めざして突っ走る。そこにはいくつもの死体が留め置かれ、いくつもの秘密が埋められている。だが、この車がそこにたどり着くことはない。

グロテスク三人衆が道の真ん中に立ちはだかる。首にじゃらじゃら骨をぶら下げ、おまえには理解できない文句を唱えているが、それがパーリ語とサンスクリット語とタミル語と悪霊語のミックスであることは想像がつく。

ドライバーマッリが目をしかめ、首を横に振る。耳から入ってきた言葉をそのまま口に出す。

「ぼくに問うあらゆる神に告ぐ。これが答えだ」

彼は目をこすり、道の真ん中に浮かび上がるグロテスク三人衆に気づいて息をのむ。慌ててハンドルを切るが、当然ブレーキは利かない。なぜって、ブレーキパッドには工学部の学生が巻きついているからだ。トラックはそのままバス停とその隣の変圧器めがけて突進し、そこに座って待つ人たちの姿が見えたと思った次の瞬間には変圧器に激突、向こう脛を蹴られた全能の神の悲鳴もかくやという凄まじい衝撃音が響きわたる。

木っ端微塵になった変圧器の破片がバス停とそこに並んでいた人たちの頭上に降り注ぐ。

ドライバーマッリの顔がハンドルをしたたかに打って、うたた寝中のごろつき二人は天井まで吹っ飛ぶと、咳き込みながら目を覚ます。それから何かが引火して爆発、トラックじゅうが悲鳴に包まれる。セーナとその手下の怒れる男たちは炎の中で舞い踊り、口汚い罵り言葉を唱え続け、その間にもトラックの中では三匹のネズミが焼かれていく。

辺りを見回すと、あちこちにばらばらになった人体の一部が見えるが、それはトラックの中のネズミどものものではない。外出禁止令のさなかにバス停にいたのは何人だ？　三人？　五人？　それから、おまえの目の前に戦地で出会った母と子の姿が浮かび上がる。榴散弾を浴びた老人、死んだ犬も。彼らは何かをせがんでいるが、おまえにはそれが与えられない。やがて、犬がしゃべりだし、気がつくとおまえは現在に戻っていて、目の前ではセーナ以下救援作業隊の面々がいよいよ不可解な行動を取ろうとしている。

それは衝突事故をわざわざ起こして、炎の中で舞い踊った連中には似つかわしくない行動だ。彼らは運転席側のドアを引っ張る。すると、蝶番がいかれていたにもかかわらず、ドアは軋みながら開く。ドライバーマッリがめそめそ泣きながら這い出してきて、彼の義足を炎が舐める。霊魂たちはその炎をぱんぱん叩くと、炎上するトラックに向かって何やらまた唱えだす。ドライバーマッリが気を失うのと同時に、彼を包んでいた炎が消える。

惨事が起こったときの常で、瞬く間に人が集まる。洟《はな》をかんだあとについハンカチを広げて見てしまうのと同じ心理なのだ。道沿いの店からは、外出禁止令などどこ吹く風、わらわらと人が出てきて、炎上するトラックを遠巻きに眺めては悲鳴を上げる。奇特な数名がバケツを持ち寄り、ドライバーマッリに水を浴びせると、事故現場から遠ざけるべく彼の体を引きずっていく。地面に倒れ、血を流し、泣き叫ぶ者もいる。もう動かなくなった者もいる。

動かなくなった者の背後には、白いスモック姿の人影が立っている。どうやらこの街では救急車より先にヘルパーが到着するようだ。死者たちはおまえにはすっかりおなじみとなったあの困惑の表情を顔に浮かべて連れ去られていく。

炎上するトラックから二つの人影が這い出してくると、セーナと手下の食屍鬼《グール》どもがすかさず襲いかかる。バラルとコットゥは工学部の二人組につかまって、道路脇の原っぱに連れて行かれる。彼らは抗わない。燃えるトラックとぶすぶすと煙を上げる自らの死体を呆然と見つめるだけだ。

セーナと手下どもは何やら口ずさみながら、二人のゴミ処理人の先に立って不揃いな芝生を突っ切っていく。その先に、長い髪をなびかせ、髑髏《どくろ》の首飾りをした人影が見える。おまえがいるところからは、皮膚に刻まれた顔まではよく見えないが、べつに見たいとも思わない。セーナがおまえを振り返り、ついてくるよう手招きをする。やつの瞳の中で赤と黒が混じり合う。検査を済ませたおまえの耳を、地の果てから響くうなりが満たす。おまえはついていかないことを選ぶ。

ザ・マスク

今座っているこの木の名前は知らないが、こんもり茂った葉は風やささやきをうまくつかまえてくれそうだ。おまえは遠くの屋根から立ちのぼる煙を眺め、あそこで燃やされているのは人間だろうか写真だろうかと考える。

東からの風がおまえの名前を運んでくるが、おまえは必死に気づかぬふりをする。おまえという存在も、おまえがしたことも、今やすべてが塵と成り果てた。ネガは誰にも見つからず、虫に食われ、やがて色褪せてしまうだろう。じきに名前を呼ぶ者もいなくなって、そこですべては終わるのだろう。

「少し落ち着けと言ってるだろう。おまえは例のマーリンダの件でパニックを起こしているんだ」

「いいえ、クガ。わたしがパニックを起こしているのはあの大臣のせい。あなたがCNTRのために動いているのではないことはわかっている。それがパニックの原因」

おまえは名もなき木をあとにして、気がつくと〈ホテル・レオ〉の八階のスイートにいる。CNTRの本部はすでに段ボール箱とゴミ袋の山と化している。壁のそこかしこに浮かび上がる四角い跡は、かつてそこにかかっていた写真の名残りだ。

クガラージャは窓辺に立って煙草をくゆらせ、エルザ・マータンギはスーツケースにファイルを詰め込んでいる。

「税関で止められたらどうするんだ？」

「勤め先のカナダ大使館のファイルだと言えばいい」

「少し話はできないかね？」

「表にバンは停まってない？」

クガがカーテンを細く開け、スレイブ・アイランドを鳥の目で見渡す。彼は煙草の煙を吸い込むと、首を横に振る。

「外出禁止令はまだ解かれていない。向こうにバンが三台。それとジープが一台。なあ、考えてみてくれないか。今しばらくここに残ってはどうだろう？　せめてあの写真を手に入れるまでは。もしも政府に貸しができれば、それはそれで悪いことではあるまい」

「少しは頭を使うのね。大臣が写真を渡すわけがない。で、その先にどんな結末が待っていると思う？　わたしがマハティヤを政府に引き合わせようとしていることを知ったら、〈虎〉のやつらはわたしを生かしてはおかないでしょうね」

「〈虎〉はきみに手出しをしない。それはおれが保証する」

「へええ、あなたが？」

「絶対にきみを危険な目に遭わせない」

「そこまで言うなら、あなたが自分でマハティャ大佐と話をつければいいでしょう？」

エルザは散らかった部屋を見渡してから、スーツケースのジッパーを閉める。おまえはダクトテープで口をふさがれた箱の山を眺め、その行き先は大使館かそれとも焼却炉なのだろうかと思う。

「おれはマーリンのようなギャンブラーではない。おそらくやつはどこかで生きているのだろう。ネガはイスラエル人にでも売って」

「あの人は死んだわ」

「あいつを殺したやつが誰か知っているのか？」

「あなたはどうなの？」

「もしもあいつが写真のせいで殺されたのなら、おれたちだって安全ではない。いいだろう、フライトを予約しよう。行き先はカナダかノルウェーか、それともロンドンかね？」

「自分のフライトは自分で予約します。あなたはわたしをここから出してくれさえすればいい」

互いの周りをくるくる回る愛人たちをおまえは眺める。エルザがスーツケースを戸口まで転がしていく。彼らから小切手を受け取って辞意を伝えた記憶はある。だが、それがなぜだったのか、どうしても思い出せない。

「箱の始末は任せていい？」

「朝までには仕分けられるだろう。CNTRはなんと言ってる？」

「国外に出るまでは誰にも連絡しないつもり。話したのはあなただけ。そのあなたすら信用してはいないけれど」

「これで終わりなのか？　諦めてしまうのか？」

「わたしがこの国に来たのは、タミル人を助けるため。わたしの死体は誰の助けにもなりはしない」

クガがエルザのほうにつかつかと歩いていって片手を挙げる。エルザは思わず身をすくめるが、クガは彼女の顔にかかった髪を優しくはらうだけだ。

「いっしょに来てほしいとは一度も言わなかったな」

「なら言いましょうか。いっしょに来て」

「あとひとつやり残した仕事がある」

「だから、誘わなかったの」

「このあとの計画は？」

「今日の午後、ドイツ人の団体がバスで〈ヒルトン〉を出発する。そのバスに乗れるよう手配してもらえる？」

「どちらの出口もおそらく監視されているぞ」

「荷物用エレベーターなら？」

クガが微笑み、受話器をつかむ。「手がかりがつかめたから、ネガは日曜の夜までに入手できそうだ、と大臣に伝えるんだ」

「バスに乗る手配はしてもらえるのね？」

「おれがきみの期待を裏切ったことがあったかね？」

エルザは深いため息をつくと、受話器を受け取り、言われたとおりにする。最期の晩に、エルザはおまえにこう言ったっけ。この街の穏健派が行き着く先は飛行機の上か、さもなきゃコンクリート板の上だ、って。

二十四時間続いた外出禁止令は通りから余計なものを一掃し、空気さえも入れ換えていた。澱《よど》んだ呼気の悪臭は消え、軽やかに吹き抜ける風が時折微かな煙と塵の臭いを運んでくるだけだ。ホテルの向かいには、着色ガラス窓を付けた白いデリカバンが停まっている。後部座席にはランチャゴダ警視補、見るからに睡眠不足で不機嫌そうだ。たるんだ目をホテルの入り口に向けている。

一台のジープがその脇に停まり、ガラス窓が下がる。運転席の太鼓腹の男は色付きのサングラスをかけ、外科手術用《サージカル》マスクをつけている。隣の席に座っているのは、携帯用無線電話機を手にしたラージャ・ウドゥガンポラ少佐だ。

少佐が警視補を見ると、ランチャゴダは姿勢を正して「気をつけ」をするときの顔になる。「両方の出入り口から目を離さないように。彼女がここを出たら知らせてくれ。あとをつけ、絶対に見失うな。こちらが指示を出し次第、車に連れ込め。わかったか？」

「はい、サー」と、ランチャゴダ。

少佐が無線電話機を口に当てる。「今のところ動きはありません。見張りはすでに配置しています」電話機越しにパチパチという雑音が聞こえる。少佐は眉根を寄せ、相手の話に耳を傾ける。「宮殿《パレス》には常に空き部屋があります、サー」雑音がひどくなり、少佐はランチャゴダをじろりとにらむ。「空いていなければ、空けさせるまでです」

彼は最後の雑音には返事をしない。電話機を置き、ゆっくりと警視補に語りかける。「あの女を連れてくるか、さもなきゃ、ネガを持ってくるんだ。どっちも確保できたら、超過勤務手当を払ってやるぞ。片方だけでも、まあよしとしよう。だが、手ぶらで帰ってきた場合は、覚悟しておけ」

「わたしひとりでこれをやらなくちゃならないんですか、サー？」

「怖いのか？　おやおや《アネー》、とんだ甘ちゃんだな。だが、心配することはないぞ、坊や《ババ》。おれの友だちが隣に座って、手を握っててやるから」

マスクの男がジープから降り立つ。目も口も覆われているにもかかわらず、男が満面に笑みを浮かべているのがわかる。

パレス

ラージャ・ウドゥガンポラ少佐は机上の兵士だ。おまえがやつを戦場で見たのは一度きり。八七年、アッカライパットゥで。最初に、やつはブルドーザーで村をまるごと埋められるほどでかい墓穴を掘らせ、次に兵士たちに命じて死体に〈虎〉の制服を着せてポーズを取らせた。それから、おまえとレイクハウス社（スリランカの国営新聞社）の三流記者どもに写真を撮らせた。最後に、やつはおまえのフィルムを没収したんだ。

おまえ以外のカメラマンは虐殺を二度も撮れたらいいほうだった。たいていのやつはゴアなシーンに耐えられなかったし、危険なわりにぱっとしない報酬を嫌がる者も多かった。なのに、おまえははまっちまった。

なぜって、愚かだった昔のおまえに言わせれば、問題はコロンボやロンドンやデリーにいるやつらが恐怖の全容を知らないことにあったから。そして、若くて賢いおまえなら、為政者たちを戦争反対に転じさせるような写真をものにできるかもしれなかったからだ。ナパーム弾から全裸で逃れる少女がベトナムのためにしたことを、母国の内戦のためにするというわけだ。

少佐はすべての従軍記者に、スープレモの潜伏場所を嗅ぎつけたら、必ず連絡するように言い渡していた。六桁の電話番号を教え、彼をプラバカランのもとに導いた者には六桁の報酬を約束した。しかも、その報酬はルピー建てじゃなかった。

これは内戦初期、スープレモは捕捉できるし、内戦にも勝てると軍が愚かにも信じていた頃の話だ。ラージャ少佐にとって、記者とは彼のボスが英国から買う銃弾以上に使い捨て可能な消耗品だった。このこともまた、あれほど多くの記者が辞めていった理由のひとつだった。

記憶は咳となってやってくる。百日咳みたいな激しい咳の発作がおまえの脳をいたぶり、半身を前に折り曲げさせる。今はもうない神経の先端がチリチリと焦げ、長い廊下と部屋から成る場所におまえを連れ戻す。壁には、ファイリングキャビネットと陳列棚がずらりと並んでいる。ガラスケースの中には、ウージーの機関銃、ブローニングのリボルバー、ダムダム弾に手榴弾。どれも怒りや恐怖に駆られて銃を発射した経験が一度もない少佐所有の軍事博物館の収蔵品だ。

おまえはデスクの脇に立ち、その大男の禿げかかった頭を見下ろしている。軽く咳払いするつもりが、思ったより激しく咳き込んでしまう。ラージャ・ウドゥガンポラ少佐、またの名をキング・ラージャは嫌悪感も露わにおまえを見た。

「医者に診てもらったほうがいいんじゃないか?」

「いえ、サー。ただの煙草の吸いすぎです」

「ほう、そうかね？　ナニのしゃぶりすぎではなく？」

やつがゆっくりと時間をかけておまえを眺め回すあいだ、おまえはただ立ちつくしていた。目の前に空いている椅子があったけど、それを勧められることもなかったから、立ったままでいるしかなかった。テーブルの上には、おまえの名前が書かれたファイルとおまえが前線で撮った写真。どれも白黒で、サイズは十八×十二インチ、艶消し仕上げが施してある。一番上にのっているのは、ヴァルヴェッティトゥライ爆撃の写真。迫撃砲が炎に包まれたいくつもの体をココヤシの木の上に吹き飛ばす瞬間をとらえたものだ。その下に積み重なる写真の一枚一枚をおまえは覚えている。あの頃は毎月のように大虐殺があった。前月の殺戮の報復として、国と〈虎〉が交互に村を焼き払っていたんだ。ただし、少佐のご所望は〈虎〉側の蛮行の写真だけ。コキライ、ケント農園、ダラー農園、ハバラナ、アヌラーダプラ。国が出資した殺戮は基本的に撮影不要だった。

「いい仕事だ。われわれは事実を記録しなければならない。〈虎〉が罪のない女子《おんなこ》どもや赤ん坊にしたことをな。そうでもしないと、タミル人はそのような事実はなかった、と白を切るだろうから」

いっときの間《ま》。おまえはそれが宙に浮かぶに任せた。

「それだけに残念でならないよ」

「サー？」

「マーリンダ・アルバート・カバラナ」おまえのファイルに目を落としながら少佐が告げた。「きみとの契約は本日をもって打ち切らせてもらう」

「契約が切れるのは一九九一年のはずですが」

「そのとおり。だが、きみの行動は刑法一八八三条に違反している」

「なんのことかよく……」

「きみは複数の兵士と不自然な関係を持っている。戦時にはあってはならないことだ。いや、どんなときであれ許されることではない。以前にも警告を受けたはずだ」

戦地の人間関係に不自然じゃないものなどありはしない。友情は強制的で、それゆえ壊れやすい。恐怖と退屈と孤独が奇妙な仲間意識を醸成し、赤の他人の腕の中に慰めを見出してしまうこともある。おまえは色男を好む美男子を見つけ出す術を心得ていた。着ているものが軍服だろうがサロンだろうがバティックシャツだろうが関係ない。バスで笑いかけられたとか妻と喧嘩中だとか、きっかけも問わない。ただし、おまえが手を出す相手は無口なやつ、村の若者、さまよえる一匹狼、要するに、チクる相手がいないやつに限られた。あるいは、おまえにはそう思えただけだったのかもしれないが。

少佐は立ち上がり、ゆっくりと机を回り込むと、おまえの脇で足を止めた。少佐がおまえを眺め回すあいだ、おまえの目は正面を向いたままだ。少佐の手がおまえの頬を撫で、指が首筋を這う。

「おまえはホモか?」

「いいえ、サー」

少佐の指がおまえの首のチェーンをかすめる。この頃おまえがぶら下げていたのは三本どころじゃなかった。エジプト十字架、オームのマーク、犬の鑑札、例のカプセル、血の付いた円筒。そこから少佐の指はおまえの腹をなぞって股間へと下りていった。こするとき、やつは指の背を使った。

強すぎも弱すぎもしない力を込めて。感じやすい肉の裏に隠された二本のロールフィルムを探り当てるかのように。やつの手は無骨だが、触れ方は優しかった。おまえは気をつけの姿勢で立って、意志の力でそれを柔らかいままに保った。

「問題はそれだけではないのだよ」

少佐の指がおまえのしぼんだ睾丸の上に留まるあいだ、おまえは凍り付いたように立っていた。

「おまえが病気だという噂がある。おまえに触ると、おれもエイズになっちまうかな？」

少佐は手を引っ込め、デスクの向こうに戻ると、壁の釘から帽子を取った。

「行くぞ」

・・

ジープを運転していたのは片足が義足の若い兵士だったが、そいつがおまえを見ることはなかった。ウドゥガンポラ少佐はおまえの向かいに座り、その膝はおまえの両膝の間のスペースを著しく侵害していた。身を乗り出せば、膝頭でおまえの金玉を押しつぶすことだってできただろう。「うぬぼれるな。おまえより腕のいいカメラマンなどいくらでもいる」やつは言った。「忠誠心があって、自分の民族のために尽くし、減らず口を叩かないやつがな」

「サー、どこに向かっているんです？」

「若い連中は『ラージャ・ゲダラ』と呼んでいる。おそらくわたしにちなんでな。王の家。つまり、宮殿。まったく、愉快なやつらだよ。むろん、設計にはわたしも関わった。どうしてわれわれがおまえをみすみす解放するのか、教えてやろうか？」

「フリーランスで働ける契約だから？」

「それはあくまで許可を得たらの話だ。きみはロバート・サドワースを〈虎〉の大佐に会わせる許可を得たのかね？」

「AP通信に頼まれて仲介しただけです。ロバート・サドワースはAPの記者だ」

「彼のボディガードについては？」

「ボブ・サドワースは極度の心配性で」

「あれは〈KMサービス〉から派遣された傭兵だ。おまえは正式な許可を持たない戦闘員を前線に招き入れたんだぞ」

「けど、書類には判が押してあった」

「押したのはおれじゃない。おまえに与えられたのはAPの記者をヴァンニの軍基地に連れて行く許可だ。武器商人を敵との会食に連れ出す許可ではない」

「武器商人？」

「サドワースとは一度会ったことがある。正確に言うと、ヴァンニで」

「そうなの？」

「何がそうなの、だ。おまえもその場にいたじゃないか」

「おれが？」

「われわれが基地を攻撃し、大佐を捕虜にしたあとのことだ。覚えてないのか？」

「銃撃のさいに負傷したもので。何も覚えていないんです」

「負傷？　どこに？」

「状況がよくのみ込めないのですが」

「ったく。カマトトぶりやがって」

少佐が前に身を乗り出し、やつの膝がおまえの股間をかすめる。

「おまえがどちら側についていたのか教えてもらえると助かるのだがな」

「いいジャーナリストには敵も味方もありません」

「そうだろうとも。だが、ホモのカメラマンならどうだ？」

「はい？」

「士官学校の生徒から、おまえに性的いいたずらをされたという苦情が七件寄せられている」

おまえは色の着いたガラス窓越しにひと気のない通りを眺めやり、外出禁止令なんて出ていたっけと首を傾げた。それから、どうせ証明できっこないさ、と自分に言い聞かせた。なんだ、たったの七件か、とも。あれが性的いたずらなどではなかったことは、少佐もおまえも承知していた。性的いたずらとは、ついさっき少佐のオフィスでおこなわれたようなことを言う。おまえは三十四年の人生を切り抜けるために唱え続けてきたマントラを今一度唱えた。

「おれは同性愛者じゃありません。ガールフレンドだっているんだ」

「でたらめを言うな。現に苦情が出ているんだ。軍と行動をともにするなら、軍の規則に従ってもらう必要がある。ヴィジャヤ師団の若い伍長が身体検査でＨＩＶ陽性と診断された。どうやらこの辺りにはおまえの好みのタイプはいないようだな」

「伍長の知り合いなどひとりもいません」

「黙れ。おまえを雇ったのはこのおれだ。軍に病気を持ち込むわけにはいかない」

「おれは病気なんかじゃない」

「赤十字のコンドームを使っているのもそのためか？　さっきも咳をしていたじゃないか。皮膚に発疹も出ているようだが。おれの目はごまかせんぞ」

　ジープはハヴロック・ロードを右折して緑濃い並木道に入っていった。立ち並ぶ家はどれもデカく、塀は高く、通りにはゴミひとつ落ちていない。道が二度曲がり、運転手は脇道に車を進めた。

「気がかりな噂はまだ他にもある。真偽のほどは定かではないがね。目下わが軍は前線二ヵ所で戦っている。カメラを担いだ変態を追いかけている暇はないんだ」

　行き止まりには巨大な門がそびえていた。遠隔操作で門が開くと、機関銃を持った守衛が二人現れて、揃って敬礼をした。

「ここはまだフル稼働していない。だが、いずれその予定だ」

　兵士たちにカメラと財布を没収されたが、怖くはなかった。地雷原に足を踏み出すときも、〈虎〉と同じ船に乗り込むときも、おまえは怖いと思わなかった。自分の身に危害が及ぶことは絶対ないと信じていた。なぜって、おまえは守られていたから。と言っても、天使とかじゃなく、確率の法則に。その法則によれば、本当に悪いことはそう頻繁には起こらない。起こるときには起こるだけだ。

　ぱっと見、そこは中流階級向けの連れ込み宿に似ていた。おまえが若い男をその手の宿にこっそり連れ込むときにはお決まりの方法があって、それはアッカライパットゥ近くの焼き討ちされた村の物干しで見つけたブルカを被らせるというものだった。人目を引かずに受付を通過するには、それしか方法はなかった。

そのビルは門に背を向けて建ち、足場に乗った兵士たちの手で緑色に塗られているところだった。駐車中のトラックや放置された手押し車を横目に通路を進むと、未完成のコンクリートの階段に行き着いた。建物は三階建てで、各階に部屋が七つずつ。どの部屋にも艶出し加工を施した大ぶりな窓がはめ込まれていて、そこはよくある連れ込み宿とは違っていた。備品は全室共通のようだった。木製のテーブル、バケツ、ロープ、ほうき、塩ビ管、有刺鉄線。一方の壁には蛇口が、べつの壁にはコンセントの差込口がついていた。

「おまえをここに連れてきたのは、これだけは言っておきたかったからだ」

後ろを歩いていた少佐が警棒をさやから抜いた。軍服のベルトにそんなものがぶら下がっていたことに、おまえはそのとき初めて気づいた。

「軍を追われる者の多くが、身の程もわきまえず、勇者気取りで活動家に転じる。いわゆる変節というやつだ。感心しないね」

一階の部屋はどれも空っぽだったが、目には見えない幽霊たちの気配がした。その頃のおまえはまだ幽霊がいるなんて知らなかった。戦場で一発の銃弾がいともたやすく魂を消し去り、さっきまで息をしていた人間が目の前で腐肉と化すのを見届ける。そんなおまえに、幽霊を信じる余地などなかった。そうでもなくなったのは、パレスを訪れ、すえた臭いのする空気の中にひりつく恐怖を感じ取り、暗がりにいくつものささやきを聞いてからだった。

階段をのぼるとすぐに、糞尿の臭いが鼻をついた。二階の部屋は一階とそっくり同じだったが、中に人がいるところだけが違っていた。各部屋にひとりずつ、みな若い男で、みな肌の色が濃く、みな傷だらけだった。座って膝を抱えている者もいれば、窓越しにこちらをにらみつけている者もいたが、通り過ぎるおまえのことは見えていないようだった。

「ここの窓に予算の半分を取られたよ」と言って、少佐が警棒で自分の膝の脇をとんとんと叩いた。

「防音のマジックミラーだ。ディエゴガルシア島から取り寄せた」

最後の独房にいた若者が窓越しにおまえを見ると、口を大きく開け、目をかっと見開いた。そいつがわめいている相手は防音の窓だと気づくまでに少し時間がかかった。ディエゴガルシア島はスリランカの南に位置する馬蹄形の島で、ナポレオン戦争後にイギリスの占領下に置かれた。イギリスは二千人からの島民を追い出すと、島をアメリカに貸し出した。アメリカはこの島に軍事基地を構え、八〇年代までには、アジアの西側同盟国に二重ガラス以外のものもいろいろと輸出するようになっていた。

「コーチが送り込まれてくるんだよ。うちの尋問官たちを指導するためにな。わたしにもっと予算をよこすよう、政府を説得してくれたのも彼らだ」

三階も下の二つの階と造りは同じだった。長方形の部屋、着色ガラス窓、最低限の家具、耐えがたい悪臭。ただし、各部屋には二名以上の入居者がいた。

一号室では、マスクをつけた男が二人がかりで若者をパイプで殴っていた。二号室では、若者がベッドに縛りつけられて悲鳴を上げていた。三号室では、二人の若者が頭に袋を被せられ、逆さ吊りにされていた。四号室では、サージカルマスクをつけて色付きのサングラスをかけた男が椅子に座った男に覆いかぶさるように身を乗り出していた。

「あれがザ・マスクだ。パレスを訪れるすべての客が最初に会うのがあいつだよ」

五号室では、ひざまずいてすすり泣く全裸の娘の周りを、上半身裸の男がぐるぐると回っていた。

六号室と七号室の若者たちはテーブルの上に横たわり、動かなくなっていた。

ラージャ・ウドゥガンポラ少佐がおまえの両肩をむんずとつかんで、壁に押し付けた。彼の肩越し、窓の向こうに、死体の載ったテーブルが見えた。

「おまえを解放してやるよ。恥をかかされないうちにな」

おまえはやつの股間に両手を当て、まさぐるように動かした。やつはおまえをつかんでいた手を緩め、思わず息を洩らしたが、じきにおまえの手を引っ剝がして壁に押し付けた。

「だが、もしおれに恥をかかせるようなことがあれば、そのときは仕事を失うよりもっとひどい目に遭わされることを覚悟しておけ」

やつはおまえの頬に口づけ、唇にもキスをした。それから、思い切り往復ビンタを食らわせた。次に、ぽりぽりと眉毛を掻《か》いて、拳を固めると、腹に一発パンチを見舞った。おまえは息ができず、目がくらんだまま、さらなる一発を覚悟したが、そいつが繰り出されることはなかった。

それから、やつはおまえを解放した。

死んだ僧侶（一九六二年没）とのおしゃべり

おまえはゴール・フェイス・コートをあとにして、再訪できずじまいだった宮殿へふわりふわりと飛んでいく。あの暗い夜に命を奪われるずっと前、おまえはいくつもの暗い夜を、カメラを持ってあの場所に舞い戻り、小道の裏のマンゴーの木の上から写真を撮れば、ピュリッツァー賞も夢じゃないかもしれないな、と夢見て過ごしたものだった。

少佐がおまえに目隠しをしなかったのは、おまえが絶対に戻ってこないとわかっていたからだ。恐怖政治《ビーシャナヤ》の嵐吹き荒れた昨年は、パレスの全二十一室は常に満室だったにちがいない。その時期、無政府主義者の疑いをかけられた多くの者が殺害されたが、その規模は百万人もの共産主義者が狩られたとされる六五年のインドネシアほどではなかったから、わざわざ数えようとする者もいなかった。その数は五千とも二万とも十万とも、いやそこまで多くないとも言われている。

そもそも、ピュリッツァー賞はアメリカ人じゃないともらえないのではなかったか？　アメリカ人と言ったら、インドネシアの大虐殺を支援したＣＩＡを擁し、モルディブの南に海軍基地を構え、楽園と呼ばれる島の宮殿と呼ばれる施設に尋問の指導者ご一行を何度も送り込んできた国の国民だ。

おまえがここに二度と戻ってこなかったのは、生きてパレスを出られる者はいないと知っていたからだ。処刑後、警察署や軍の兵舎に送り返され、コンクリート板の上に放置された死体なら、何度も目にしたことがあった。虐殺された「容疑者」は反乱分子や扇動者、犯罪者やテロリストとの闘いのプロパガンダに利用できる。問題はその大半が濡れ衣を着せられていたことだ。ときには、兵舎の独房にジャーナリストや学者の姿を見つけることもあった。みんながよく知るその顔はさんざん殴られ、ほとんど原形を留めていなかった。そんなとき、おまえは追加で一枚写真を撮って、いつもの箱にそれを隠し、いつもの隠し場所にネガを保管した。まともな耳の持ち主なら、見向きもしないであろう場所に。

おまえが今いるマンゴーの木からは、二階で揺らめく明かりが見える。金切り声とすすり泣き、電気がビリビリいう音が聞こえる。微風が胆汁の臭いを運んでくる。できれば嗅ぎたくない誰かの嘔吐物の臭い、無理やり口に詰め込まれた食べ物のかぐわしき腐臭、恐怖という名の香りをまとった汗の臭いを。さらにいくつもの明かりがついて、さらにいくつもの悲鳴がそれに続く。今度はなんだ？　鼻孔への水責めか、睾丸への電気ショックか、足に釘でも打たれたか？

　おまえがここに二度と寄りつかなかったのは、直視するのが怖かったから、自分もあの牢獄に囚われることを怖れていたからだ。最悪の事態をひと通り経験した今でさえ、庭を突っ切って明かりが揺らめくあの場所へ飛んでいく覚悟ができずにいる。

「もっとこっちに来いよ」しわがれ声が言う。「見たくなきゃ見なくたっていいんだ」

　屋上に影が見える。大きくて輪郭は曖昧で、何色であれ、目は見当たらない。煙突なんてないのに、屋上からは黒い煙が立ちのぼっている。煙は巻きひげのように伸び、影に呑み込まれていく。おまえは声に誘われるがまま、その黒い塊に吸い寄せられる。

「ああ、なんと嘆かわしい。何もかも間違っている。わたしはかつて僧侶だったのだがね」

「仏教の？」おまえは尋ねる。「それとも、カトリック？」

「どっちだってよいではないか。わたしはこの世の闇をさんざん見てきた。だが、いまだに創造主とやらにはお目にかかったことがない」

「なぜここにいる？」

　影が形を成し、黒い歯と黒い目、丸めた背中の輪郭が浮かび上がる。

「ここにはエネルギーがあるのだよ。さあ、こっちに来て座るがいい。従うべき神も恐れるべき悪魔もここにはいない。あるのはエネルギーだけさ」

「あんた、ここに住んでんのか？」それが適切な動詞ではないと知りながら、おまえは尋ねる。屋上に降り立つ勇気はまだ出ない。

「僧侶だった頃は、不信心者にしょっちゅう議論を吹っかけられたものさ。神には悪を止める意志があるのか、そもそも、神には悪を止める力があるのか、とかなんとかな」

「そのジョークなら聞いたことがあるな」

ふいにラーニー博士が恋しくなる。どういうわけか彼女の姿をここしばらく見ていない。おまえがセーナと組んだことを彼女は知っているのだろうか？　やつがネズミ二匹を罰するために民間人五人の命を奪ったことを？　今頃彼女は迷える霊魂と埋まらない用紙と〈耳の検査〉と反〈光〉派への対応に忙殺されているのだろうか？　それとも、おまえのことは最初こそ目をかけていたものの、とうに見限ってしまったのだろうか？

「われわれが今こうして屋上に座っているこの建物より恐ろしい場所が他にあるか？」死んだ僧侶が問いかける。

「似たような場所ならあるぜ。どの部屋にも爺さんがいて、怯える子どもたちと遊んでいるんだ」

「ああ、そこならわたしも行ったことがある。あの子らの悲鳴をたっぷり味わわせてもらったよ」

「あんた、悲鳴が好物なのか？」

「エピクロスに言わせれば、神は非力か、さもなきゃ意地が悪い。もしも悪を止める意志があって、それが可能なら、なぜそうしない？　だが、かの偉大なギリシャ人にも思いつかなかった可能性がひとつある」影の図体はデカく、頭はそれに輪をかけてデカい。まるで獣の頭か、いびつなアフロのようだ。

「神はいないとかそういうことか？」

「違う」

「神だけに上《うわ》の空とか？」

「ちがーう！　神《ネヒ》は無能なのだよ。悪を阻止する気はある。その力もある。だが、いかんせんだらしないのだ」

「うじうじ悩んで腹を決められないってことか、おれたち人間みたいに？」

「常に時間に遅れ、優先順位が決められないということだ」

ふいに忍び寄るさむけが血を凍らせ、細胞をかき回す。それは名付けることができないまま、おまえがずっと怖れてきた何かだ。

「感じるか？　エネルギーだよ。これがすべてだ。アルファでオメガ、始まりで終わり。それが良きものか悪しきものかなど、宇宙にとってはどうだっていいことなのだ。なあ、座ったらどうだ？」

ムトゥワルのほうから吹き寄せる風がおまえを大胆にする。もしもあの巻きひげみたいな煙につかまりそうになったなら、この風に跳び乗ればいい。「おれは拷問とかは受けていない。今だってどこも痛くないしな。殺された可能性はあるが、それだって確かじゃない。だから、下のあいつらみたいにいい餌にはならねえぞ」

「それはどうかな？」

輪郭がゆがみ、そいつはもう僧衣をまとった僧侶の姿をしていない。猟犬みたいにうずくまって、首には何かがぶら下がっている。「おまえのことはあの木にいたときから見ていたんだよ、ミスター・カメラマン。この世に秩序がないことをおまえは知っている。おまえには最初からそれがわかっていたのさ」

その瞬間、さむけがなじみのあるものに変化する。いや、ものと呼ぶのは違う。言うなれば、それはものの不在、地平の果てまで広がる虚空、おまえをとらえてはなさない無。大好きだったダダが家を出たとき、おまえは毎晩、頭の中で幾通りものシナリオを反芻《はんすう》しながら眠りが訪れるのを待った。もしかしたらダダはおまえが普通じゃないことに気づいてしまったのかもしれない。本当は自分みたいになってほしかったのかもしれない。おまえはダダにアンマのことを思い出させてしまったのかもしれない。おまえがもっと価値のある人間だったらよかったのかもしれない。気のない返事、忌まわしげな視線、冷ややかな態度、辛辣な言葉。おまえはそのひとつひとつを胸が空っぽになるまで思い起こした。

「どうだ、感じるだろう？　これがエネルギーだ」

あの空しさ、あの憎しみは、必ずしも不快なだけではなかった。最初は退屈なときにつまむスナック菓子のようなものだった絶望は、やがて三度の食事のようになくてはならないものになるのだ。

「この惨状は誰のせいだ？　何世紀にもわたってわれわれを搾取した植民者か？　それとも、今このときもわれわれを搾取しつつある超大国か？」

下から恐ろしい悲鳴が響いて、屋上が黒い影を吐き出す。死んだ僧侶は巨大なストローみたいなものでそれを吸い上げる。

「結局、誰のせいなんだよ？」おまえは尋ねる。

「ポルトガル人は宣教師らしく正常位を好んだ。オランダ人はバックから攻めてきた。イギリス人がやってくる頃には、われわれはひざまずいて両手を後ろに回し、口を開けて待っていたのさ」

「イギリス人に植民地にされて良かったよ」おまえは言う。

「フランス人に虐殺されるよりはましだな」僧侶が言う。

「ベルギー人に奴隷にされるよりも」

「ドイツ人にガス室送りにされるよりも」

「スペイン人にレイプされるよりもな」

「この国の惨状を思うと、中国人か日本人に買収してもらったほうがいいんじゃないかという気がしてくるね。難しいことはアメリカ人とソ連人に任せて、タミル人の問題はインド人に任せるんだ。ポルトガル人の問題をオランダ人に任せたように」

いつのまにかおまえは影の中に座って、虚空の中で息をしている。

死んだ僧侶はおまえと向かい合わせに座って、闇にささやきかけている。「この島は常にどこかしらと関係を持ってきた。歴史書が捏造されるずっと前から、ローマやペルシャを相手に香辛料や宝石や奴隷を売買してきたのだ。国民さえも取引の対象になった。今だってそうさ。金持ちは子どもをロンドンに遣《や》って、貧乏人は妻をサウジに送る。ヨーロッパの小児性愛者はこの国のビーチで日光浴をし、カナダからの亡命者はこの国のテロリストに資金を提供する。イスラエルの戦車がこの国の若者を殺し、日本の塩がこの国の食べ物を毒す」

自分がいるべき場所は他にあって、ここではない、とおまえが気づいたのは、そのときだ。これ以上ここにいたら、本来の目的を忘れてしまう。

「イギリス人はこの国に銃を売り、アメリカ人はこの国の拷問人を訓練する。そんな国にいったいどんな未来がある?」

僧侶の体が見る見るたくましくなる。しゃべりながら、彼女はおまえのほうへ這ってくる。声量は二倍になり、三倍になり、どんどんけたたましくなっていく。この歩き方、このうなり声には覚えがある。おまえは影から逃れようとするが、退路をふさがれて動けない。

「イギリス人は磨かれていない真珠をひと粒残していった。この国は四十年かけてその牡蠣にクソを詰め込んできたんだ」

　やつは今、おまえから顔を背けている。だから、おまえにはもうそれが彼なのか彼女なのかわからない。あのさむけと空しい叫びがおまえの全身を駆けめぐる。彼の目は千の人の目から成り、彼女の声は千の人の声。どこからか聞こえるあのうなりは彼女でも彼でもそれでもそれらでもない。耳障りな不協和音だ。

「ここでひとつ、悪臭ふんぷんたる真実を教えてやろう。せいぜい嗅いでみるがいい。この国をダメにしたのはわれわれ自身なのさ」

　マハカーリーの腕がおまえに巻きつき、べつの誰かの腕がさらにからみつく。ついには千の腕がおまえの全身に巻きついて離れない。

「おまえも言ってみろ。大きな声で、はっきりと」

　そいつの歯は目と同じくらい真っ黒で、ぱっくりと開けた口から黒い舌がのぞき、喉の奥から二つの眼《まなこ》がおまえをひたと見据えている。

「おれたちがダメにした。すべてを、自分たち自身の手で」

第五の月

わたしを呼べ。そうすれば、わたしはあなたに答え、あなたの知らない大いなる力をあなたに示そう。

旧約聖書　エレミヤ書三十三章三節

夢の中で歩く《イン・ドリームス、アイ・ウォーク》（ロイ・オービソンの曲「In Dreams」の一節）

巨大な渦に呑み込まれかけたおまえを助けてくれたのは、クリップボードを持った女性だ。おまえを取り巻く空気はいつしか肉と化し、無数の顔が死なせてくれとおまえに迫る。その表情が恍惚から苦悶へと転じ、おまえが気を失いかけたとき、声がおまえを揺さぶり起こす。

「ちょっと失礼！　この人はまだ第五の月に入ったところ。連れ去ることはできませんよ。知らなかったふりをしても無駄ですからね」

ラーニー博士の声は移動販売のアイスクリーム屋みたいにキンキンしていて、おまえはベランダで遊ぶよちよち歩きの子どもみたいにそれに応える。からみつく影を振りほどいて、博士の腕に飛び込んだんだ。直火からフライパンの上に戻っただけとも言えなくはないが。

「七つの月が過ぎるまでは彼に触れてはなりません。それが規則です。あなたの魂胆はわかっているし、ちっとも怖くありません。あなたでさえも破ることのできない規則があるのですよ」

おまえは化け物から逃れてマンゴーの木へ向かう。ラーニー博士に押してもらって枝に跳びつく。振り向くと、マハカーリーは影の姿に戻っている。黒々とした蛇、漆黒の蔦《つた》が建物から這い出してその影に呑み込まれていく。

「とっとと失せろ」一ダースの僧侶がせえので歌いだしたような声がとどろく。けたたましい哄笑に続いて、唾が雨あられと飛んでくる。

ラーニー博士は猛スピードで木を駆けあがると、おまえの手を引いて風に乗せる。再びおまえはいくつもの屋根を越えて滑空する。

「今に見ていなさい。きっとあなたをここから追い払ってやりますからね」ラーニー博士が捨て台詞を吐くが早いか、風がおまえたち二人を連れ去る。博士はＬＴＴＥ相手にもこんなに堂々としていたのだろうか？　襲撃予告をものともせずに？

「第五の月になりましたよ、マーリンダ。あさってになれば、わたしはあなたに何もしてあげられなくなるのです」

「頭が痛いんだけど、なんでかな？」

「このままでは、あなたは『迷子』の魂として報告される。そうなれば、あの化け物に取り込まれるのがオチですよ。そもそも、あなたには頭がありません。痛みは現実から逃れようとするあなたの愚かさの表れなのです」

「あいつがマハカーリーだなんて知らなかったんだ」

「いいえ、あなたにはわかっていたはず。ここには地獄の生き物がうようよしている。やつらは人々の苦しみを餌にしているのです。セーナがあいつの手下なのは知っていますね。セーナがあなたに目をつけた理由はなんだと思いますか？」

「あいつはおれにささやき方を教えてくれると言ったんだ。ただし、条件は仲間に加わることだと」

風はおまえを高みに引き上げる。屋根や樹冠が遠のくにつれ、高揚感が吐き気に取って代わる。

おまえは地球のてっぺんにのぼりつめ、絵はがきと化した街を見下ろす。空気はひんやりとして新鮮で、風が四方から吹きつけている。この高さから見下ろすコロンボはもはや汚らしいごちゃまぜではない。街は今、木々や街灯に飾られた影にくるまってすやすやと眠っている。ベイラ湖でさえ、絵のように美しく見えなくもない。

「ささやきたければ、わたしが手を貸してあげることもできます」

「そうなの？」

「本来ならば、〈光〉に行くと誓った霊魂にしかしてあげられないことなのですが。あなたはわたしに規則を曲げさせようとしているのですよ。規則を曲げるのが大嫌いなこのわたしに」

「そうだ、お礼を言わなくちゃ。さっきは助け出してくれてありがとうな」

「お礼を言われたくてしているわけではありません」

おまえは雲のはずれにたどり着く。そのときのおまえの仰天ぶりときたら、さぞ滑稽だったにちがいない。その証拠に博士はお説教を続けるつもりが、ついプッと吹き出してしまう。

ボーイング747で何度も雲の上を飛んだことがあるおまえだが、これほどの絶景を拝んだことはなかったと見える。その青はスイミングプールの青。ただし、このプールの水は蒸気でできていて暖かくて底なしで、たっぷりの浮力のおかげで常に水面から頭を出していられる。

一面に広がる雲の海を見回せば、どの雲にも真ん中にターコイズ色のプールがあって、さざ波を立てている。それははるか下界からは見ることのできない眺めだ。

「ここは夢の世界。わたしも何度も来ています。あの人と娘たちを訪ねるために」

「あの人？　それって、神のことか？」

博士が笑い声を上げる。「いいえ、違うわ。夫よ。娘たちの父親」

「あの教授先生か」

「思想の違いはあったにせよ、あの人はわたしを支えてくれていた。わたしが死んだあとは、一切の政治活動から手を引いてね。今も〈下〉で、娘たちの面倒を見てくれている。素敵なパパよ。わたしは時間が許すかぎりあの人を夢に訪ね、語りかけるようにしているの」

おまえは白みがかった青の世界から目が離せずにいる。

「つまり、おれたちは他人の夢の中に入り込めるってことか？」

「迷子にならないかぎりね」

「相手は誰でもかまわない？」

「眠っている人の許しさえ得られれば」

「で、そのためにはどうすりゃ……」

「わたしの手を握って。その人のことを思い浮かべて。それから……」

おまえは博士に手を引かれ、雲でできたプールに頭から飛び込む。

・・

ここが誰の寝室かは、壁のポスターと悲しみのにおいでわかる。それがラベンダーの香りだったことに今さら気づくが、このにおいをどれだけ恋しく思っていたのかは自分でもよくわからない。ジャキはいびきをかいている。膝の下まであるジョイ・ディヴィジョンのTシャツを着て、殉教したキリストみたいに両腕を広げて。

「彼女と呼吸を合わせて」耳の中でラーニー博士の声がするが、この陰気臭い部屋に博士の姿は見えない。肺のないやつに向かって馬鹿げた要求だと思いつつも、おまえは言われたとおりにする。ジャキの鼻の穴が膨らむリズムに合わせて、息を吸って吐く。すると、脳内にナマケグマの映像が浮かんでくる。次はイチゴ畑、それからサンゴ礁。やがて、映像はふいに止まる。

ジャキが目を覚まし、よたよたとトイレに向かう。それは七度の雨季をまたいでおまえが彼女と共用したトイレだ。ジャキは寝ぼけているわけじゃないが、すっかり目覚めているわけでもない。水を流す音がしたあと、ジャキは間違った部屋に入っていって、わざとうっかりかつてのおまえのベッドに潜り込む。枕をいくつも抱きかかえ、シーツにくるまり寝息を立てる。部屋はおまえが去ったときのまま、がらんとして整頓されている。ジャキがまた規則的なリズムでいびきをかきはじめ、おまえはその隣に横たわる。

笑い声がして、イチゴ畑の迷路が見えて、ジャキを追いかけるDDが見える。見覚えのあるホテルと庭園。そうだ、ここはヌワラエリヤだ。おまえはカメラを手に二人のあとを追い、迷路の真ん中にたどり着くと、全員で重なり合うように倒れ込む。転げ回る二人を連写していると、ジャキにかまってやれ、ジャキを無視するのはやめろ、とDDが言いだして、無視なんてしていない、とおまえは答え、次の瞬間、彼女と話すためにここに来たのにまだ何も伝えられていないことに気づく。

「愛しいジャキ。可愛いジャキ。必要なすべてが隠されているのは……」

「言葉に頼ってはいけません。どうせ忘れられてしまうから」耳の中でまたラーニー博士の声がする。「間接的に伝えるのです。言葉ではなく、イメージで」

おまえはまるまる一カ月、ジャキといっしょのベッドで寝ていた。その後、ジャキは朝になるとおまえの姿が消えていることに気づいた。しばらくして彼女はおまえにキスしようとしなくなり、またしばらくして、おまえは彼女にハグを返すのをやめた。ちゃんと話をしないまま、ジャキから問いただされることもなく、言い訳ばかりがどんどん白々しくなっていった。そのうちおまえは予備の寝室に移り、それからはいろんなことが楽になった。

ジャキは今、ウナワトゥナのビーチにいて、DDにマッサージをするおまえを見ている。DDがおまえをじろりとにらむ。「ジャキにマッサージしてやれよ。さもないと、あいつはまたぼくのアイスクリームに塩を入れるから」

これって誰の夢なんだ？　とおまえは思う。こいつはおれのDDなのか、それともジャキの夢が作り出したDDなのだろうか？　それに、このビーチにいるヒッピーどもはなぜおれをじろじろと見ているんだ？

「夢の中の人を見かけで判断してはなりません」ラーニー博士が言う。「他人の夢に現れる人のことはとくに」

おまえはジャキにマッサージをしながら彼女の耳にささやきかける。

ラーニー博士が釘をさす。「大切なのはイメージですよ。言葉ではうまく伝わりません。歌をうたってみるのもいいでしょう」

と、そこで、おまえはふと思う。ラーニー博士の耳にささやいているのは誰なのだろう？　そいつらの耳にささやいているのは誰なんだ？　自分の考えだと思っていることのどれだけが他人にささやかれたことなのだろう？

「キングとクイーンを見つけるんだ。誰も聴かないキングとクイーンを。おまえならその場所がわかるはずだ」

おまえは再び寝室にいる。その臭いと汚さから、誰の部屋かはすぐにわかる。

「ぼくがホモなわけあるもんか。見てよ、この散らかりよう。ホモってみんな几帳面なんだろ?」

「その言葉を使うのはよせよ、坊《コッラ》や。おバカさんだと思われるぞ」おまえたち二人は裸でシーツにくるまっている。DDはおまえに背を向けて、おまえは彼の髪のにおいを吸い込みながら彼の肌に手を滑らせている。「おれはホモじゃないし、おまえはオカマじゃない。そして、おれたちはポンニャーでもない。おれたちは美男子をこよなく愛する色男だ」

「ジャキには話したの?」彼が尋ねる。

「そのうちにな」おまえは答える。

「この国にはつくづく反吐《へど》が出る。話題と言えば他人の噂ばかり」

「じゃあ、なんの話がしたいんだよ?」

「香港」

最初は香港で、次は東京だった。美男子をこよなく愛する色男であることにさほど抵抗がなくなる頃には、それはサンフランシスコになった。

次の瞬間、おまえはヤーラにいて、ジャキは他の女子二人とテントでぐうすか眠っていて、おまえとDDはツリーハウスに隠れて、いけないことの真っ最中だ。

「コロンボは北で起きてることに知らんぷりを決め込んでいる。なぜだかわかるか?」

「自分以外の人間に悪いことが起きたってべつにかまわないからさ」

おまえは彼の耳たぶを嚙むと、低い声で言う。「ジャキを手伝ってやってくれ。いっしょにキングとクイーンを見つけるんだ」たとえクローゼットから出られなくても、あるがままの自分を受け入れたほうが幸せになれる、と彼に言って聞かせたのはおまえだった。会社法から環境法に鞍替えするよう、彼を説得したのもおまえだった。フィルムを没収され、ギャラを減らされ、足首を捻挫してマンナールから戻ってきたおまえにスポーツマッサージをしてくれたのは彼だった。そのとき、彼はこう言ったんだ。「いつか今日のことを懐かしく思い出すときが来るよ。この最低な一日を振り返って、あの頃はよかったなんて思う日がさ」

やつの言うことが正しかったことはそう多くなかったけれど、これに関してはそのとおりだった。

おまえはプールに戻る。人々は泳ぎ、ラーニー博士は背の高い銀髪の男性と抱き合っている。

「そろそろ夢は終わります。必要なことはすべて伝えましたか？」

すべてどころかまだひと言も伝えていないことに気づいたおまえは再びプールに飛び込む。プールはさっきより深く、渦を巻いていて、おまえは写真の川に押し流される。漂着した岸辺には、いくつもの体が横たわっていて、眠っているだけの者もいれば、猫に臭いを嗅がれている者もいる。おまえは赤い絨毯のほうへ這っていく。絨毯の先には大きな天幕が張ってあって、玉座には女性が、腰掛けにはおかしな衣装を着た人たちが座っていて、バンドはジム・リーヴスを演奏中だ。

その王宮はシーギリヤの洞窟壁画と同じ様式で描かれたフレスコ画で埋めつくされている。ただし、絵のモデルはトップレスの美女たちではない。屋外《アル・フレスコ》でポーズを取る愛人たちを描いたかの有名なフレスコ画とは違うのだ。そこに描かれているのは、両手を縛られたジャーナリスト、シャツを引き裂かれた活動家、鼻の骨をへし折られたニュースキャスター。拘束されたきり、今なお死体が見つからない有名人たち。おまえがキングのために撮影した写真の被写体だ。キングはそのネガを独り占めして、結局報酬も払ってはくれなかった。だが、ラージャ・ウドゥガンポラ少佐は、同じくおまえを雇っていたクイーンことエルザ、エースことジョニーと同様に、ひとつ勘違いをしていた。彼らはおまえのニコンに入っていたのが三十六枚撮りではなく三十二枚撮りのフィルムだと思っていた。つまり、おまえはフィルム一本につき四枚の写真を手元に残すことができたんだ。ネガを切り取ってしまえば、誰にもバレることはなかった。

玉座に座る女性は、ラクシュミー・アルメイダ・カバラナ、おまえの愛するおふくろさん《アンマ》だ。アンマの膝の上には何かが載っていて、それはモフモフした生き物のように見えるが、実際にはティーポットだ。おまえは王宮に集う人々を見回し、アロハシャツを着たヨーロッパ人の観光客三人組に目を留める。ふと自分の着ているジャケットを見ると、いつのまにかそれはカラフルな衣装に変わっていて、手には道化師のステッキが握られている。

「夢の中にいる人の大半はあなたのような幽霊なのです」絶妙なタイミングで、ラーニー博士の声がする。「夢の世界で迷子になると、いろいろな人の眠りを行ったり来たりすることになるのですよ」

おまえが玉座に近づいていくと、アンマがいきなり泣き崩れる。おまえが生きていたときには、こんな姿を見たことはなかった。アンマの膝に載っているものは、モフモフでも生き物でもティーポットでもない。手紙の束だ。

「捨てたと思ってたよ」

「捨てたわよ」アンマは刺繍入りのハンカチで勢いよく洟《はな》をかむ。女王様の衣装はアンマによく似合っている。いつも着ていただらんとした部屋着よりずっといい。「封も開けずにね」

「おれには必要だと思わなかったの？」

「あの人はあなたには自分が必要だとわかっていた。なのに家を出た。そのうちに神様はあの人を召された。その上今度はあなたまで連れて行ってしまうだなんて」

「親父《ダダ》には会えずじまいだった。あれは嘘だったんだ。おれが受け取ったのは電話三本と手紙一通だけだ」

おまえはアンマに、パーティ・カバラナとその二番目の妻ダルリーン、夫妻の娘二人（この二人はおまえの文通相手でもあった）とミズーリで会って、感謝祭の晩餐をともにした、と嘘をついた。ダダはアンマがどれだけ退屈な女だったかを話し、それを聞いて一同はクランベリーソースのかかった七面鳥をつつきながらげらげら笑ったのだ、と。それはアンマを傷つけるためにでっちあげた話だった。なぜって、ダダはおまえが飛行機に乗っている間に死んでしまい、悲しみに暮れる遺族はおまえと口もきいてくれなかったなんて言ったら、神の思し召しをめぐるいつもの恨み節を聞かされるのは目に見えていたからだ。

どうやらおまえの父親は七〇年に家を出てから年に二回、おまえに手紙を書いてよこしていたらしい。そのうちの一通がゴミ箱の中でティーバッグに埋もれているところをおまえが発見したのが一九八四年のことだった。のちにアンマはそれがうっかりミスだったことを認めた。いつもは勤務先の旅行代理店で捨てるようにしていたのだ。

「あんなものがあったって」――手紙の束はいつのまにか彼女の膝から消えていた――「あの身手なゲス野郎を思い出すだけだったから」おまえの母親は絶対に汚い言葉を使わなかったが、おまえの父親の話をするときだけはべつだった。

「あれはおれのせいだったのか？」

「出て行ったのはあの人よ。あたしじゃない」何やら王宮が騒がしくなって、女王は声のボリュームを上げる。「あなたは育てやすい子じゃなかったけど、あたしは絶対に匙を投げたりはしなかった。自分だけさっさと出て行ったくせに、誕生日カードごときでヒーローを気取ろうなんて許せなかったの」

十五回目も、十六回目も、十七回目も、誕生日のたびにおまえは電話機の横に座ってミズーリからの電話を待った。十八回目の誕生日はスーツを着た色男とのキスにかまけて、それどころじゃなかったが。

「あなたはどんどんあの人そっくりになっていく。だから、余計に思ったの。誰が会わせてやるもんか、って」アンマが叫ぶ。すると、王宮は爆発し、どこからかささやきが聞こえてくる。

「本当のことを言えよ、アンマ。あんたは親父をつなぎとめるために赤ん坊を作った。それ以外は全部後付けの言い訳なんだろ？」

「夢が終わります。水面に戻りなさい」次の瞬間、おまえは雲のプールの端っこにいて、ラーニー博士はティーンエイジャーの娘二人と銀髪の男性に別れを告げている。バックには曲が流れていて、歌っているのはジム・リーヴス、タイトルは「イッツ・ナウ・オア・ネヴァー」だ。この曲を歌わせたらキングとクイーンの右に出る者はいない。そう思った次の瞬間、おまえは最初の寝室に戻っている。「夢の世界では、入ったときと同じ場所から去るのがよしとされています。それがあとから来る人たちと夢を見る本人への礼儀なのです」

ジャキがおまえのベッドでパチリと目を覚ます。「イッツ・ナウ・オア・ネヴァー」をハミングしているが、それはエルヴィス・バージョンでも、ジム・リーヴス・バージョンでもなく、フレディ・マーキュリー・バージョン、かの有名な曲のB面に収められたもの。それから、彼女はベッドの下から箱を引っ張り出し、中からレコードを取り出して、さらにその中からエルヴィスの『ヒズ・ハンド・イン・マイン：心のふるさと』とクイーンの『ホット・スペース』を選び出す。どちらも偉大なアーティストが遺した失敗作だ。

彼女は見開きジャケットを開けて、おまえの手書きのメモを見つける。次の瞬間、紙吹雪にしては大きくて黒っぽくて四角い紙切れがはらはらと舞い落ちる。彼女の膝に降り注ぐ、それはネガの雨だ。その中には、奇妙なポーズを取る幽霊みたいな白い影が映ったものがある。おまえはジャキにハグをするが、もちろん彼女は気づかない。そして、おまえは彼女の耳に最後の指令をささやく。なあ、ジャキ。いろいろとすまなかったな。そのネガをできるだけたくさん焼き増しして、コロンボじゅうに貼ってくれ。

悪鬼《ヤカ》の欲するもの

ラーニー博士は夢の世界の端っこにホバリングするみたいに浮かんでいる。髪をお団子に結って、目に光るものを隠そうとしている。おまえは他人の眠りに出たり入ったりする霊魂たちを観察する。その姿形、大きさ、瞳の色はひとりひとり違う。

「どう、気は済んだ？　言い残したことはありませんか？　それでは〈誕生の川〉に向かいましょう。第七の月にはまだ間に合います」

「おれにはあと二つ月が残っている」

「正確にはひとつ半ね」

「まだ行くわけにはいかない。今はまだ。ジャキにヴィランを見つけてもらわなきゃならない。おれを殺したやつを見つけなきゃならない。友だちみんなを怪物どもから遠ざけなけりゃならないんだ」

「人はみなやるべきことを常に抱えているものです。その大半は意味のないこと」

「ジャキにはおれの声が聞こえたはずだ」

「あなたが殺されたというのは確かなのですか？」

「クロウマンがそう言ってた。あんたんとこの〈耳の検査〉係も」

「ええ、ですが、あなた自身はどう思うのです？」

「わかってたら世話ないさ」

「クロウマンはいかさま師です。餓鬼《プレータ》の言うことが常に正しいとも限りません」

「だろうな。あいつら、おれが人を殺したとか言ってたもん」

「殺したかもしれない、と言ったのです」

「マハカーリーってのは悪霊《デーモン》の中でも最強なのか？　それとも、マハカーリーにもボスはいるのか？」

善良なる博士はかぶりを振り、かぶりを振って、またかぶりを振る。「あなたは自分の生まれ育った国のことが何もわかっていないようね」

ラーニー博士の目下の職業がなんであれ、彼女は根っからの教師である。この手の御仁の常として、隙あらば講義を始めたがるんだ。「巨悪をひとつ倒せば済むというものではありません。あらゆる道、あらゆる通りに、幾百もの悪魔、幾千もの悪鬼《ヤカ》が潜んでいるのです」

博士の言うとおりだ。ここで繰り広げられているのは、善対悪の戦いではない。悪にもさまざまなレベルがあって、その悪しきものたちが派閥に分かれてあちこちで小競り合いをしているんだ。

「この国のあらゆる苦難の背後には悪鬼《ヤカ》が存在しています」博士が言うには、黒王子は流産を引き起こし、生理痛をもたらす。モヒニは夜中に独りで車を走らせる者を誘惑し、リリヤカは全身に癌を広げる。三叉《さんさ》の槍を携えた僧侶は分類上では幽霊《ゴースト》だが、憤怒が彼を食屍鬼《グール》に変えたのだった。

「幽霊《ゴースト》、食屍鬼《グール》、餓鬼《プレータ》、悪魔《デビル》、悪鬼《ヤカ》、悪霊《デーモン》。序列はこれで合ってるか？」

「この混沌に序列などありません。相手が餓鬼《プレータ》だろうと油断は禁物ですよ」

博士によれば、餓鬼《プレータ》と言ってもいろいろで、マラと呼ばれる餓鬼《プレータ》は食べ物から風味を奪い、ゲヴァラは便を緩くする。その大半が耳を読むことに長《た》け、人の好きな食べ物を言い当てるのが得意なのだとか。

真剣に講義を聞くのにも疲れてきたが、少なくとも博士にはおまえの減りゆく月の話を蒸し返す気はなさそうだ。

この〈はざま〉を飛び交うさまざまな邪霊についての長広舌は続く。「わたしは数え切れないほどの霊魂を悪鬼《ヤカ》に奪われてきました」

「で、悪鬼《ヤカ》の望みはなんなんだ？」

悪鬼《ヤカ》は肉の歓びに飢えているのだと博士は言う。食べ物が腐るのは悪鬼《ヤカ》が栄養を吸い取ってしまうからだし、セックスから情熱が失われるのは悪鬼《ヤカ》が快感を横取りしているからだ。やつらは生者のすぐそばに立って目を光らせている。で、愚か者がまんまと彼らを招き入れてしまうというわけだ。

「悪鬼《ヤカ》はじつにさまざまな能力を持っています。ただし、〈光〉に行くことと人間に生まれることはできません」善良なる博士が続ける。「彼らは災厄を招き、害を及ぼし、悪意をばらまく。ただし、あくまでそれはこちらから彼らを招き寄せた場合。そして、七つの月が過ぎてからの話です。それまではこちらがいいと言わないかぎり、マハカーリーでさえあなたに触れることはできません」

博士の悪鬼《ヤカ》講座はまだまだ続く。美しい顔とコブラの鎌首を持ち、一九八三年のことをいまだに忘れられないのがナーガ・ヤカ。猫に乗り、真珠で身を飾り、戦斧《せんぷ》を携えているのがコタ・ヤカ。女神シーターの叫びから生まれ、神々が戦うときや太陽が血を流すときにだけ目を覚ますのがバヒラワだ。

「でもまあ、あなたの言うとおり、マハカーリーが最も手強い悪霊であることはたしかです。第七の月が過ぎれば、わたしはあなたをマハカーリーから守ってあげることはできません」

「あとひとつ月があれば、写真を世に出すことができる」

「その話はもういいでしょう。さあ、行きましょう。〈下〉の人たちに余計な世話を焼くことは、あなたのためにもあの人たちのためにもなりません」

「けど、セーナは……」

「セーナの名前を出すのなら、もう知りません。わたしの時間を無駄にしないで。あなたはその目でマハカーリーの威力を見たはずですよ」

ラーニー博士の瞳はほぼ真っ白だが、よく見ると、黄色と緑の点々が散らばっている。

「あなたに残された日没はあと二回。黒い目の者にはけっして関わらないことです」

「セーナの目は黒くなかった」

「今はまだ、ね。生まれたときから悪魔だった者などいないのですから」

「へっ、どうだかな」

博士いわく、悪鬼《ヤカ》とは作られるもので、生まれつきそうだったわけではなく、どんな悪鬼《ヤカ》も秘めたる過去を背負っているんだそうだ。人食いおじさんはペターの自爆テロの犠牲者だった。けものっ子は〈虎〉に強いられて親戚のおじさんを殺した。海の悪魔の前世はキャンパスでリンチに遭って殺された大学生。**無神論者の食屍鬼《グール》**はＪＶＰに切り刻まれた元地方議員。黒いサリーの女は戦争で子ども五人をなくしていた。

また、悪鬼《ヤカ》は最低のギャンブラーでもあり、たいていのカジノ狂いがそうであるように、借金まみれになったあげくに、返済のため使い走りをする羽目になるケースが多いのだとか。「あなたのお友だちのセーナもマハカーリーに借りがあるのです。悪霊《デーモン》は幽霊《ゴースト》に命じて、迷える霊魂を集めさせる。それほど複雑な話ではありません」

そこで博士はしゃべるのをやめ、もう一度かぶりを振る。手持ちの矢は残らず放ったのに、ひとつも的に当たらなかったことを悟ったのだ。彼女はクリップボードから紙を一枚破り取って、くしゃくしゃに丸める。

「ありがとう。あんたには何度も助けてもらったよな。約束するよ、ラーニー博士。七つ目の月が昇る前にちゃんと〈光〉に行く」

「どうでしょうね」

「で、どこに行けばいい？」

「〈誕生の川〉。ベイラ湖から一番弱い風に乗って、運河沿いに三本のアルジュナの木を目指すのです」

「約束する」

「一度に二つの約束はひとつだけの約束より価値が劣るものですよ」

「惚れた男に似たようなことを言われたな」

「そのときの約束は守ったのですか？」

「いいや、ひとつも」

「その人は怒った？」

「どうかな。おれは気づかなかった」

「その人はあなたに仕返しをしたかしら？」

カメラをのぞいても答えは見えない。おまえは頭をポリポリ掻《か》くと、片方しかないサンダルに視線を落とす。

「そうされてもしかたないことをしたんだ。じゃあな、先生」

海から風が吹いてきて、おまえはバスのステップに跳び乗るみたいにそれに乗る。

「今度こそ約束を守らないとな」

博士は空を仰ぎ、風に運ばれていくおまえを見送る。その顔は悲しげで残念そうではあるけれど、けっして意外そうではない。

フジコダックの店

ネガはビニールの保存シートに入って、クイーンの『ホット・スペース』とエルヴィスの『ヒズ・ハンド・イン・マイン』にセロテープで留められている。まともな耳の持ち主であれば、数あるコレクションからこの二枚を選ぶことはまずありえない。当然ながら、二枚の駄作にテープで留められたネガの切れ端を発見した者がみな、このネガをどうすればいいかわかるとは限らない。だから、おまえは正確を期すべく、内袋にテープでメモを貼っておいた。

取り扱いにご注意ください。
見つけた方はコロンボ2　ゴール・フェイス・コート4―11、マーリンダ・アルメイダまで。
マーリンダが不在の場合は、
ティンビリガシャヤ・ロード39のフジコダックの店を訪ね、
ヴィランに手渡ししてください。

ジャキは二枚のレコードを両腕にしっかりと抱えて、ＤＤの部屋へ駆けていく。
「バカバカ、やめとけ」と、おまえは叫ぶが、もちろんジャキには聞こえない。
ＤＤはカルバン・クラインの下着姿で眠っている。腹周りに少しぜい肉がつき、パンツの前がピコンと立っている。それが自分の夢を見ているせいであることをおまえは願う。

「こらこら、寝かしとけって！」おまえは叫ぶ。

ジャキが従兄弟の肩をしつこく揺さぶり、DDははっと目覚める。

「な……なんだ？」

「ヴィランって何者？」彼女は尋ねる。

・・

デリカバンがわざとらしい距離を開けてランサーの後ろをついてくる。ジャキはバンににらみを利かせつつ、トゥムラの環状交差点をぐるりと一周する。それを三回繰り返しても、バンとの距離は広がらない。ティンビリガシャヤに引き返しても、バンはやっぱりついてくる。ならばと、ジャキは再度Uターンを試みる。

「何やってるんだよ？」助手席のDDが尋ねる。角張った顎を包む漆黒の肌。早朝にもかかわらず、逆立てた髪はピシッと決まっている。

「あいつら制服じゃないね。イヤな予感がする」ジャキは道路から目を離さない。舌先を唇の間にはさんでいる。

DDが振り返って確かめる。「ただのバンだよ、ジャキ。道を譲ってやれ」

ジャキがスピードを落とすと、後ろに続く車列から一斉にクラクションが鳴らされる。それでも、バンは追い越さない。前触れもなく、ウィンカーも出さずに、ジャキは迷路のごときロングドン・プレイスへとハンドルを切る。

「あいつら、追い越す気がないみたい」

「ただの間抜けなバンだって。昨夜はちゃんと寝たのか？　運転代わろうか？」

「オッケー」とジャキは言い、床までアクセルを踏み込むと、何度も急カーブを切りながら迷宮の奥へ突き進む。おまえたち三人の中で一番運転がうまいのはジャキで、だからこそ一番命知らずなのもジャキだった。彼女はティンビリガシャヤの臍《へそ》から入って、バンバラピティヤの鼻の穴から抜け出す。車やスリーウィーラーは慌てて車線を変更し、迷惑そうにクラクションを鳴らしながら彼女の進路から逃げていく。

道路は排ガスと苛立つドライバーと電球切れのブレーキランプで溢れ返りつつある。さっきのバンはどこにも見当たらない。検問所を通過するとき、DDは煙草を口に持っていくが、火はつけない。つまり、彼はまだ厳密には九カ月前の賭けに負けていないということだ。

奇跡的に、フジコダックの店の正面に駐車スペースが見つかる。辺りを見回しても、デリカバンの影も形もない。

店の中は、白々しい笑みをたたえた色とりどりのアジア人の写真でいっぱいだ。キャビネットにはカメラが並び、各種フィルムが陳列されている。壁には、緑と白を基調にしたフジフィルムのステッカーやポスター。それよりサイズが小さくて、なんだか肩身が狭そうなのが、黄色と赤を基調にしたコダックのステッカーやポスターだ。カウンターの奥には女が二人立っていて、ひとりはフィルムを受け取り、もうひとりは封筒を渡している。その手際の良さたるや目を瞠《みは》るほどで、客のほうも並び方を心得ているようだ。目下、列には三人の客が並んでいるが、DDは特権階級のクソガキのみに許された堂々たる足取りでその先頭に割り込むと、いきなり切り出す。「ヴィランはどこにいる？」

女が背後の出入り口を身振りで示す。ジャキとDDは照明やスクリーンだらけのスタジオを通り過ぎ、ベタ焼きに覆いかぶさるように身をかがめる眼鏡をかけた小柄な若者のもとへ向かう。

「あなたがヴィラン？」

「そうだけど？」

「マーリンダに言われて来たの」

若者はジャキの相手をしながらも、目はちらちらとDDを見ている。

「彼、いなくなったの？」

「そうみたいね」

若者はかぶりを振って、床を見つめる。

「国外に？　それとも、逮捕されたとか？」

DDがため息とともに割り当てられた台詞を口にする。

「警察は彼が死んだと言っている。だが、死体を見た者はいない」

ヴィランの顔が曇る。彼は眼鏡の汚れをシャツで拭う。

「なら、隠れてるだけかもしれないんだよね？」

「マーリとは親しい仲なのか？」

「付き合いはけっこう長いよ。彼はここでフィルムを現像してたんだ」

ジャキがLP盤をテーブルの上に置く。クイーンのアルバムはジャケットが擦り切れ、キングの口の周りにはセロテープが貼られている。

「あなたならこれをどうすればいいかわかるって書いてあったから」

「きみたちだけで来たのかい？」

「そう、わたしたちだけ」

「誰にも尾《つ》けられてない？」

「もちろん」

「絶対に？」

「後ろにバンがついてきてたけど、見失っちゃった」

「なら、急ごう。〈アーツセンタークラブ〉に行かなくちゃ。ミスター・クラランタに話をするんだ。写真を焼いたら、最初の一セットは彼に渡すよう頼まれたんだ」

「最初の一セット？」

「マーリからは二セット焼くように言われてる。ひとつはミスター・クラランタの分。もうひとつはべつの誰かの分」

「べつの誰か？」

　おまえがヴィランと出会ったのは、午前十時の〈ニューオリンピア座〉。かかっていた映画は『オフサイド7』、出演はロジャー・ムーア、テリー・サヴァラス、ステファニー・パワーズで、客席にいたのは密会中の不倫カップルと男を撫で回す男たちだった。ヴィランの身長は五フィート二インチだったが、大事な部分は七インチあった。古いカメラをこよなく愛しフジコダックの店で働く彼のキャラニヤの自宅の暗室には、おじさんから受け継いだ本格的な写真道具一式が揃っていた。ヴィランは繊細で才能があって、石鹼とタルカムパウダーの匂いがして、政治には無関心だった。

ただし、それはおまえがAP通信のために撮ったJVPの写真を見るまでの話だ。

おまえはヴィランに、いつの日か見目麗しい青年と豊かな髪の娘がエルヴィスとクイーンのレコードを持って訪ねて来たら、ネガを家に持ち帰り、八×十インチサイズに焼いてくれ、と頼んでいた。光は抑えめに、コントラストを強調して、と。

・・

二セット目の写真はトレイシー・カバラナ、おまえの親父の下の娘に渡す分だった。かつて彼女は父親のめったにない祖国訪問にくっついて来たときに、おまえの写真を守ると約束してくれた。じき選挙権年齢に達しようという彼女がこの約束を覚えているかどうかは定かではないし、おまえが父親の心臓《ハート》を文字通り壊してしまったことを思えばなおさら心許ない。

最初にAPのカメラマン数名が記者クラブを出たところで袋叩きにあった。続いてアンディ・マクゴーワンがフィルムを没収され、さらにはジャーナリストのリチャード・デ・ゾイサが拉致された上に殺害された。おまえがいよいよ段取りをつけておこうと決めたのは、政府軍から命からがら逃げ出したのち、カジノで酒盛りをしたあとのことだった。ヴィランには線路脇でいちゃつきながら大まかな指示を与え、クラランタには二次会で交わした約束を思い出させた。クラランタおじさんは酒席での約束をきちんと果たす奇特な御仁のひとりだったのだ。

おまえは風をつかまえて、コルペティの交差点へ向かう。白いデリカの屋根をふわりと飛び越えて、銀色のランサーの上に降り立つ。たいていの大都市同様、この街では、車より風のほうが速い。ハンドルを握るジャキにDDが質問する。

「このこと、彼から聞いてたのか?」

「うちで二次会をやったときに。ほら、クラランタおじさんも来てたときだよ。万一追放の身になったら、写真をどうするかって話になったでしょ? 覚えてないの?」

「酔ってたからな。おまえだって寝てたくせに」

「なんだ、覚えてるじゃん」

バーに客はいない。椅子はひっくり返してテーブルの上に載せられ、清掃係が寄せ木細工の床にのんびりとモップをかけている。クラランタはカウンターで煙草を吸いながら、新聞を読んでいる。このぽっちゃりした劇場の女王様は四十代の頃に三度の心臓発作を経験済みだ。短い名前の重い病気に感染しているとの噂もあった。面と向かって尋ねたことはなかったが、深夜のおしゃべりで死亡率の話になるたびに、噂は本当なのだろうかと思わずにいられなかった。

「やあ、ジャキ。DD」クラランタが新聞をたたみながら言う。「悪いな。営業時間外なんだ」

「フジコダックのヴィランに言われて来たの」

クラランタがはっと息をのんでカウンターに新聞を置く。「ジーザス、そいつはできれば聞きたくなかった台詞だな。マーリは今どこにいるんだ?」

「死体は見ていない」DDが言う。「はっきりしたことはわからないんだ」

「なら、逃げたのかもしれない」と、クラランタおじさん。

「それはないよ」ジャキはおじさんの目をまっすぐ見つめて首を横に振り、彼の顔が悲しみに沈むのを見届ける。

ジュークボックスの辺りには、幽霊が二人浮かんでいる。この年代物のジュークボックスはスリランカが誇る往年の流行歌手から寄付されたもので、彼はこの機械をはるばるラスベガスから持ち帰ったのだった。かつてはこれを売却して劇場を所有する財団から〈アーツセンター〉を買い戻す話もあったという。二人の幽霊はげんこつでボタンを叩くものの、電気がチカチカするばかりで、曲はいっこうに流れない。

「今は時期が良くない。こんなことをするのは危険だ」クラランタが言う。

「それはぼくたちにもわかってる」と、DD。

「世界を変える戯曲を書くのがおれの夢だった」と、クラランタ。「なのに、実際に作ったのはミュージカルばかり」

「ミュージカルにだって世界は変えられるよ」ジャキが言う。

「黙ってろ、ジャキ」DDが言う。

「約束は約束だ。ちゃんと守るさ」クラランタが言う。「そのヴィランってやつはいつ頃写真を用意できるのか？」

「明日」

「バカ言え。どうやって？」

「必要な設備は自宅に揃ってるみたい。そう本人が言ってたよ」

「ひと晩ですべての写真を準備できるんだな？」

「うん、そう言ってた」

「手持ちの額は二十しかない。こりゃ急がないとな。写真は全部で何枚あるんだ？」

「五十枚くらい」

「なんてこった！　もっと人を集めないと。職場に手伝ってくれそうなやつはいるか？」

「訊いてみるよ」と、ＤＤ。

幽霊たちはヨーロッパ人のようで、どこかで見た気がしなくもない。二人ともアロハシャツに海パンといういでたちだ。太ったほうが助走をつけてジュークボックスをパンチする。機械がブルブルと振動し、針が落ちる音がして、エルヴィスの「イッツ・ナウ・オア・ネヴァー」が流れだす。

ＤＤが驚いた顔をして、ジャキが怯えた顔をするが、クラランタは肩をすくめるだけだ。「しょっちゅうこうなるんだよ。ここにはアイリスって名前の幽霊がいるんだ」と言って、含み笑いを洩らす。「彼女のしわざかもな」

キングの甘い低音を聴きながら、ジャキが思いを馳せる相手はおまえの他にいない。

「国外に脱出したんじゃないのは確かなんだな？」クラランタが尋ねる。

「どうかな」と、ＤＤ。「マーリのことだ。何があっても驚かないよ」

「オッケー」と言ってジャキは立ち上がり、バッグをつかんで部屋を出る。

・・

ジャキは〈アーツセンタークラブ〉を後にすると、〈ライオネル・ウェント・ギャラリー〉を素通りして通りに出る。縁石にデリカバンの、歩道に軍人でも警官でもない男たちの姿がないことを確認してから車に乗り込む。

彼女はランサーのエンジンをかけ、ギルフォード・クレセントを滑るように進む。車はスピードを上げ、やがて間違った角を曲がる。つまり、彼女が向かう先はゴール・フェイスの自宅ではない。

この道がどこに続くのかはわかっている。おまえはそのことを渋々認める。〈ホテル・レオ〉の前の通りに車を停めるとき、ジャキはいつもおまえがするように誰かに尾けられていないか確かめる。それから、居眠りをする警備員の脇を通り過ぎて建物の中へ入り、エレベーターで六階をめざす。

おまえはうっかり二つ上の階まで浮上してしまい、ついでに窓から八階のスイートをのぞいてみる。むき出しの壁と空っぽの箱、開いたドアが見えるだけで、クガもエルザもニコンで撮影してヴィランに現像してもらった額入りの写真も見当たらない。ゴール・フェイス・コートのおまえのフラットと違って家宅捜索が入ったわけでもないのに、あまり機嫌の良くない誰かの手でカーテンは引き裂かれ、テーブルはひっくり返されている。

〈ペガサス〉まで降りていくと、ジャキはブラックジャックのテーブルに腰を落ち着けるところだ。彼女がジンを何杯も注文し、無料の煙草を何本も吸うのを眺めながら、おまえはその味を懐かしむ。彼女にささやきたくても、二人とももう夢から醒めたあとだ。ジャキは今、何を思っているのだろうか。チップを賭け、カードを数える、そのやり方を教えたのはおまえだが、あいつはやっぱり下手くそなままだ。

おまえはふわふわとポーカーテーブルのほうに流されていく。そこではカラチキッドがイスラエル人たちを相手に大金を賭けて勝負中だ。スキンヘッドに野球帽を被った若くて小太りのカラチキッドは、おまえが勝負に出すぎて窮地に立たされたときには、快くチップを融通してくれた。借金がかさんでもとくに催促もせず、おまえがテーブルに着くたびに借りがあることを思い出させるだけだった。

「ここってカメラあんのかな?」カラチキッドが天井を見上げ、四方の壁にも目を走らせる。

「カメラなどあるわけがない」ヤエル・メナヘムが言う。「おまえがその間抜けな帽子の中に仕込んでいないかぎりな」

ヤエル・メナヘムは恰幅《かっぷく》がよく声がでかい。その仕事仲間のゴーラン・ヨラムはずんぐりとして控えめだ。テーブルには他に、英語をしゃべれないふりをした中国人が二人いる。一説によると、彼らはカジノのボスのローハン・チャンの親戚で、大金を賭ける顧客を監視するためにまぎれ込んでいるのだとか。こいつらとはおまえが息をしていた最後の夜にポーカーをしたが、勝ったか負けたかは思い出せない。

「表に出よう」カラチキッドが言う。「どうもここは醬油臭い」

テーブルの中国人は賭け金の額を張り合うのに夢中で、気を悪くする暇もない。イスラエル人とパキスタン人は各自飲み物を持ってテラスに出る。「最新のリストを見た」そう言って、ゴーラン・ヨラムが煙草に火をつける。

「で？」

「前金は七十パーセント。それだけ払えば、なんでも手に入れてやる」

「なんでもって？」

「スカッドミサイルが欲しけりゃ、それも手に入るってことだ、兄弟」

メナヘムがテーブルに灰皿を置きに来たウェイターをちらりと見る。それから、声を落として次の質問をする。「マハティヤ大佐と取引したことはあるか？」

「この国で銃を構えたことのあるやつは全員おれのお得意様さ」カラチキッドはそう言ってオレンジジュースをすする。「誓ってもいい」

「面白い」と、メナヘム。「おれたちは映画業界の人間だ。こっち方面では、まだひよっこでね」

「ご謙遜を」

「いや、本当だ。それに、おれは謙遜も遠慮もしない。その上で言うが、おたくの提示した額には満足できない。この値段なら前金を八十パーはもらわないと」

「あんたの作ったニンジャ映画、おれ大好きだったんだぜ」

「どれのことだ？『燃えよNINJA』か、それとも『ニンジャ　転生の章』のほうか？」

「『NINJA　U.S.A.』？」

「あれはおれのじゃない」メナヘムが言う。

「あ、そうそう、『燃えよNINJA』だったわ。傑作だよな。アクションがすげえわ」

「クソみたいな駄作だ。だが、金にはなったよな？」

「まあ、それなりにな」と、ヨラム。

カラチキッドが一枚の紙を差し出し、ヨラムはそれをとっくり眺めてから、首を横に振る。「この値段では話にならん。どういう値の付け方をしてるんだ？」

「市場価格ってやつだよ」

「こんなのはヒズボラやハマスの値段だ。この値段で手に入るのはソ連製の不良品か、ニカラグア製のポンコツくらいだ。悪いが、予算を上げるか諦めるかしてもらわないと」

「あんたらが信用の置ける相手だと顧客に証明する必要がある」

「証明なら、こいつを持っていけばいい」メナヘムが中指を突き立ててみせる。

「ごめん、訊いてもいいか？　あんたら、この商売の経験はあるんだよな？」

「もちろん」

「相手は政府か？」

「かもな」

「〈虎〉とは？」

「もしかしたら」

「JVP？」

「ありえない」

「なら、行方をくらましたおれたちのギャンブル仲間とは？」

「誰のことだ？」

「知ってるはずだ」

「あいつはヒッピーのホモ野郎だ。ヒッピーとホモは早死にする運命にあるのさ。おれたちとはなんの関係もない」

「それならいい」カラチキッドが言う。

死んだ自殺者たち（一九八六、一九七九、一七一二年没）とのおしゃべり

おまえは〈ホテル・レオ〉の屋上に飛んでいく。夜は更けたが、カジノはなおも営業中だ。エンストした車と、遠吠えする野良犬と、バーカウンターで今夜こそ店を負かすと自分に言い聞かせるギャンブラーがいるかぎり、夜にしじまは訪れない。それにしても、おまえって月並みな男だよ

な？　生きていた頃も死んでからもそこは変わらない。自分の死んだ場所をうろつくなんていうのは、どんな幽霊も一度は試してみることだ。墓場をさまようとか、かつての自宅に居座るのと同じくらいありがちで、同じくらい意味がない。

ジャキは今、独りでテーブルに座っている。オレンジジュースを運んできたのは、雄牛似のウェイター、おまえが息をしていた最後の夜に味見した男だ。ジャキは自分が独りぼっちだと思っているし、おまえのことも、屋上で月を眺める自殺者たちの首の輪縄も、彼女には見えていない。

時刻は午前三時、〈ホテル・レオ〉の屋上は平和そのものだ。出っ張りに自殺者たちが列を成していることを除けば。一番手はドラァグクイーン、キャンディ地方のサリーをまとい、バングルやチェーンをじゃらじゃらつけた厚化粧の中年男だ。

「あたしが自殺したのは悲しかったからよ。ここにいるみんなもだいたい同じよね？　でも、あたしにはもうひとつ理由があって、それは仏教徒だったからなの。大枚はたいて性転換するより、生まれ変わったほうが安上がりだと思ったわけ」

「どうして〈光〉に行かないんだ？」

「あたしは生きてた頃もずーっとは<u>ざま</u>にいた」かつて彼だった彼女が言う。「たぶんここがあたしの居場所なのね」

サリー姿の彼女はファッションショーのモデルよろしく出っ張りの上を歩いていくと、縁でしゃがんで地上を見下ろす。派手に落ちていく先が駐車場かゴミ集積場かは気まぐれな風のみぞ知る。

屋上は霊魂たちで賑わっているが、大半はここの出身ではなく、大半は自殺者だ。黄色がかった緑色の瞳と止まらない独り言がその証拠だ。

その中には、前にセーナとラーニー博士がおまえの価値なき魂をめぐって口論していたときに見かけた顔もちらほら見える。

たとえば、あちらで語らう制服姿の腐乱少女とブワネカバフ王の時代から大海で煮込まれてきたような猫背の男。おまえは湿った空気をかきわけて二人に近づくと、こっそり聞き耳を立てる。こういうのも、すっかり得意になったよな？

退屈なやつらが集まると、決まって商売の話になるように、ここにいる自殺者たちは自殺の話ばかりしている。

「どうしてスリランカの自殺者数は世界一だと思う？」分厚い眼鏡越しに少女がじっとこちらを見つめる。「他の国の人たちと比べて、わたしたちってそんなに不幸で衝動的なのかしら？」

「知るもんか」猫背の男が答えるのと同時に、おさげ髪のご婦人が得意の高跳びを決める。

「それは、わたしたちがこの世界は残酷だと理解できるだけの教育を受けているから」と、女学生。「そして、残酷な世界に対して自分たちは無力だと感じるだけの腐敗と不平等がこの国にはあるから」

「それと、簡単に除草剤が手に入るってのもあるな」猫背の男が付け足す。

・・

おまえはあちこち飛びまわって、さらなる盗み聞きに勤しむ。次に話を聞いたのは、更生と尋問のためにコロンボに連れてこられた〈虎〉の少年兵五人だ。彼らは刑務所の敷地内に毒草の黒ダチュラを見つけ、それで五人分のお茶を淹《い》れたのだった。死後の世界がいたく気に入り（「誰もぼくたちに大声で命令したりしないから」)、出っ張りから飛び降りるときも、よちよち歩きのちびっ子みたいに大はしゃぎだ。

この屋上に群がる顔ぶれを見れば、スリランカの高い自殺率を疑うのは難しい。老若男女、その中間のすべて。失意の恋人、破産した農民、頓挫した革命からの避難者、レイプの犠牲者、落第した学生、それにクローゼットのゲイも少なからずいる。彼らはみな縁までぷかぷか浮かんでいっては、えいやとばかりに飛び降りる。

クローゼットのゲイのひとりがおまえのそばにやってきて、しゃべりたそうにするが、美男子以外の男には興味がない。もはや自分も色男ではないことを思えば、なおさらだ。おまえは猫背の男の視線に気づいて、そっちのほうへ飛んでいく。「ポルトガル人に船を焼かれたときには、コロンボの港で首を吊った。土地を奪われたときには、ディヤワナ湖に身を投げた。金がなきゃ、生きてる価値なんぞない。できることならもう一度自分を殺してやりたいね。すべてを終わりにするために」

「ここにいるやつらはどうして〈光〉に行かないんだ?」

男は気を悪くしたようで、どろりとしたキンマの塊を出っ張り越しにペッと吐き出す。それが虚空に吸い込まれていくのをおまえは眺める。

「おまえこそなぜ行かない?」

「おれは自殺なんてしていない」

「本当に?」

「十四のときに一度試した。失敗して、それきり二度とやってない」

「自殺するにも根気が要るってわけだな」

「〈光〉に行けば、過去の罪が洗い流されて、一からやり直せるらしいぞ」

「おまえはヘルパーなのか？　もしそうなら、とっとと失せな」

おまえはろくに顔も見えず、何を言っているのかもよくわからない、この名前も知らない男をじっと見つめる。そして、死んでからずっと口にできずにいた問いを口にする。

「死にたがっている人に手を貸したら、人を殺したことになるのか？」

「そいつが死にたがってるなんて、どうしてわかる？」

「苦しみをこの目で見た。だから、わかった」

「この地球をうろつき回る生き物の大多数は生まれてこないほうがよかったのさ」

「そういうことなら、痛みを少しでも和らげてやれたんだとしたら、〈光〉からほうびをもらえたっていいくらいだよな？」

猫背の男はおまえをまじまじと見てから、笑い声を上げる。「慰めがほしいなら、来る場所を間違ってるぜ」そう言い残して男は出っ張りから飛び降りる。笑い声がこだまするが、男の体が地面を打つことはない。

・・

ジャキがもう独りじゃないのはべつに驚くことじゃない。驚いたのは相席の相手が女で、しかもニュースキャスターのラディカ・フェルナンドだったことだ。酒の度数はどんどん上がって、しまいにジンやラムとなり、日が昇る頃には、二人はバルコニーで手をつないで煙草を吸っている。

五階下にはデリカバンが停まっていて、サージカルマスクをつけた男が後部座席の警官を叱りつける姿が見える。ザ・マスクのスラックスとシャツにはきっちりとアイロンが当てられ、警官のよれよれの制服とは対照的だ。明らかにこの男は昨夜バンの中で寝てはいない。

「『消えた』とはどういうことだ?」

「CNTRのオフィスはもぬけの殻でした。人もいなけりゃ、何もかも片付けられたあとで」と、ランチャゴダ警視補。目の周りのひどいクマのせいで、どこかウシガエルを彷彿とさせる。

「この二日間、ずっと見張りをつけていたのに。建物の中は探したのか?」

無線電話機がパチパチと鳴り、ザ・マスクは悪態をつきながら、それを耳に当てる。早口でまくしたてる声と雑音が聞こえる。「この間抜け野郎。エルザ・マータンギは昨夜トロント行きの飛行機に乗った。空港へはドイツ人観光客に紛れてバスで向かったんだと」

「まさかそんなはずは」と、ランチャゴダ。「彼女が出て行くところは断じて見ておりません」

「謎解きは暇なときに勝手にやってくれ。今すぐ手を打たなければ。大佐がネガを欲しがっているんだ」

ランチャゴダ警視補がバルコニーを見上げる。昇る太陽を背に、煙草を吸う二人の女のシルエットが浮かび上がる。

「ひょっとしたら使えるかも」と、ランチャゴダ。

ザ・マスクがランチャゴダの視線をたどって、うなずく。

「使える? 何をだ?」

ランチャゴダがグローブボックスを開ける。そこにはずだ袋と小瓶が入っている。

「大佐や大臣が賛成するかどうかはわからない。だが、案外悪くないかもしれんな」

おまえはバルコニーを見上げる。そこでは、ラディカ・フェルナンドが手すりにもたれてジャキの髪をもてあそんでいる。彼女はさよならのキスをして立ち去るが、そのキスも足取りも軽やかで、また会えることが約束されているかのようだ。

おまえは意識を八階に向ける。今は空っぽの椅子に座って、エルザに辞意を伝えた場所に。それから、カジノの色の付いたガラス窓に意識を集中させる。そこはおまえが最後の勝負をし、すべてのチップを清算した場所だ。

ポケットジャックス

おまえとジャキはブラックジャックのテーブルをふざけてBJテーブルと呼んでいたが、おまえもジャキもそこに座っているときにそれをしたこともしてもらったこともない（BJはブロウジョブ（フェラチオ）の略でもある）。ブラックジャックでは、確率を計算し、場に出たカードを勘定《カウント》さえすれば、いずれそれなりの利益が得られる。〈ペガサス・カジノ〉のカード入れ《シュー》にはトランプが二組しか入っていなかったから、おまえのチンケな脳みそでも、簡単にカウントできたんだ。

カジノは入り口のビュッフェを囲むように半円形に配置されている。言うなれば、運を吸い上げる馬蹄だ。U字の両端にあって最も騒がしいのがルーレット台、最も混み合っているのがブラックジャックとバカラのテーブルで、最も薄暗いのがU字のカーブの辺りに位置するポーカーテーブルだ。

おまえはカードで店を負かす秘訣を知っていた。戦闘地域で銃弾を避ける術も心得ていたし、嘘を嗅ぎ分けるコツも身につけていた。ブラックジャックでは、負かす相手はディーラーだけでいいが、おまえにはその行動が予測できた。戦闘地域では、爆弾を落としているのが誰で、足を踏み入れてはいけないのはどこかを知ることが肝心だった。嘘つき相手には、向こうが自分に何を求めているのかを見究める必要があった。

あの日、おまえには絵札ばかりが回ってきて、いきおいディーラーは負けを重ねた。最初の約束まであと二時間、二つ目の約束までは三時間。おまえはそれを確認すると、ＤＤのバドミントンのラケットの上に残したピンク色のメモに思いを馳せた。

今夜十一時に〈レオ〉のバーに来てくれ。
話したいことがあるんだ。
愛をこめて、マール

北への最後の遠征で、おまえは自分に（ついでに、そこにいたやつ全員に）、今度の爆撃から生きて帰れたら、この仕事から足を洗うと誓った。手持ちのチップを金に換え、ＤＤに永遠の愛を誓い、彼が行こうとする場所ならどこにだってついていく、と。一度に二つの約束より価値が劣るものがあるとすれば、それは三つの約束だ。

エルザとクガと手を切れて、おまえはせいせいしていた。あの二人からはネガを渡す約束で高額の小切手を受け取っていた。約束は当然守るつもりだった。もうじき全員と手が切れる、そう思っていた。いや、願っていたと言うべきか。

おまえは高額の小切手を握りしめてブラックジャックのディーラーのもとに向かい、そこでひとしきり勝ったのち、目当てのテーブルに赴いた。馬蹄の曲がった部分に位置するそのテーブルは、ポン引きや武器密輸人、羽振りのいい若いやつらや途上国を食い物にする経済の刺客《エコノミックヒットマン》が互いから金を掠め取るために集う場所。プレイされるのは賭け金の高いポーカーだ。

「あんたはおれに借りがあるよな、ヒッピーさんよ」そう声をかけてきたのは、カラチキッドだ。やつの手持ちのチップは四万。サングラスをかけ、ウォッカを飲んでいたが、どちらもおまえがこのテーブルではする習慣のないことだった。断られると知っていながら、やつはおまえに飲み物を渡した。「だが、まあいい。今日のところは楽しくやろうぜ」

プレイヤーはおまえを入れて全部で六人。カラチキッドの隣は中国人の二人連れ（ひとりは小男で、ひとりは巨漢）、その隣は酔っぱらったスリランカ人のおっさんで、両脇にモルディブ人の女二人を従えていた。テーブルの端にはヤエル・メナヘム、手持ちのチップは断トツトップの六万だ。テーブルには武器商人が二人いたが、互いを知っているふうではなかった。大チャイナと小チャイナはほとんど口をきかなかったが、ゲームの合間だけは例外で、北京語で冗談を交わしてはオチまで待たずに声を上げて笑った。このテーブルで最もおしゃべりで最も腕が立つのはイスラエル人だった。

そして、みんなのカモとなっていたのが酔っぱらったスリランカ人のおっさんだ。ろくでもない手札をつかんだまま、最後まで降りそびれたおっさんはワンペアに命運を託した。そして、カラチキッドがストレートを揃えたのを見届けると、テーブルを去り、よろよろとビュッフェに向かった。

モルディブ人のご婦人たちがついてくることを期待していたようだが、その期待はあえなく裏切られた。

「おまえがストレートを引いたのはわかってたよ」メナヘムがカラチキッドに声をかけた。「おまえはカモを見つけるまではすぐ降りて、はったりをかましてるときはその逆になるからな」

カラチキッドは黙って前を見つめたまま、くちゃくちゃとガムを嚙んだ。

場が騒がしくなったのは、小チャイナが二巡目でレイズをして、ヤエル・メナヘムが手持ちのチップの半分を投入したときだ。小チャイナが大した手札も持たずにレイズしたあげくにフルハウスをつかんだのを見て、イスラエル人の怒りが爆発した。

「なんなんだよ、こいつら？　それでもポーカープレイヤーか？　ジャックと3でレイズするやつがあるかよ？」

ヤエル・メナヘムはディーラーに悪態をつくと、残ったチップを持って立ち去った。大チャイナと小チャイナは鋼のように冷たい視線を彼の背に注ぐと、北京語でまた冗談を言い合った。

おまえとカラチキッドは黙々とアグレッシブにプレイを続けた。おまえは何度かいい手札に恵まれたが、レイズするたびに他のやつらは降りてしまった。最初の約束まであと三十分を切ったところで、おまえはもうひと勝負することに決めた。

カラチキッドはウォッカを一気に飲み干すと、チップの山をまるごとテーブルの中央に寄せた。

「そろそろ決着をつけようぜ。どうも東洋人はケツの穴が小さくてダメだ。どうせ降りるんだろ。たとえエースを持っていてもな」

ボソボソと北京語が交わされたが、今度は冗談ではなかった。大チャイナと小チャイナは揃ってパキスタン人をにらみつけた。ひとりは餌に食い付き、もうひとりは降りることを選んだ。テーブルの中央にはチップの山、そこで、いよいよおまえの番だ。これが映画なら、テーブルの周りに人だかりができて、尻軽女たちが最高額を賭けた男にしなだれかかり、警備員たちが無線機に向かって何か適当な言葉をつぶやき、酔っぱらいが「ウー」とか「アー」とか言いながらふらふらと画面を横切るところだろう。だが、この勝負が行われたのは薄暗い明かりの下で、目撃者はディーラーと足下の地獄だけだった。

ギャンブルをするとき、おまえは一度も神に祈ったことがなかった。戦闘地域に足を踏み出すときも、肉の味を覚えたときも、誰かに愛を告白するときも、神に祈ったりはしなかった。確率を計算し、選択肢を並べたら、あとは勝負に出るだけだ。

足の指が多く生まれる確率は千分の一、パイロットが酒に酔っている確率は百十七分の一、そして一説によれば、人殺しをして逃げ切れる可能性は三対一なんだとか。

おまえは常に最悪の事態に備えた。爆弾がどこから飛んでくるかを慎重に読み、遊び相手にはコンドームをつけさせた。その上で確率の法則が自分に味方することを願ったが、それは目に見えない神にすがるのとは違う。それとも同じことなのだろうか。

ジャキはおまえがこの手の計算を披露すると、やたらにはしゃいで面白がった。ロンドンにいた頃、数学を二度も落としたくせしてな。それは彼女が母親に継父のことを打ち明けた直後のことだった。

おまえはあいつが隣にいるつもりでこう言った。

「おいおい、ジャキ。おまえのジャックじゃハートの2にも勝てやしないぜ。ここまで賭け金がつり上がったら、おれなら降りるね」

テーブルの上にはハートが三枚、おまえの手にはジャックが二枚。おまえは手持ちのチップの山をありったけテーブルの中央に押し出した。

最後のターンでクラブの9が出たとき、歓声を上げる者はいなかった。カラチキッドはキングのハイストレートをばさりとテーブルの上に落とした。小チャイナは忍び笑いを洩らし、大チャイナは一同にハートのエースを見せて指を突き立てた。それから北京語で何やら言ったが、「でかしたな、兄ちゃん」と言っているのではなさそうだった。そしておまえのことを見た。

おまえは二枚の9とハートのジャックの隣に二枚のジャック《ポケットジャックス》を並べると、肩をすくめた。人知れず完成されたフルハウスが見え見えのフラッシュに勝つのは自明の理。気の利いたジョークのひとつでも言ってテーブルを離れられたら良かったが、おまえにできたのは映画『オリバー！』に出てくるスリのドジャーみたいなニヤニヤ笑いだけだった。おまえは中央に積まれたチップを両腕いっぱいに抱え込むと、自分のほうへ引き寄せた。大チャイナは両手で頭を抱えると、三枚のジャックと二枚の9をまじまじと見た。

「なあ、ミスター・カラチ、今夜はようやくたまったツケを払えそうだ」

・・

カラチキッドを下のバーに連れて行くと、やつはおまえに名前はドナルド・ダックで建設会社を経営していると自己紹介した。借りは全部でいくらかと訊くと、ジーンズから手帳を引っぱり出し、「ペガサスのヒッピー」と書かれたページを開いてみせた。おまえはそこに書いてある額を支払うと、つりは取っておくように言った。「みんな飲んでくれ、おれのおごりだ！」

おまえは三人いるウェイター全員に金を払ってチップを上乗せし、ピットボスにはポーカーチップ代のツケと負けが込んでいたときに割ったボトルの代金を支払った。それから、ガタイのいい若いバーテンダー、雄牛みたいな体つきで雄牛みたいな顔をしたあいつを見つけて、借りていた千ドルピーを手渡した。

「上でちょっとばかり勝ったもんでな。取っといてくれ」

「よかったのに、兄《アイェー》さん。忘れてましたよ」やつの秘めたる性的指向をうかがわせるのは、その舌足らずなしゃべり方だけだった。

「おれはおまえのことを忘れてなかったぜ。次の煙草《fag》休憩はいつだ？　ハハ」

「いつでも平気ですよ、兄《アイェー》さん」

「今から人と会うんだ。そのあとで落ち合うのはどうだ？」

「喜んで」

これで最後だ、とおまえは自分に言い聞かせた。この一発《fag》を最後に浮気はきっぱりやめるつもりだった。おまえは公衆電話用に小銭をもらうと、電話を二本かけた。一本目は愛しい恋人へ。それは彼が警察にかかってこなかったと証言した電話だった。

「もしもし」DDの声は眠たげだった。

「おれのメモ、読んだか？」

「さっきバドミントンから帰ってきたところなんだ」

「ラケットの上に置いておいたんだが」

「ああ」

「で、来られるよな？」

「どこに？」

「〈ホテル・レオ〉のバー。午後十一時に」

「マーリ、今夜は疲れているんだ。明日も朝から打ち合わせだし」

「大事な話なんだ。すごいニュースがあるんだ」

「勘弁してくれよ、マーリ。何週間もほったらかしにしておいて。いきなりパーティーの誘いか？」

「パーティーなんかじゃない。ずっと会いたかったんだ」

「疲れているんだ、マーリ。明日話そう」

ガチャン。

かけ直しても呼び出し音が鳴るばかりで、しまいにはそれも話し中の音に切り替わってしまった。

二本目の電話はかけるつもりはなかったのだが、五歳のおまえに親父《ダダ》が覚えさせたその番号を指が勝手にダイヤルしていた。夜遅い時間でも、相手が受話器を取ることがおまえにはわかっていた。

「もしもし？」

「おふくろ《アンマ》、マーリンダだ」

「どうしたの？」

「べつに。久しぶりに話したいと思ってさ。いろいろ考えてることもあって。明日昼めしを食いに行ってもいいかな？」

「こっちもいろいろと忙しいんだよ、マーリンダ」

「なら、晩めしは？」

「喧嘩しに来るんなら、お断りだよ」

「喧嘩なんかじゃないって、アンマ。話がしたいだけだ。晩めしでいいか?」

「いいえ、お昼でかまわない。カマラに用意させるから」

アンマはいつものように電話を切った。別れの言葉も前置きもなく、おまえに辛辣なことを言われないうちに。

二本の太い指がおまえの尻をつねったのは、そのときだ。

「よお、ネエちゃん、誰とお電話してたのかな？」

ジョニー・ギルフーリーはスラックスにブレザー、ボブ・サドワースはTシャツに短パンといういでたちだった。

「元気そうだな」ボブが言った。

〈レオ〉で迎えた最期の晩に外国人と会った覚えがないのにはわけがあった。それは単数形ではなく複数形、外国人たちだったんだ。

・・

おまえが仕事を辞めたいと告げると、二人とも喜ぶふうではなかった。バーはさっきより混み合ってきて、おまえとボブは順番に六階のテラスに行っては煙草を吸った。

おまえは紙ナプキンに金を包んで、安物のジンのボトルの前に置いた。「次の仕事の前金だ。返すよ」

「どうした、スロットで大勝ちでもしたのか？」と言って、ジョニーが片方の眉をつり上げた。

「で、これからどうするつもりなんだ、お若いの？」

「DDと二人でサンフランシスコに引っ越すつもりだ。この肥溜めにはもううんざりだよ」

ジョニーが笑い声を上げた。

「何はなくともベイエリアは見ておけよ。それにしても、なんでまた女房まで連れていく？」

「あんた、ついて来てくれんのかよ、ジョニヤ？」

「おれの放浪の日々はもう終わったのさ、お若いの」

「なら、さっさと元いた場所に戻ればいい」

「おれはこの国を泥沼から救おうとしているんだ」

「〈虎〉に武器を売ることでか？」

おまえはボブ・サドワースの顔を見ながらこの台詞を口にしたが、やつは自分の酒を黙って見つめるだけだった。

「そっちこそ大きなことは言えないだろうが。おまえはCNTRに雇われている。あいつらの請求書の支払いを誰がやってると思ってるんだ？」

「とにかくおれは降りる。途中で辞めるのが得意なことにかけては定評があってね」

「前回の遠征で何があった？」

「何があったかって？　どいつもこいつも仲介役として雇っておいて、おれにスパイをさせたがるんだ」

「あれはひどい話だったとおれたちも思ってる」ボブが口を開く。

「『おれたち』って誰だよ?」

ボブは首を横に振ると、煙草を吸いに行った。ジョニーはくたびれたギャンブラーたちが群がるバーを見回して、彼や彼の政治活動に関心を持つ者がいないことを念のため確かめた。カウンターの脇のテーブルに、ピットボスが「予約席」と書かれたプレートを置いた。彼は自らそこに腰を据え、誰かを待ちはじめた。おまえの姿を認めると、黙ってこくりとうなずいた。

「ボブの勤め先はAP通信。おれの勤め先はイギリス高等弁務官事務所。おまえはCNTRに雇われている。大佐はシリルの使いっ走りだ。要するに、おれたちゃみーんなJRが建てた家に暮らしてるってこと」

「あんたらは武器を政府に売り、政府はその武器をテロリストに売ってインド人相手に使わせようとしている。で、今度はそのテロリストの分派を武装させようってか? こんなこと、いつまで続けるつもりだよ?」

「向こうで何があった、マーリ?」

「いつもと同じさ。あんたらの正体はわかった。何がどうつながっているのかもな。その上で降りることに決めたんだ」

喫煙から戻ってきたボブと入れ違いに、ジョニーがトイレに立った。金はテーブルの上に載ったままだ。

「わかるよ。もううんざりなんだよな。行きたきゃ行けばいいさ。寂しくなるけどな、マーリ」

「よく言うよ」おまえは言った。

「ウドゥガンポラ少佐とゴパラスワミ大佐とのインタビューをいっぺんにお膳立てできるやつなん

て他にいないさ」

「なあボブ、おれたちが組むようになってから、あんた本社に何本記事を送った？　おれは一本も見たことがないが」

「これから七本出る予定だ。どれも法的許可の申請中でね」

「おれはこれ以上あんたのためにマハティヤへのインタビューをお膳立てするつもりはない。やつの隠れ家の写真を撮るつもりもない。もしつかまってもおれの命は赤いバンダナが守ってくれるとか思ってるわけじゃないよな？」

「爆撃に巻き込まれたのは気の毒だったと思っているよ。誰もあんなことが起こるとは思っていなかった。少なくとも、おれたちはおまえをあの場所から助け出した」

「あんたらのヘリに手を振るおれを置いてったのはどこのどいつだよ？　バスに乗る羽目になったんだぞ」

「バス代はこっちが負担した」

「なんとまあ、ありがたいことで」

「なあ……」

「爆撃のことはまあいいさ。とにかくもう死んだ人間の写真を撮るのはうんざりなんだ」

ボブは深いため息をつくと、気の利いたひと言をひねり出そうとした。おまえの魂を慰め、自分の良心をなだめるようなひと言を。バーの若造《マッリ》がおまえを見て、自分の腕時計を指さした。ジョニーが便所から戻ってきて金をつかんだ。やつはここの勘定を持とうとは言わなかった。

「もうほっとけ、ボブ」彼は言った。「行くぞ」

こうして二人は行ってしまった。

・
・

それはおまえのジャフナでの最後の任務だった。誰もが安全だと請け合ったのに、蓋を開ければ、安全とはまるで程遠かった。すべてが終わったあと、おまえはバスで家に送り返された。十三時間の長旅は考える時間をたっぷりくれたが、おまえにできたのはひとつのシーンを無限ループで再生し続けることだけだった。

それは最後の砲弾が落ちてきてから一時間ほどたったときのことで、辺りにはまだひどい煙と臭いが充満していた。砂埃が舞う中をよろよろと歩いていると、その嘆き声が見えた。そうとも、聞こえたんじゃない。なぜって、おまえの耳では、この世の果ての低いうなり、霊魂が群れなし渦巻く周波数、千の叫びから成るホワイトノイズがわんわん鳴り響いていたからだ。それでも、至るところにその嘆き声は見えた。人々は逃げるのをやめてその場に立ちすくみ、天を仰いで咆哮《ほうこう》していた。死んだ子どもを抱きかかえる女がいた。全身に榴散弾を浴びた老人がいた。焼けただれたパルミラヤシの下で震える野良犬がいた。天上の指がミュートボタンを解除すると、おまえの耳に悲鳴がどっと押し寄せた。手を差し伸べる医療従事者も救援活動家も政府軍の兵士も自由の闘士も反乱分子も分離主義者もそこにはいなかった。いるのは哀れな村人たちと哀れな仲介役がひとりだけ。死んだ子を抱いた女はおまえを見ると叫ぶのをやめ、おまえの目と目の間を射貫くように見据え、おまえの首の辺りを指さした。そこにあるのは、DDの血の付いたチャーム、パンチャユダのチェーン、そして、死んだ〈虎〉からくすねた青酸カリのカプセルを括りつけた縒《よ》り糸だ。おまえはそのカプセルをラージャ・ウドゥガンポラ少佐の武器庫から盗んだと自分に言い聞かせていた。つかまったときに備えてのことだが、誰につかまるかは関係なかった。それが政府なら裏切り者に、LTTEならスパイに仕立て上げられるだけのことだ。答えようのない問いを出されるまえに、ひと思いに呑み込むつもりだった。カプセルは人目に触れないようあとの二本のチェーンの下に隠していたが、二本とも他のいろんなものといっしょに爆撃で吹き飛ばされてしまっていた。女が苦しげに声を絞り出し、おまえの首のカプセルを指さすと、おまえはずだ袋みたいにだらりとなった彼女の死んだ息子を見て女にカプセルを二粒手渡し、女がそれを自分の唇の間に押し込むのを待ってまた歩きだし、そして今度は木に体を貫かれたまま痙攣する男のそばまで行って、そいつの口に二粒ふくませ、それからロバみたいな声であえぐ犬の傍らにしゃがんで、震える体を撫でてやり、舌の下にカプセルを二粒置いて、そっとその顎を閉じたんだ。

・・

最期の晩、おまえは寝ないつもりだった。ジャキは深夜番組に出演中だったから、朝になったらいつものように迎えに行こうと思っていた。いつものように日の出を拝んで、いつものようにコーヒーをがぶ飲みする。ただし、いつもと違ってあいつには本当のことだけを話そうと思っていた。

おまえとバーテンダーは六階のテラスに行って煙草を吸った。おまえはやつに股間をまさぐられながら、こんなに大勝ちしたのは何年ぶりだろう、とかなんとか言った。やつはおまえの首にキスしながら、生きてるうちに一度でも大勝ちできたらすべての負けは帳消しになるんですよ、とかなんとか言った。やつはデニムの下にYフロントのブリーフを着けていて、おまえはその開口部から指を滑り込ませてやつの元気いっぱいのあそこを撫で回した。

腕時計に目をやると、時刻は午後十一時十分で、DDに来る気があるなら、いつ来てもおかしくない時間だった。それでも、これが最後なのだから、どうせなら気持ちよく終わりにしたいとおまえは思った。なのに、舌であそこを刺激されながらも、気分は萎《な》えていくばかりだった。もしかしたらこれはおまえの放埒《ほうらつ》な日々は終わったというしるしなのかもしれなかった。おまえはひざまずいていたバーテンダーを立たせて、ジッパーを上げると、新しいゴールドリーフに火をつけた。暗がりから人影が現れるのが見えたのは、そのときだ。大股の、おまえがよく知る歩き方。水泳選手のような体つき、ダンサーのような身のこなし。

その手には、おまえが書き置きをしたピンク色のメモ用紙が握られていた。彼はそそくさとテラスをあとにするバーテンダーを見て振り返った。そして、おまえの腕に飛び込んで、何もかも捨てていくとおまえに言わせるかわりに、バーテンダーめがけて突進した。すると、そのとき、雲間から月がのぞいて、男の顔に浮かぶ表情が見えた。

第六の月

われわれが表向き装っているものこそ、われわれの実体にほかならない。だから、われわれはなにのふりをするか、あらかじめ慎重に考えなくてはならない。

カート・ヴォネガット・ジュニア『母なる夜』(飛田茂雄訳、早川書房)

センザンコウ

おまえは何かにしつこく引っ張られて現実に引き戻される。その何かとは、虚空にたゆたうおまえの名前。風に運ばれた低いささやき、失意の恋人の唇から洩れたうめきだ。おまえが出来のいい写真を箱にしまい込んだのにはいくつも理由があった。盗難を防ぐため、破損から守るため、そして何よりおまえが怖れていたこと、すなわち批判を免れるため。だが、ついにそれらの写真が人目にさらされようとしている。そのことにおまえは逸《はや》り立ち、同時にビビりまくってもいる。

「きみが死んだなんて嘘だ、マーリ。ぼくは信じない」

〈アーツセンター〉の扉には「準備中」の札がかかっている。階下の〈ライオネル・ウェント・ギャラリー〉では、五人の男が八×十インチサイズの写真をボール紙製の額縁にせっせとはめ込んでいるところだ。いや、正確には四人か。五人目は写真を眺めては首を横に振り、おまえの名前を空しくつぶやくばかりだから。男たちは黙々と手際よく作業を進める。ヴィランはおまえの手書きのリストを確認しては、該当する写真をクラランタに手渡す。クラランタはそれを額に入れ、DDの職場から来た助っ人二人に渡す。ひとりが釘を打ち、もうひとりが額縁をかける。

DDは作業机の奥に座って、惜しくもリスト入りを果たさなかったボツ写真の山をより分けている。糊のきいた長袖シャツを着ていることから、昨夜は父親の家に泊まったのがわかる。洗ってアイロンがけしたシャツを彼の衣装だんすから一掃したのは、他でもないおまえだったから。

DDが今見ているのは、ヤーラとウィルパットゥで撮った野生動物の写真だ。その撮影には彼も立ち会った。写真はどれも「パーフェクト・テン」と記された封筒に入っていたもので、五通ある封筒のうち、唯一この封筒の中身だけは醜悪さと無縁だった。

夕暮れのコウノトリ、夜明けのゾウ、樹上のヒョウ、草むらのヘビ。羽を広げたクジャクをとらえたお約束の一枚。それから、センザンコウの写真が何十枚も。明け方にこいつがテントに迷い込んできたとき、おまえはDDの体を撫で回し、やつを起こそうとしていた（ちなみに、ジャキはいびきをかいてた）。センザンコウは夜行性の生き物で、イエバエ一匹と出くわしただけで、ボールみたいに丸くなる。ところが、こいつは就寝時間を過ぎても起きていて、ジャキがしまい忘れたジャックフルーツをちびちびとかじっていたんだ。

おまえはこの奇妙な生き物を至近距離から撮影した。進化の果てのハイブリッド。カモノハシさえ平凡に見える珍種。哺乳類のくせに鱗《うろこ》があって、しっぽはサルで、かぎづめはクマ、鼻づらはアリクイそっくりだ。恐竜のようでもあり、飼い猫のようでもある。国を象徴する動物をひとつ選ばないといけないとしたら、センザンコウで決まりだ。よそとかぶる心配もない。多くのスリランカ人同様、センザンコウは舌が長くて、皮が厚く、脳みそが小さい。アリだろうとネズミだろうと、自分より小さい相手は平気でいたぶるくせに、いじめっ子と面と向かうと、怖気づいて隠れちまう。で、明かりが消えたらむっくり起きて、悪さをしに出かけるんだ。何万年も生き延びてきたやつらは今、絶滅への道をゆっくりとたどっている。

DDがぱらぱらとめくる写真の中で、人類にまだ汚されていない森が倦《う》んだ太陽の光をたっぷりと浴びている。やがて、彼は一枚の写真に目を留め、瞬きをして涙をこらえる。それはバッファローが水浴びをする湖を背にしたDDとおまえとジャキの写真、ウッサンゴダの赤土の丘に立つ三人の記念写真だ。次にDDが見つけたのは、おまえとのツーショット。シャツを脱いで小川の畔に寝そべる二人。目を見て微笑み合う二人。おどけたポーズを決める二人。DDは声を殺して泣く。顔をくしゃくしゃにして、唇をゆがめて。それから両手に顔を埋め、身を震わせる。ヴィランとクランタが顔を上げ、また、うつむいて作業に戻る。

DDはヤーラでおまえに、サンフランシスコ大学に入学を許可されたから、行くつもりだ、と告げた。それは月に一度DDがうたう歌。あいつはしょっちゅうここから逃げ出す計画を立てていた。若きタミル人にとってスリランカは危険な場所だというのがその理由。けど、やつが何かに向かって進む意思を表明したのはそれが初めてのことだった。「サンフランなら、ぼくたちはありのままのぼくたちでいられる。自分を偽ることを強制されたりしない」

「誰も強制なんかしちゃいないって。おれは今だってありのままのおれだし、おまえだってそうさ。故郷から逃げる必要はない」

「この国にいるかぎり、ぼくは自由になれない。何もしていないのに牢屋にぶち込まれるかもしれないんだぞ。父《アッパ》さんがいようがいまいが関係ない。このままここにいれば、結婚して、法律事務所で働いて、べつの誰かとして生きていくことになる。ぼくがここにいる理由はきみの他にない」

DDはアートとベーグルがある人生、逃げも隠れもせずに通りでキスができ、人前で踊れる人生について語った。木々の合間から射し込む星々のスポットライトに照らされて、おまえは彼の言うことをほとんど信じかけていた。ところが、その一週間後、ボブ・サドワースとの二カ月にわたるジャフナでの任務を引き受けた。断ることができなかったと言えばそれまでだが、おまえができなかったまさにそのことをDDはサンフランシスコ大学に対してやってのけたんだ。

それは毎度お決まりの間抜けなダンス。DDが仕事を見つけたと言い、おまえは感心してみせる。DDがついて来てくれと言い、おまえは無理だと答え、ここでは他の誰にもできないことをしているけれど、向こうに行けば自分は何者でもなくなってしまうから、と理由を述べる。すると、DDはどっちにしたって行くと言い、おまえは行きたきゃ行けと答えるけれど、結局やつが行くことはない。こういうのが何度も何度も繰り返された。もう二度とそれが叶わぬ日が来るとも知らずに。

無数の写真が洪水となっておまえの脳裡に押し寄せる。「きみはぼくよりニコンが好きなんだ」と言うDDの声と「かもな」と答えるおまえの声がこだまとなって鳴り響く。

・・

クラランタとヴィランはボール紙の額をフックにかけていく。今、飾っているのは、おまえが撮った野生動物の傑作選だ。リストに従い、DDとジャキの写真、一九八八年の花咲き乱れる雨季の写真は除けられていた。あの夏、おまえとDDはジャカランダの木の下に座り、雨の中でキスを交わし、あと一年いっしょにいることに同意した。DDはスリランカの美しい自然を守り、おまえは人間どもの醜い営みを暴く。戦争の真実を暴けば、戦争を早く終わらせることができると思っていたんだ。モンスーンと満月はあらゆる生き物を愚かにする。とりわけ、恋する間抜けな若者たちを。

DDは今、兵器類の写真をぱらぱらとめくっている。どれも「キング」のマークが記された封筒に収められていたものだ。ラージャ・ウドゥガンポラのために撮ったおまえの自信作の大半はついぞ日の目を見ることがなかった。

押収された〈虎〉の手榴弾、ロケット弾発射筒、ライフル銃がぎっしり詰まった木箱には、ヘブライ語とアラビア語の刻印が押されている。前線で、年端も行かない軍服姿の少年たちが怯え切った様子で身を寄せ合っている。薪の上に積み重ねられた死体の写真はヴァルヴェッティトゥライで撮影したもの。あの集団火葬を境に、おまえは豚肉を食うのをやめた。人が焼かれるときの焦げ臭いにおいは、骨付き肉をグリルであぶるときのにおいと似ていなくもなかったからだ。

ヴィランが届けた美しい白黒写真には、丸太に括られた囚われのテロリストや、タミル人の穏健派政治家を乗せたヘリコプターの残骸も写っていた。ガトウィック空港発エアランカ五一二便の変わり果てた機体は外国人観光客（ドイツ人やイギリス人、フランス人もいれば日本人もいた）の遺体が除けられる前に撮られたものだ。

キング・ラージャに雇われた最後の任務の写真もあった。一九八七年を最後におまえの顔は見ていないという彼の言葉は真実ではなかった。軍人どもは平気で真実をねじ曲げる。四六時中自分に嘘を吐き続けているんだ。一年前、彼はおまえをパレスに呼んで、拘束中のJVPの主導者ローハナ・ウィジェウィーラの写真を撮らせた。スリランカの醜きチェ・ゲバラはそのときはまだ生きていて、おまえと笑い合いもすれば、看守と無駄話もしていた。顎ひげとベレー帽がないと、まるで音楽の先生みたいだった。三日後、おまえは呼び戻されてばらばらにされた彼の死体を撮影させられた。

キングもその存在を知らない、ネガの切れ端から焼いた写真もあった。被写体のひとりは、マンナール出身の英国国教会司祭にして人権活動家のファーザー・ジェローム・バルタザール。写真の中で彼は紐で縛られ猿ぐつわを嚙まされた姿でこと切れているが、当局は彼が船でインドに渡ったと主張している。それから、ラジオ・セイロンの記者D・B・ピレイ。拘束中に射殺され、死体となって浜辺に打ち捨てられた彼の罪は、週に一度の放送で内戦の正確な犠牲者数を報じたことだった。若きタミル人たちの死体もろとも炎上する車の写真は、ラージャ・ウドゥガンポラ少佐個人の収集用に撮影されたものだが、おまえはちゃっかり自分の分も取っておいたんだ。

念願叶って、これらの写真は今すべて〈ウェント〉の壁にかけられた。計画では亡命先から糸を引くはずだったこの個展を、おまえはなんと草葉の陰からやってのけたというわけだ。ブラボー。

「このあと、どこへ行くんだ、若造《ブター》？」クラランタがヴィランに尋ねる。ヴィランの背中を撫でる彼の目には光るものが見える。ヴィランは伸びをして微笑むと、コキライの虐殺を生き延びた者たちの集合写真を窓辺にかける。

「あなたはどこへ行くんですか、おじさん《アンクル》？」

「明日の朝、妻とバンコクに飛ぶ。おまえもどこかに隠れるんだ。おまえたちみんなだぞ！」クラランタが助っ人二人に向かって言う。

「隠れるってどこへ、サー？」

「実家に帰れ。休暇を取ってな。今日の手間賃は後から送るから」

DDが囚われの〈虎〉の首から集めた青酸カリのカプセルの写真を手に取る。そのカプセルは今、縒《よ》り糸のチェーンに括られて、ストリングホッパー（米粉から作られる麵料理）の上に盛られた赤インゲン豆よろしく、死体保管所の台の上に載っている。それを鷲づかみにしてサファリジャケットのポケットに詰め込んだことは覚えている。あのときは、なんのためにそんなことをしたのか、自分でもよくわかっていなかったけどな。

・
・

CNTRのために撮った写真も額に入れられ、壁にかけられた。ボツにしたものはほとんどない。ようやく正義を果たせたという達成感といくばくかの不安が胸に広がる。北部におけるインドの蛮行をとらえた写真は八九年、東部におけるタミル人の冷酷さを示す写真は八七年、南部におけるシンハラ人の残虐さを暴く写真は八三年のもの。どれほどグロテスクな画像でさえ――しかも、それは一枚や二枚ではない――目を逸らすことを許さない何かがある。ヴィランは露出をいじった上に勝手にトリミングまでしていたが、たとえあいつに文句を言うことができたとしても、そうするつもりはおまえにはない。やつの職人技こそが、おまえの平凡なスナップ写真を意図せぬ傑作に仕上げてくれたのだから。

残る写真はフィルムにしてあと一本分。男たちがせっせと額に入れている写真を見て、おまえは震えあがる。それらは展示するためではなく、おまえ個人の観賞用に撮りためたものだ。そのことをヴィランは知っていたが、ここが芸術家の厄介なところで、やつらの耳には自分の聞きたいことしか聞こえない。DDが上から何枚かを手に取った時点で、これから起こることの予測はついた。おまえは辺りをきょろきょろと見回し、この惨事を共に食い止めてくれる仲間を探す。だが、劇場から流れ着いた幽霊たちはおまえには目もくれない。そこはまあ、若者が年寄りに興味がないのとおんなじだ。DDが写真をめくるあいだ、おまえにできるのは衝撃に備えることだけだ。

そこに写っているのは、さまざまな男たち。服を着ている者もいれば、シャツを脱いでいる者もいるし、生まれたままの姿の者もいる。もしもライオネル・ウェント（スリランカの写真家、ピアニスト。一九〇〇―一九四四年。同性愛者で、男性の肉体美をとらえた写真を多く遺している）の幽霊がここにいたら、DDの肩越しにのぞき込み、うなずいて賛意を示したことだろう。おまえが本名を知っていたのはそのうちの数名だけで、残りはニックネームで覚えていた。コタヘナ出身のバイロン卿はバスの中でナンパした、長髪で脂ぎった顔をした男で、公衆トイレでシャツを脱いだところをパチリと撮った。

木の下でポーズを取るヴィハーラ・マハー・デーウィ公園のボーイ・ジョージはその名のとおりばっちりメイクを決めていて、快楽をむさぼるあいだ、アマラデーワ（スリランカの作曲家、歌手。一九二七―二〇一六年）の曲をハミングしていた。

DDの息が荒いのは、男たちの顔に浮かぶ表情の意味を知っているからだ。血走った目と乱れた髪、性交後の倦怠。彼がおまえにめったに見せることがなかった表情。

線路脇のエイブラハム・リンカーンはおまえに殴りかかり、カメラを奪おうとしていた。〈ホテル・レオ〉のバーテンダーを写した一枚は、ある日の明け方、時間単位で借りた七階の一室で撮ったものだ。

DDはモデルのうちの二人を知っている。彼らの一部はおまえがコンドームとトランプとフィルムと赤いバンダナといっしょに鞄に入れて持ち運んでいた唯一の小道具、ミニサイズの悪魔の仮面に隠れてはいたが、見間違いようはない。それはハートのジャックのコレクションに最後に加わった二枚、おまえが本名を知るのはこの二人だけ。フジコダックのヴィランはゴール・フェイス・コートのおまえのベッドに横たわっている。それはDDがスタンリーとジュネーヴに滞在していた週の出来事で、悪魔の仮面は彼の股間にのせられている。ジョニー・ギルフーリーは上半身裸でジャグジーに浸かりながら、中国語のタトゥーを見せびらかしている。悪魔の仮面が覆うのは彼の目だ。

DDはヴィランに猛然と飛びかかると、彼の体を壁に押し付け、顔に思い切り張り手をくらわす。DDの広げた手のひらが牛追い鞭みたいな音を立て、ヴィランの眼鏡が吹っ飛び、目に涙が溢れ、ピンク色をした四本の指の跡が頰に浮き上がる。

DDがヴィランの首をつかむと、一同は息をのみ、ヴィランの目に恐怖がにじみ、DDの目が黒く塗りつぶされたようになる。DDはさらに二発ヴィランにビンタをお見舞いし、喉仏を締め上げ、息ができずにあえぐ彼を眺める。それから拳を振り上げるが、やがてその目から黒い色が引いて、彼は写真とヴィランから手を離して部屋を飛び出す。逆上しているときでさえ、その身のこなしはダンサーのように滑らかだ。

ダルリーンおばさんから、親父《ダダ》はおまえになじられている最中に息を引き取ったのだ、と聞かされたときのあの感覚がおまえを満たす。

クラランタの視線が床に落ちた写真からのぞくむき出しのトルソーに注がれる。彼は散らばった写真を拾い集めて、じっと見つめる。郷愁とおそらくいくばくかの羨望を込めて。アヌラーダプラのロック・ハドソンはスーパーマーケットでナンパして、とある寺院の塀の陰で一戦交えた。マーロン・ブランド大尉がおまえの中に入ったのは、ムライティヴの政府軍の基地でのこと。おまえはやつが寝ている隙にやつとその慎み深い息子をこっそり写真に収めたんだ。

クラランタはヴィランを見ると、クローゼットの女王様にしかできないやり方で、威厳たっぷりにゆっくりとかぶりを振る。

「どれも美しいでしょう?」ヴィランが言う。

「これは展示用じゃない。個人の観賞用だ」

「個人の観賞なんてクソくらえだ。いいから飾りましょう。マーリならきっとわかってくれる」

おまえはDDを心配してあとを追ったりはしない。死んだからって、そこは生きていた頃と変わらない。表の砂利道を踏みしめる彼の靴音に耳を澄ますが、制限速度を超えたスタンリーのニッサンの音がそれをかき消す。

・・

「この辺はどうしたもんかなあ？　たしかにリストに載ってたんだよな？」クラランタが六枚の写真を掲げて尋ねる。

「ええ。三回確認しましたから」と、ヴィラン。声がくぐもっているのは頬が腫れているせいで、顎がこわばっているのはあくびをこらえているせいだ。ギャラリーのオープンまであと三十分、いよいよ最後の数枚が展示されようとしている。

入り口では、助っ人二人が手書きの看板を立てている。下のほうに貼られているのは、クジャクを襲うヒョウの写真の画質の粗いコピーだ。

〈ジャングルの掟　MA写真展〉

クラランタは電話を七本かけ終えたところだ。新しい展示が始まるときはいつもコロンボを代表するゴシップ好き七人に電話で知らせる。そうすれば、たちまち噂が広まって、ギャラリーの入り口に何百人もの客が詰めかけるというわけだ。

彼の手には六枚の写真が握られている。二枚は拡大したせいで画像がぼやけ、二枚は木に視界が遮られ、残る二枚は水晶のごとく鮮明だ。

拡大した二枚の被写体は、八三年の暴動におけるシリル大臣だ。ジャングルで撮影されたきめの粗い写真には、藁ぶき屋根の小屋で木製のテーブルを囲む三人の男が写っている。ひとりは軍服を、ひとりはよれよれのスーツを、残るひとりは血の付いたシャツを着ている。鮮明な二枚に写っているのは、政府が拘束を否定したジャーナリストたちの亡骸《なきがら》だ。最後の一枚を壁にかけたとき、クラランタはようやくその写真に写る顔が誰のものであるかに気づく。

「マーリ、おまえってやつは救いようのない阿呆だな」クラランタはため息をつく。

おまえは彼にハグをして、その耳に「ありがとう」とささやく。ギャラリーを埋める写真はおまえのカメラマン人生の最高傑作ばかり。ついに真実を明らかにできた。できることはすべてやった。じきにみんながこれを見る。じきにみんながすべてを知る。

クラランタはヴィランの左手を握り、右の尻をぎゅっとつねる。「さあ、どこか遠い所へ行け。そこで二週間待つんだ。とんでもない騒ぎになるだろうから、あれこれ訊かれないためにも、おれたちはここにいないほうがいい。わかったな?」

ヴィランはクラランタのほうに身を乗り出して、老いた男の耳たぶにそっと口づける。そうとも、やつは才能溢れる現像技師であるだけでなく、無節操な尻軽男でもあったんだ。

「ぼくをバンコクに連れてってよ。奥さんなんか置いてきてさ」

「せっかくだが、あいつのことは四十年間大事に思ってきたんでね」

二人は正面のドアから出て行くが、おまえはギャラリーに残って、自分の生涯を賭けた仕事に囲まれて待つ。センザンコウや集団的迫害《ポグロム》の写真が飾られた壁を見渡す。真実は人を解放すると俗に言うが、スリランカでは、真実は人を檻に閉じ込めかねない。だけどもうおまえは真実にも檻にも人殺しにも完璧な肌をした愛人たちにも用はない。おまえが遺したのは、ここに並ぶ亡霊たちの残像だけ。たぶんそれでじゅうぶんなんだよな。

死んだ犬たち（一九八八年没）とのおしゃべり

夜が明けて個展が始まるまでにはまだ少し間《ま》があるが、入り口にはイヌ科の幽霊のカップルが内覧にやってくる。二匹とも肉付きのよい雑種犬で、二匹ともおまえの生涯を賭けた仕事に興味があるわけではないらしい。光が透けて見えるところからして、どっちのワンちゃんも死んでいて、道に迷っているようだ。おまえは入り口をフレームに見立てて二匹の写真を撮る。

「すみません、サー。〈誕生の川〉ってどこだかわかります？」オオカミみたいな耳をしたほうが尋ねる。

おまえは思わずギョッとしてしまう。「ごめん、しゃべれるって知らなかったから」

「類人猿に言葉が通じるとは知らなかったわ」おっぱいをぶらぶらさせたほうが言う。それから、「なんか偉そうで感じワル」と、相方に耳打ちする。

おまえはラーニー博士が言っていたことを思い出す。「運河沿いを吹く一番弱い風を見つけるんだ。その風が川まで運んでくれる。目印は三本のアルジュナの木だ」

「どうも」と、女のほうが言う。「ずいぶんざっくりとした説明だこと」

「落ち着けって、かわい子ちゃん」と、オオカミ似。

「その呼び方はやめてって言ったでしょ」

「すまない、動物も幽霊になるって知らなかったんだ」おまえは言う。

オオカミ似が呆れたようにかぶりを振り、女のほうはおまえをじろりとにらむと、鋭く三度吠えてからギャラリーをあとにする。

おまえの耳に、彼女の捨て台詞が聞こえる。「もしも人間に生まれ変わるようなことになったら、へその緒を呑み込んでやるわ」

オオカミ似が吠えて賛意を示す。〈ライオネル・ウェント・ギャラリー〉を出たところには、ささくれだった枝をつけた名もなき木が立っていて、その上には一頭の死んだヒョウが座っている。なぜ死んでいるとわかるかと言うと、体が透き通っていて、瞳の色が白いからだ。そいつはおまえをまじまじと見て、やっぱりかぶりを振ってみせる。

唇を動かさぬまま、品のあるしわがれ声でヒョウが言う。「わたしは自然保護活動家が密猟者を捕まえるために仕掛けた罠にはまって死んだ。悲嘆に暮れた活動家はわたしの体をコロンボ大学に運んだのち、自ら命を絶とうとした。驚いたよ。そのとき、初めて気づいたんだ。人間にも心があることに」

死んだ犬二匹がいななくように笑い、死んだヒョウは名もなき木からそろりと立ち去る。

死んだ観光客（一九八六年没）とのおしゃべり

よたよたと階段を降りてくる三人組は揃ってアロハシャツを着ている。ひとりは赤、ひとりは黄色、もうひとりは青。赤と青は〈アーツセンタークラブ〉のジュークボックスのところで見た顔だ。黄色は中年のご婦人で、これ以上ないってくらい丈の短い短パンをお召しである。全員バックパックを背負ってカメラを提げ、おまえの写真をせかせかと見て回る。

どうやら三人ともヨーロッパ人のようだ。ジュークボックスのところで見た男二人はずんぐりとして肌はピンク色、黄色のご婦人は日に焼けてラグビーのフォワードみたいにがっしりしている。前線の写真の前を通過するとき、彼らの感心しきりのつぶやきは嫌悪も露わなうめきに変わる。それはおまえがキング・ラージャとエースのジョニーのために撮ったプロパガンダ写真の傑作選。検問所、戦場、爆弾テロ。三人組はガトウィック発エアランカ五一二便の残骸の前で足を止め、一斉に息をのむ。それから、かまびすしくしゃべりだす。

「おい！　見ろよ、これフリーダだ。ほら」

「まさか！」

「いやいや、フリーダ。やっぱり、きみだって」

「わたしにとっては、あまり愉快な写真じゃないわね、レオン」

おまえは彼らがしげしげと眺める写真のところへ飛んでいき、彼らの頭上に浮かぶ。そこに写っているのは、機体からむしり取られた尾翼と滑走路に散らばった死体。おまえは写真の中の凍りついた顔と目の前のちらちら光る顔とを見比べてみる。当時はどこかでテロが起こるたび、キング・

ラージャに電話で呼び出されていたものだ。あの朝はたまたまネゴンボにいて、グレン・メディロス（八〇年代を中心に活躍したハワイ出身の男性歌手）似の褐色の肌の若者と並んで歩いていたところだった。おかげで現場に一番乗りして、遺体が片付けられる前に写真を撮ることができたんだ。

「これを撮ったのはあなた？」黄色いアロハのご婦人が尋ねる。ドイツ人特有のきびきびとした歌うような口調で、にこやかな笑みをたたえている。

おまえはうなずき、肩をすくめ、あとの二人は眉をつり上げる。

「あの日は午前七時にモルディブに向けて飛ぶ予定だった。だが、出発が遅れてね。時限爆弾は飛行中に爆発するように仕掛けられていたんだ」青い花柄のアロハを着た強面は〝自由《リベルテ》、平等《エガルテ》、友愛《フラテルニテ》〟のお国の出身だ。

「そこで、おれたち外国人が先に搭乗させられた。エアランカが遅延するのはいつものこと。結果的にそれが遅れてきた自国民の命を助けることになったんだからな。強運なろくでなしどもはターミナルで免税の酒を片手にくつろいでいたのさ」赤アロハが流暢な東ロンドン訛りでまくしたてる。

「おれたち哀れな抜け作は時間どおりに到着したばかりに滑走路で三時間も座りっぱなしで待たされた。爆弾といっしょにな」

三人が揃って神妙にうなずく。

エアランカの爆弾テロの犠牲となった二十一人は大半が外国人だったため、すでに虫の息だったスリランカの観光産業はとどめを刺される形となった。このテロ攻撃を自分がやったと名乗り出る者は現れず、すべての指はＬＴＴＥに向けられた。敵対するタミル人組織と政府との対話を妨害するためにやったというわけだ。だが、真犯人は〈虎〉に罪を被せようとした誰であってもおかしくはなかった。捜査するのがランチャゴダやカシムの同類であるかぎり、こうした謎は謎のままであり続けるだろう。

「残りの人たちはどこにいるんだ？」

「残りって？」

「つまりその、例の二十一人の」

「ほとんどのやつは自分の死体といっしょに故郷《くに》へ帰ったよ。〈光〉に行っちまったやつらもいるな。おれたちは居残ることに決めたんだ」英国人が答える。

「なんでまた？」

「この休暇にいくら払ったと思ってるんだ？」と、フランス人。「やっとの思いで貯めた金だぞ。妻は自分の亡骸といっしょに故郷《くに》に帰ったがね。快く見送ってやったよ」

「この島は素晴らしい《イスト・ヴンダバー》」ドイツ人が野生動物の写真を眺めながら言う。「お金を払っただけのことはあるわ。見どころだらけよ！」

「けど、どうやって移動してるんだ？　死体は空港から一歩も出ていないのに」

「空港も死体も要るもんか」ロンドンっ子が言う。「モンスーンに乗るのさ、兄弟《メイト》。おれたちゃ他人の夢を使ってあんたの国を旅してるんだ」

「スリランカ、素晴らしき国よ《セ・マニフィーク》」と、ムッシュー。

たしかにおまえは夢の世界で彼らのことを何度も見かけた。ヌワラエリヤの迷路でジャキを追いかけていたときに、イチゴをもぐもぐ食っていたのは彼らだ。ウナワトゥナでDDの肩をマッサージしていたときに、ビーチで寝転がっていたのも彼らだ。DDの卑猥な夢の中で、ヤーラのジャングルをガイドなしで探検していたのもこの三人だった。

写真を撮ってもいいかと尋ねると、彼らは大喜びで応じてくれる。それからまた首を横に振ったりぶつぶつつぶやいたりしながら会場を見て回る。

「あなたの国はこんなに美しい。なのになぜ醜いものばかり撮るの？」ご婦人《フロイライン》が尋ねる。

「いつまで他人の夢を渡り歩くつもりだ？」

「野暮なこと訊くなって、メイト。まだ到着したばかりじゃねえか」と、ロンドンっ子。

「それに、夢の世界は現実よりずっといいところだわ」フロイラインが付け足す。「それは動かせない事実ね」

「あのヘルパーとかいうやつらが言うのには、九十の月が過ぎると〈光〉が戻ってくるそうだ。まだまだ時間はあるってことさ」ロンドンっ子が言う。おまえはエアランカの爆弾テロからすでに千の月が昇ったことは言わずにおく。

彼らはセンザンコウの写真を夢中になって眺めるが、ぼやけた顔の色男たちの写真の前はさっさと通り過ぎてしまう。そして、とうとう最後の展示にたどり着く。それはおまえのご要望に従って柱の陰に配置されている。「なんだ、これ。いったい誰だ？」フランス人の男が言う。

そこにかかっているのはクラランタを悩ませた六枚の写真。おまえのコレクションの白眉。どれも無我夢中で構図を決めたものだが、ぴったりと合ったピントがアングルのまずさを補っている。八三年の暴動に居合わせた顔をとらえた二枚、拘束中の死を暴く二枚。そして、残る二枚は仲良くする理由などないはずなのにヴァンニの小屋に集まった男たちを盗撮したものだ。レンズは暴徒たちの向こうにいる大臣の退屈そうな表情をズームでとらえる。無念の死を遂げた司祭とジャーナリストの亡骸を柔らかく包み込む。木々や窓格子の間を縫って机上の書類にスポットライトを当てる。最高の出来とは言えないかもしれないが、どの写真も嘘はついていない。

「ま、悪くはないけどな、メイト」赤いアロハを着たロンドンっ子が言う。「うーん、正直ぼくにはよくわからない」青いアロハを着たムッシューが言う。

ふと見ると、吹き抜けの階段からさらなる霊魂たちがふわふわと漂ってくる。堂々と正面の入り口から入ってくるやつもいる。

「カメラマンさん《ヘル・カメラマン》」黄色のアロハを着たフロイラインが問いかける。「あなたはここにある写真のせいで殺されたの？」

おまえは手元のカメラに視線を落とす。ニコンはひび割れ、へこみ、泥と血にまみれている。おまえはそれを右の目に当て、記憶を呼び戻そうとする。

怪物を退治する

昼下がりのボレッラ墓地はいつになく静かだ。葬列も蛇もさまよえる亡者の姿も見当たらない。悪霊どもは揃って午睡中と見え、風すら鳴りを潜めている。

「まったく。今までどこにいたのさ？　何度も名前を呼んだんだからね」セーナはマーラの木の根元にしゃがんで、かぎづめで小枝を研いでいるところだ。

「それ、矢にでもすんのか？」

「うーん。いざってときには、これでグサッと刺してやるのさ」

「おまえが？」

「あなたが死んでからもう六つ目の月になるよね？」セーナが尋ねる。

「数えてなかったわ」

「必要なことは思い出せたの？」

「ま、それなりに。写真も展示中だしな」

「その身を捧げる覚悟はできたってこと？」

「捧げるって誰に？」

「少しは役に立つ気になったのかって訊いてるのさ」

「だから、なんの役に立つんだよ？」

セーナが笑って頭を後ろに反らすと、暗みを増した肌の下で波打つ筋肉が浮き上がる。全身を覆う傷痕は今や墨色のタトゥーと化して、肉に刻まれた模様はため息が出るほど美しい。歯はまばゆく輝き、瞳の中では深紅と漆黒が溶け合いきらめいている。やつの笑い声が木々にこだまし、墓石に当たって跳ね返るそのとき、静まり返っていた墓地にようやく音がよみがえる。

「〈ホテル・レオ〉の自殺者たちといっしょになって世をすねるのもけっこうだけどさ、もっと有意義に過ごすこともできるはずだよ」

大地は言葉を忘れたかのように低くうなっている。キーはBとBフラットの間、口笛を吹くのに難儀する高さだ。うなりはやがて轟きと化し、墓地の向こうから煙が立ちのぼる。そこに見えるのはいくつもの顔、いくつもの目。正確な数はわからない。二十か、あるいはその二十倍か。瞳の色は赤、黒、黄、緑。セーナのように光る傷痕を持つ者もいて、全員がさまざまな長さの槍を携えている。どうやらおまえのお気に入りの死んだ無政府主義者はついに挙兵したらしい。

そうとも、おまえが〈はざま〉を飛び回っているあいだ、セーナ・パティラナは新兵勧誘に励んでいたんだ。加入したメンバーの大半は死んだJVPか死んだ〈虎〉、あるいは、そのどちらかだと疑われて死んだ罪なき者たちだ。モラトゥワとジャフナから来たあの学生二人組の顔も見える。彼らの死体はおまえの死体といっしょに湖に沈められて、残りは焼かれて灰になった。だが、彼らのほうはおまえを覚えていないようだ。

そこには虐殺されたジャーナリスト、凌辱されたミスコン女王、拷問された革命分子、殺害された主婦がいる。植民地時代の奴隷、爆弾テロの犠牲者、酔っぱらいに殺された物乞い、そして、かつておまえが屋上から見た少年兵もいる。

寄せ集め集団の常で、口論、不平、悪態の声は絶えないが、セーナが命令を出せば、みなおとなしくなって言うことを聞く。兵士らしくなくもない正確さと速さで風を乗りこなし、ヌゲゴダに着くと、あらかじめ割り当てられた持ち場に散らばる。おまえは行きがかり上セーナのあとについていき、コタヘナの下宿屋にたどり着く。

「なあ、どこに行くんだよ?」

そこは四階建てのおんぼろ集合住宅だ。おまえは小便の臭いのする吹き抜けの階段から入って、ふやけたベニヤ板の戸をすり抜ける。壁には義足が立てかけてあり、その隣の床では、金属製の皿に盛られた米飯とダールが発酵した玉ねぎの臭いを発散している。リスたちが米粒を齧《かじ》っては床にまき散らす。部屋はパレスの独房より狭い。マットレスと小型のテレビがあって、床には新聞が散乱し、汗と涙のにおいがする。

マットレスの上には、ドライバーマッリが座っている。サロンを着て、切断した足の残りを枕に預け、いいほうの足は折り曲げて尻の下だ。片方の腕には包帯が巻かれ、剃り上げた頭には火傷の跡が見える。ぶどう味の炭酸飲料のポルテロをプラスチックのボトルから直接飲んでいるが、その甘ったるい液体はすっかり気が抜けて、プラスチックを血のような紫色に染めている。テレビでは、ヒンドゥー教の女神に扮した女優が首に髑髏《どくろ》をぶら下げてボリウッドダンスを披露中だ。この部屋で唯一小ぎれいなのは、アイロン台にかけられた軍服だけ。その下のカーキ地のジャケットの裏地には、TNT爆弾が括りつけられている。

「気をつけろ《アデー》、リスの王子様たち」ドライバーマッリが声を張り上げる。「悪霊どもがまたやってきたようだ」

一匹が顔を上げるが、残りは米粒を齧り続ける。ドライバーマッリのわめき声にも、腐りかけた食べ物にも、すっかり慣れっこのようだ。

「今度は何人で来た？　前は三人だったよな？」

ドライバーマッリはおまえとセーナが浮かんでいる辺りをまっすぐに見る。セーナはマットレスに這い上がって、彼の耳に鋭くささやく。「おまえを助けに来たんだ。ぐっすり眠れるようにしてやるよ」

ドライバーマッリの顔がゆがみ、全身がガタガタと震えだす。「頼むからおれから離れてくれ」

セーナは窓台まで退くと、今度はおまえにささやきかける。「コツはしゃべりすぎないこと。そのほうが怖がってもらえるからね。それと、ささやけるのは日に四度までだから、くれぐれも無駄遣いしないように」

扉を叩く音がして、低い声が響く。「兄弟《タンビ》」

「開いてます」ドライバーマッリが声を上げる。その目はテレビから窓、リスからアイロン台、そして、爆弾が括りつけられたジャケットへと忙《せわ》しなく動く。

「そこにいるのはわかってるんだ」部屋じゅうに視線をさまよわせながら、ドライバーマッリがささやく。「頼むから出て行ってくれよ」

部屋に入ってきたのは、漆黒の肌の男だ。毛むくじゃらで筋骨隆々、濃い口ひげをたくわえている。男がシッシと追い払うと、リスたちは格子窓の向こうへ逃げていく。男はアイロン台の脇から椅子を引きずりだす。

「また独り言か、兄弟《タンビ》？」クガラージャが問いかける。

・・

クガラージャは三枚の写真を持っている。一枚は焼き討ちされた村、一枚はマーラベの路傍に折り重なる死体、そしてもう一枚は暗殺された地方議員の写真。どれもおまえが撮ったものだ。

「おまえはすごいことをやろうとしているんだぞ、兄弟《タンビ》。シリル・ウィジェラトネの暗殺部隊はこのとおり何千人もの命を奪ってきた。おまえは真の英雄になるんだ」

「やつらも同じことを言っています」

「また声が聞こえるのか？　渡した薬は飲んだのか？」

「姿は見えない」ドライバーマッリが松葉杖をつかんで身を起こす。「だが、声は聞こえる。今もここにいるんです。少なくとも二人」

おまえが天井に舞い上がると、ドライバーマッリも顔を上げ、おまえが残した微かな風にぞくりと身を震わせる。

「腕の具合はどうだ?」

「痛いのを忘れちまうときもあります。ポルテロのおかげです。あの薬は効きやしません」

「言付けを頼みたい人はいるか、兄弟《タンビ》? ご家族は?」

「家族はとっくに灰になってます」

「何か欲しいものは? 中華料理? それとも、ロシア女か?」

「女をよこしてくれるんですか?」

「規則には反するがな。おまえのためなら、ひと肌脱ぐさ。さあ、何が欲しい?」

ドライバーマッリは義足を付けると、ジャケットを見下ろす。「こんなことはやめにしてほしい」

そうつぶやく。

「例の会合はいつだったかな?」クガラージャが尋ねる。

「今日の夕方」

「では、計画をさらっておくとしようか」

・・

セーナはおまえの質問に答えない。おまえはしかたなくセーナのあとを追い、闇に沈むデヒワラを抜け、動物園や病院を通り過ぎ、緑豊かで閑静な住宅街にたどり着く。家々の庭には花が咲き乱れ、車通りの少ない道路では、子どもたちがクリケットに興じている。セーナは捕手と審判を兼任する禿げかかった男にそっと忍び寄る。

「このクソ野郎のことをずっと追いかけてきたんだ。見てろ、痛い目に遭わせてやるからな」

「このクリケットおじさんを？」

「ぼくらが次に退治する怪物はこいつだ」

男はテニスボールを振りかぶって投げ、息子がそれを思い切り打ち返し、球はココヤシの木めがけて飛んでいく。男に怪物めいたところがあるとすれば、横に撫でつけたなけなしの髪とぽっこり突き出た腹ぐらいだ。一家は腰まで髪を伸ばした笑顔の妻が用意したライスとカレーの昼食をゆったりととる。霊魂が五人、家に入り込み、べつべつの部屋に散らばる。彼らは照明器具や屋根ふき材を検《あらた》め、食卓のカレーを味見してから、和やかに交わされる冗談に聞き耳を立てる。

男はシャツを着替え、徒歩でバス停に向かう。煙草屋の小僧とジョークを交わし、一三四番のバスに乗ってコロンボをめざす。年老いたご婦人には席を譲るし、キルラポネで乗り込んできた女学生たちに痴漢を働こうなどという気はけっして起こさない。セーナとその軍団がバスの屋根に乗ると、おまえはふいに心配になる。

「このバスは満員だ。事故を起こせば、全員死んじまうぞ」

セーナの軍団がどっと笑う。

「落ち着きなよ、ご主人様《ハームー》。自動車事故はもう起こすつもりはない。あれは手がかかりすぎる。これからはもっとプロらしく行くよ」

「バラルとコットゥはどこだ？」

「マハカーリーのところさ」

「あいつらには七つの月は与えられないのか？」

「あそこまでクズだと、ヘルパーたちも労を取る気にならないのさ」

「あの事故で何人が巻き添えになった？」

「そんなに多くはないよ。ぼくらの目的は怪物を退治すること。誰だって罪のない人を死なせたくはない。でもね、大勢を救うためには多少の犠牲はつきものだ。それが戦争ってもんさ」

「軍人みたいな言いぐさだな」

「そう言うあなたは子どもじみてる」

男はハヴロック・タウンでバスを降りると、歩きながら煙草に火をつける。男が角を曲がり、高い塀の邸《やしき》が並ぶあの長い小道が目の前に見えたとき、おまえは男がどこへ向かっているのかを悟る。男は火のついたブリストルをパレスの入り口にいる守衛に渡すと、裏口から中に入る。おまえが最後にここを訪れてから二つの月が過ぎた。今日はどの部屋も静まり返って、墓場もかくやというほどだ。機械の音も悲鳴も聞こえはしない。屋上に影が見え、マハカーリーはまだあそこに棲んでいるのだろうか、とおまえは思うが、やつにここを去る理由がないことはわかっている。

セーナの軍団は手すり壁の上に浮かび上がって、窓から中をのぞこうとする。大きな窓は開け放たれて、およそ監房らしくない。そこからはぶざまに手足を広げて横たわる者たちが見える。ほとんどが痩せこけ、もう動かなくなった者もいれば、がたがたと震えている者もいる。年齢も不明なら、何人《なにじん》かもわからない。差異ばかりが取り沙汰されるが、裸にすれば、シンハラ人もタミル人もムスリムもバーガー人も見分けることなどできやしない。火をつけてしまえば、人間なんてみな同じだ。

ひとつ下の階では、デヒワラ在住の温厚な三児の父が染みのついたシャツに着替えたところだ。彼はサージカルマスクをつけ、塩ビ管を手に取り、独房のひとつに入っていく。そこには、ひとりの若者がロープに吊り下げられている。男は色付きの眼鏡をくいっと押し上げ、塩ビ管を振りかざすと、吊るされた若者の脚に力いっぱい振り下ろす。若者には絞りだす悲鳴すら残されていない。苦しげにあえいだきり動かなくなる。

「あれが殺し屋《ガータカヤー》。ザ・マスク。現政権随一の拷問人だ。何百人もの者たちがやつの手にかかって死んだ。もうじきやつはぼくらの手にかかって死ぬことになる」

ザ・マスクは階段をのぼってべつの部屋に向かう。そこでは、目覚めたばかりの若者が恐怖に身を震わせている。次に起こることを見たくないと願うのはおまえだけではない。その証拠にセーナの軍勢の多くがじわりと後ずさる。セーナは一同をマンゴーの木に導くと、うわずった声で言う。

「同志諸君。辛い気持ちになるのは無理もない。諸君のなかには、ここで命を落とした者もいるだろう。仲間がここに囚われた者もいるだろう。だが、この腐敗こそがマハカーリーの糧《かて》。彼女は今このときも屋上に座って、腐敗を貪っているんだ」

「同志セーナ。ぼくはまだここに来てから二つの月しかたっていません。なのに、誰も教えてくれないのです、そのマハカーリーという者が誰なのかを」ぼろを着た学生が声を張り上げる。「彼女はいったい何者なのですか?」

「二本脚で歩くけだものにして」と答える植民地時代の奴隷の背中は鞭の跡だらけだ。「千の顔を持つ悪霊《デーモン》」

「髑髏の守り手」と答える拷問された革命分子の首の骨は折れている。

「スリランカの心の闇」と答える殺害された検問所職員の頭には穴が開いている。

「おとぎ話みたいな戯言《たわごと》はやめるんだ」セーナの歯が月光にきらめく。「マハカーリーは〈はざま〉最強の存在。悩める者の心を慰め、その痛みを吸い上げる。このたび、そのマハカーリーがわれわれの作戦に力を貸してくれるはこびとなった。作戦の名はミッション・クヴェニ。打ち捨てられしわれわれらが祖国の母にちなんだ名だ」

手すり壁に槍を打ちつける音が鳴り響き、軍勢から賛意を示すどよめきが起きる。と、そのとき、屋上の貯水槽近くの暗がりから轟音がして、一同は水を打ったように静まり返る。

「恐れるなかれ、同志諸君。今からこちらの条件を提示しに行ってくる。ついてきたい者はついてくるがいい」

同志全員がついていかない権利を行使したため、セーナは独り屋上へ舞い上がり、音と影に向かって飛んでいく。おまえは死んだ少年兵に向き直り、笑われるのを覚悟のうえで尋ねる。

「なあ兄弟《タンビ》、おれはまだここに来てから六つの月しかたってないんだ。ミッション・クヴェニってなんなんだ?」

・・

「完璧な計画だよ。同志セーナの計画だ」

「でたらめを言うな」虐殺されたジャーナリストが横から言う。「元はと言えば、死んだ〈虎〉のひとりが思いついた作戦だ」

「計画自体はけっこう前からあったんだよ、おじさん」と、少年兵。「あれは遡ること七十の月……」

少年が語りだしたのは、とある若き〈虎〉の物語。ヴァルヴェッティトゥライ出身のその青年はスリランカ軍の制服を着込み、トラックの荷台に潜んでコロンボにやってきた。青年は政府軍によるワウニヤ空爆で両親と兄弟二人をなくしたばかりだった。彼は〈ホテル・レオ〉の〈ペガサス・カジノ〉支配人ローハン・チャンの運転手として雇われたが、チャンは使用人をラージャ・ウドゥガンポラ少佐の裏の仕事に用立てていたのだ。

青年は名をクラウィーラシンハム・ヴィーラクマランと言ったが、偽造IDにはクラトナ・ウィーラクマラの名が記された。タミル人の名前をシンハラ風にするのは簡単で、語尾の子音をぶった切ればいい。まあ、そんなのはどうでもいい話で、と言うのも同僚もボスも彼のことを運転手くん《ドライバー・マッリ》と呼んだからだ。青年は訛りのないシンハラ語をしゃべり、長時間働いた。義足のせいもあってか、みなに可愛がられ、ときどき平和主義めいた御託を並べることはあったが、大目に見てもらえた。こうして青年は〈虎〉のスパイとして政府軍の車がひしめく車庫に入り込むことに成功したのだ。

「国が借金にまみれて戦争が激化しようが、洪水で作物が水浸しになって干ばつで種子がダメになろうが、GDPが急落してインフレが加速しようが、大臣一人につき高級車三台を支給する予算は常に確保されているのさ」虐殺されたジャーナリストが言う。

ウィーラクマラは〈ホテル・レオ〉の仕事ではバンを、ウドゥガンポラ少佐の仕事ではトラックを、シリル・ウィジェラトネ大臣とその腰巾着を輸送するさいにはメルセデス・ベンツのサルーンを運転した。

多数の死者を出したバス停での衝突事故のあとは、病気休暇をもらって第二度熱傷の回復に努めてきたが、来週には職場に復帰することになっている。今後は運転業務からは外れ、自動車整備の仕事をする予定だ。

マハカーリーのもとからセーナが降りてきて、軍団にざわめきが広がる。彼が一礼し、「交渉成立だ」と告げると、ざわめきは歓声に変わる。

・・

厳しい午後の日差しに照らされてもなお、パレスを包む不気味な空気に変わりはない。黒いカーテンが防音窓を覆い、静まり返った廊下には重く影が垂れ込めている。鼻をつくのは公衆便所の臭い、人間の排泄物と工業用化学薬品とヘドロの混じり合った悪臭だ。うだるように暑い日でさえ、どこからうすら寒く感じるのは、その静けさのせいだ。

セーナは最終打ち合わせをするべく、今日の任務のために選んだ精鋭たちをパレスの外のマーラの木の上へ連れて行く。「ここはぼくが死んだ場所。だが、殺されたときの記憶で残っているのは痛みだけだ。気がつくと、ぼくはこの木に座っていた。あれからいくつの月が昇っただろう。あのときぼくが感じた痛みは、学校に、社会に、法律に、自分の母国に虐げられる痛みだ。この世界には自分より強い力を持った存在が常にいることを思い知る痛み。そして、そいつが常に敵であることを思い知る痛みだ」

選ばれし霊たちがざわめき、風が枝を吹き抜ける。

「ポーンを殺すためにポーンを送り込むのが戦争だ。だが、この戦いでは、ポーンはビショップを、ルークを、キングを盤上から追いやるために立ち上がる。ラージャ少佐は今日、シリル大臣と会う。

次の会合は数時間後。そこにはザ・マスクも同席する。完璧だ。巻き添えになる犠牲者もいない。警官を除いては」

「ちょっと待った！」おまえは声を張り上げ、食屍鬼《グール》どもが一斉に振り返る。

「この計画に文句があるやつはとっとと消えてくれ。マーリ・アルメイダみたいな甘っちょろい偽善者がいるせいで、この戦争はいつまでたっても終わらないんだ」

「終わらないものなど何もない。それに関してはブッダの言い分が正しい」おまえは死んだ少年兵に言うが、向こうはおまえの話など聞いちゃいない。

「臆病者やシャンパン社会主義者に用はない。わが軍には生者の耳にささやける死んだ〈虎〉がいる。夢の中で語りかけられるJVPの殉死者がいる。電気に細工できる死んだ技師がいる。ドライバーマッリはすでにジャケットを受け取った。いよいよそれを使うときが来る」

おまえは死体で溢れる濁った湖を思う。金持ちが貧乏人を閉じ込める警察署を、命令に従う者が従うことを拒む者を拷問にかける宮殿を思う。引き裂かれた恋人を、見捨てられた友を、いてほしいときにいない親を思う。反故《ほご》にされたいくつもの約束を、どこの壁にかけられようと、見られては忘れ去られる写真の数々を思う。おまえがいなくても世界は回り続けるし、おまえがここにいたことすらじきに忘れられてしまうんだ。おまえはあの母親を、老人を、犬を思う。愛する者たちのためにおまえがしたこと、できなかったことを思う。不純な動機と尊い信念について考える。そして思う。暴力で暴力を終わらせる確率はゼロ分の一、いや、ゼロ、無、ナッシングなのだ、と。

おまえはマハカーリーのねぐらを避けて、パレスの屋上にそろりと降り立つ。セーナはおまえを横目で見ながら、なおも演説をぶち続ける。下の階から話し声がする。聞き覚えのある声だ。おまえはその階に足を踏み入れたことはない。ラージャ少佐のガイドツアーでも、死後にここを訪れたときも。壁は他の階よりいくぶん清潔で、床にこもったじめついた臭いも控えめだ。廊下には、カシム警視とランチャゴダ警視補、そしてザ・マスクがいる。彼の眼鏡のレンズの色は茶、サージカルマスクの色はブルーだ。カシム警視は両手を額に当て、体を前後に揺らしている。まるで祈りを捧げているかのようだが、実際にはそうではない。むしろその正反対で、彼は悪態をついているのだ。

「だから、こんなことは法律で認められないと言っているんだ!」カシムがうわずった声を上げる。

「見ていられないよ。罪のない者を傷つけるなんて信仰に反する」

「祈りたきゃ、モスクに行け。ここはそういう場所じゃない」ザ・マスクは開いた窓の外を見やると、眼鏡をはずして汚れを拭う。クリケットの試合と家族との昼食の前にたっぷり睡眠を取ったと見え、視界はくっきりと冴えわたっている。

カシムが廊下を猛然と駆けだし、危うくおまえの体をすり抜けそうになる。

「ほうっておきましょう」と、ランチャゴダ警視補。「報告書を書いたって、どうせじき我に返って、破り捨てるのがオチだ。あの人はいつもそうなんです」

「報告書など書かせやしない」そう言って、ザ・マスクが眼鏡をかけ直す。

おまえは部屋をのぞき込む。そこにはベッドに裸電球、塩ビ管が何本かあって、天井からはロープが垂れ下がっている。そして、床の上でリスみたいに体を丸めているのは、〈虎〉の分離主義者でもJVPのマルキシストでもタミル人の穏健派でも英国人の武器商人でもない。ずだ袋に収まり切らないふさふさのカーリーヘア。それはおまえの親友ジャキ、おまえの生涯最愛の人の片割れだ。

第七の月

「神の贈り物だよ」と院長は言い、引き裂かれた大地に腕を振った。「神の暴力だ。……神は暴力を愛している。それはわかるだろう?……でなければ、どうして世の中にこんなに暴力が存在する? 暴力はわれわれの中にあり、われわれから生まれ出る。呼吸をするより自然なことだ。……道徳律などないのだ。あるのはひとつ——私の暴力はきみの暴力に勝てるか、これだけだ」

デニス・ルヘイン『シャッター・アイランド』(加賀山卓朗訳、早川書房)

悪い友だち

「今は尋問する時間がない」ザ・マスクが言う。「もっと鎮静剤が必要かもしれんな」

おまえはそばまで行って、ジャキが息をしていることを確かめる。彼女の胸がゆっくりと膨らみ、すとんとへこむ。吐く息からマニキュアとシロップを混ぜたような鎮静剤のにおいがする。おまえは壁と、廊下の男たちに向かって叫ぶ。それから、おまえのとっておきの神、誰かさんに向かって叫ぶが、どうやら今日も欠勤らしく、答えは返ってこない。

「尋問は会合後にするとしよう」と、ザ・マスク。「ネガのありかを聞き出せたら、逃がしてやってもいいだろう。だが、くれぐれも顔を見られないようにしろ」

「なぜです?」

「まさか見られてないよな?」ザ・マスクが尋ねる。

「ええ」と、ランチャゴダ。「後ろからつかまえましたし、サングラスをかけてましたから」

「ハッ! 変装の名人ってわけか。それが真実であることを願うとしよう。もしも顔を見られていたら、彼女を解放するわけにはいかないからな」

カシムが出て行ったときと同じくらいの素早さで戻ってくる。

「この娘はスタンリー・ダルメンドランの姪だ。大臣にはらわた抜かれちまうぞ」と、まくしたてる。

「しかたないですよ、わたしらはあのエルザって女を取り逃がしちまったんだから」と、ランチャゴダ。「とにかくネガが必要なんだ。この小娘ならありかを知っているはずです」

「エルザを取り逃がしたのはおまえだろうが」カシムが声を荒らげる。「おれはなんの関係もない」

おまえはランチャゴダの耳元で懇願する。「彼女を逃がしてやってくれ。ネガのありかならおれが教えてやるから。なあ、お願いだよ、頼むから彼女を逃がしてくれ」ランチャゴダには何も聞こえない。

ザ・マスクがカシムに歩み寄って、彼の肩に両手をのせる。二人の背丈はほぼ同じだが、ザ・マスクのほうが頭ひとつ分デカく見える。

「おれもおまえもないのだよ、カシム警視。おれたちは一蓮托生。おまえはとっくにこの部隊の一員なんだ」

「そういうことなら、オフィスで辞表を書かせてもらいます」

ザ・マスクがカシムの肩甲骨をぐいと捻《ねじ》り、カシムは痛みに身をすくめる。

「どうしても書くって言うんなら、おれの言うとおりに書いてもらう。その後はここに残って、誰もこの階に足を踏み入れないように見張ってろ。わかったか?」

「はい、サー」

「おれはこれからボスとそのまたボスとの会合だ。ランチャゴダ、おまえにも来てもらう。カシム、彼女が目を覚ましたら、ジュースのおかわりを飲ませてやれ。しっかり見張っているんだぞ」

ザ・マスクとランチャゴダが煙草に火をつける。ランチャゴダは相棒を振り返り、肩をすくめる。

カシムはどさっと椅子に身を沈めると、窓越しにずだ袋を頭に被った娘を見つめる。それから、両肩と汗ばんだ首筋をさする。おまえはあらん限りの力を振りしぼってやつの耳にささやく。

「彼女に罪はない。なあ、頼むから彼女を逃がしてやってくれよ。あんた、ほんとはこんなことしたくないんだよな、カシム警視。ずっとそう思ってきたんだろ？　こんなのはあんたの信仰に反するもんな？」

カシムは一瞬はっとして辺りを見回すが、じきに両手で顔を覆ってうめき声を洩らす。その声は死者を起こす程度にはやかましいが、ジャキはピクリとも動かない。同僚たちは愉快そうにカシムを眺め、彼のいるほうに煙を吹きかける。

おまえは声を限りにラーニー博士を呼ぶ。沈黙と不在の天使たちを呼ぶ。どうぞ〈光〉に連れってくれ、と懇願する。オーラの葉だろうとなんだろうと、差し出されれば喜んでサインするから、と。それから、こんなに祈ったことはないってくらい必死に祈る。クロウマンのまじないに、憎んでやまない神々に、電気の魔法に、サイコロを転がす手に。だが、返ってくるのは微かなうなりだけ。宇宙の果てから響くそのうなりもやがて、あの偉大なる静寂に取って代わられる。

おまえは手持ちの選択肢を比較しようとして、そんなものはもうひとつしか残されていないことに気づく。

セーナを探しに行くんだ。やつの居場所ならわかっている。

・・

霊魂たちはマーラの木を去ったあとだが、セーナは枝の上に浮かんで、槍を研いでいる。唱えているのはマントラか、タミル語のラップか。おまえはかき集められるだけの風を集めて、セーナのもとへすっ飛んでいく。

「おまえのショボい軍団に入ってやるよ。ミッション・クヴェニだかなんだか知らないけどな」

「また乗り遅れたね、ミスター・マーリ。とっくにみんな持ち場に就いて、あとは出撃を待つばかりさ。今日こそ暗殺部隊を黒焦げにしてやるんだ」

「あの大臣には守護霊が憑いている。守護霊っても、とびきりの悪霊だぞ。おまえの計画をそいつに教えたっていいんだ。腕っぷしの強さならマハカーリーといい勝負だろうな」

セーナが槍を研ぐ手を止めて、じろりとにらむ。

「あなたにそんな度胸があるもんか」

「友だちがパレスに囚われているんだ。ささやく力がどうしても必要なんだよ。なあ、助けてくれるよな?」

「その力を授けられるのはクロウマンだけだ」

「なら、やつのところへ連れて行ってくれ」

・・

とてつもなく強い風がおまえをクロウマンの洞窟へと運んでいく。あっという間《ま》に着いたのはいいが、おまえは自分が泣いていることに気づく。思い出が鼻水みたいにあとからあとから溢れだし、最後に恐怖だけが残される。スリランカでは、誘拐されることは消されるための第一歩だ。秘密を漏らす恐れのある者を解放するぐらいなら、死体にして処分するほうがリスクは少ない。相手が権力者とつながりがあるなら、なおのこと。あいつらはジャキを解放しないだろう。たとえ彼女がやつらの聞きたがっていることをしゃべったとしても。

おまえは洞窟の天井に浮かび上がって、鳥かご越しに洞窟を見下ろす。その姿はまるで大聖堂のてっぺんにうずくまるガーゴイルのようだ。耳にハエみたいに付きまとううなりに、インコやスズメのかまびすしい鳴き声が被さる。眼下に、クロウマンの剃り上げた頭とテーブルが見える。腰掛けの上に見覚えのある木製のチャームを認めた次の瞬間、聞き慣れた声がしゃべりだす。

「息子を。守って。いただきたい。あの子の身が危険にさらされているのです」

「今日は家から出ないことだ」クロウマンが言う。「邪悪な存在の気配を感じる。とんでもないことが起ころうとしている」

「前回あなたがそうおっしゃったときには、何も起こりませんでしたが」

「わしがあんたを守ってこなかったとでも言うのかね、サー？　できることはすべてやった。だが、息子さんの運勢は今、底も底、最悪なのさ。外国に行かせることをお勧めするね」

「そういう計画も。あるにはあるのです」と言って、客は千ルピー札の束を差し出す。

「悪い友だちとはまだ付き合っているのかね？」

「いいえ、もう」答えながら、スタンリーは鎖やら魔除けやらで膨らんだ包みを手に取る。「悪い友だちとは縁が切れました」

・・

スパロウボーイは洞窟の片隅、ろうそくの灯が投げかける影の中に座って、紙にインクで何やら書きつけている。子どもらしい筆跡でパーリ語、サンスクリット語、タミル語の文字が綴られていく。おまえは鳥かごをよけながら、彼の腰掛けめざして舞い降りる。巻き起こった風がろうそくの炎を揺らし、影をはね散らかす。クロウマンが鼻をひくつかせ、顔をしかめる。

「ジャキがパレスにいるんだ。スタンリーに伝えてくれ。早く!」おまえは叫ぶ。「ほら、さっさと言えよ」声はたしかに響いているはずだ。

スパロウボーイが手を止めて、おまえのいるほうをじっと見つめる。その目が暗く翳《かげ》る。

「ここには招かれざる霊がいるな」クロウマンがスタンリーのこともおまえのことも見ずに言う。

「とっとと出て行ってくれ」

おまえはわめきながらクロウマンに向かって突進する。片方だけのサンダルがテーブルの上の金をまき散らす。自分の起こした風で物を動かしたのは初めてだが、今は祝っている場合ではない。

「このインチキ野郎め。おれはあんたの使い走りだってやった。赤いバンダナはあんたの祭壇の上にある。なのに、なぜおれはささやくことができないんだ?」

「ささやく力はそれに値する者だけに現れる。おまえにはその資格がないということだ」

「あのう、それ。わたしに向かって。言ってます?」

スタンリーのネクタイが風にはためく。彼は手に香油の瓶を握りしめる。まがいものの紳士に売りつけられたまがいものの秘薬を。それから、盲目の男を見上げる。

クロウマンは木の皿から色の付いた粉をすくうと、それを手のひらに伸ばす。神秘の粉はオレンジがかったレンガ色とおひさまみたいな黄色、ドラァグクイーンが好きそうな紫色の三色だ。クロウマンがそれをおまえのほうに吹きかけると、うまそうなカレーのにおいときつい花の香りから、それがターメリックとラベンダーにチリを混ぜたものだとわかる。おまえは粉末に目をやられ、洞窟の隅、スパロウボーイのいる辺りまで退却する。

「失礼、サー。ちょっと埃が気になったもので。では、始めよう」

おまえは再び全身全霊――かつて持っていた体、あるはずないと思っていた魂――を傾けて叫ぶ。

「ジャキはパレスにいるんだ。今すぐスタンリーに伝えてくれ！」

「息子のそばに何かいるような気がするのです」スタンリーがクロウマンに告げる。「わたしもときどきその気配を感じます」

「何かと言うと？」ローブ姿の盲目の男はオウムにパンくずをやりながら尋ねる。その背後では、スパロウボーイが祭壇の灯りにひとつひとつ火を点けていく。すべて点け終わると、元いた場所に戻って、おまえには読めない文字をまた書き写しだす。

「風のようなものです。悪寒というか。息子のそばにいると、決まって嫌なさむけがするのです」

「息子さんを傷つけようとする者がいるのかね？」

「はい」

「そいつは生きている？」

「いいえ、もう」

クロウマンが見えない目でおまえを見つめる。「そいつの持ち物を何かお持ちかな？」

スタンリーがピンク色のメモ用紙と縒《よ》り糸を差し出す。紙には手書きのメッセージ。縒り糸からぶら下がるのは、つぶれた青酸カリのカプセルだ。

・・

「ささやく方法を教えてくれ。さもないと、祭壇を燃やしちまうぞ！」おまえはスパロウボーイの後ろに浮かんで、目に入ったチリパウダーをこすり落とそうとする。「破壊せし者の末路は身の破滅」クロウマンが神妙に告げる。それは魔法使いに扮した見世物師のスピリチュアルがかった決め台詞だ。

クロウマンは調合した秘薬をすり鉢からガラスの小瓶に移すが、その瓶はもともとアラックを入れる目的で作られたものだ。その秘薬はコラキャンダに似ている。あのゲロみたいにドロッとした緑色の薬草粥をおまえの母親は七年間一日も欠かさずにこしらえ続けて、おまえを毎朝苦しめたんだ。

「あの香油を息子さんの寝床にすり込むのだ。それから、これを毎晩息子さんに飲ませること」

クロウマンはおまえのいる辺りを見て、かぶりを振る。

「今もその気配を感じるかね？」

「言われてみれば、そのような気が」スタンリーはそう答えると、小瓶を新聞紙にくるんで、ポケットの中、インチキ香油の隣に滑り込ませる。

クロウマンはおまえのピンク色のメモと青酸カリのカプセルを真鍮《しんちゅう》のランプの内側に置く。樟脳《しょうのう》玉《だま》に火をつけて、そこに投げ入れる。それから、一本調子に呪文らしきものを唱えだすが、それはあの陰気臭い部屋でジャキがよくかけていたゴス・バンドの曲を思い出させる。炎が煙を吐き出して、そのせいでおまえは肺などないのに咳き込んでしまう。

クロウマンがスパロウボーイを呼ぶ。スパロウボーイは机に向かって書きものに没頭中だ。クロウマンが先っぽにランプを引っかけた棒を指さすと、スパロウボーイはそれをつかんで、部屋じゅうにくすぶる毒を振りまく。スタンリーはキンマの葉の上に千ルピー札をさらに積む。濃いグリーンの上に重なる淡いグリーン。煙は砂嚢《さのう》と化しておまえのみぞおちを直撃、おまえは洞窟の外へ投げ飛ばされる。

側溝にはまり込んで、咳き込み、唾をまき散らしながら、おまえはあのキリノッチの空爆を、舌に青酸カリをのせた三つの死体を思い出す。首に目をやると、そこにかかっているのはDDの血の付いた木製の円筒と金のパンチャユダ、それに壊れたニコン。青酸カリのカプセルは見当たらない。「ジャキがパレスにいるんだ！　彼女を助けてくれ！」おまえはどこにもいない誰かさんに向かってもう一度声を張り上げる。まるでベビーベッドで泣き叫ぶ新生児みたいに。スタンリーは洞窟脇のトンネルを抜け、コタヘナのスラム街に出ると、何百人もの人々が毎夜祈りを捧げる祭壇を足早に通り過ぎる。色褪せた花や腐敗した果物の山に混じって、腐りかけのパイナップルの上にかけられた赤いバンダナには気づかない。

祭壇のてっぺんからろうそくやランプを見下ろすのは、一枚の絵だ。安物の紙に描かれた稚拙なその絵はラミネート加工を施されて額に入れられ、見覚えのある筆跡で綴られたパーリ語、サンスクリット語、タミル語の文字に縁取られている。それは影から生まれたけだものの絵。熊の頭と大女の胴体を持ち、髪は蛇で、目は端から端まで真っ黒だ。そいつは牙をむき、霧を吐き出している。おまえは自分ががらんどうだと感じる。

その化け物は髑髏《どくろ》を連ねた首飾りをつけ、腰帯には切断された指がじゃらじゃらとぶら下がっている。むき出しの腹は腰帯の上にせりだし、皮膚には人間の顔が、囚われた無数の魂の顔が刻み込まれている。

気がつくと、おまえはまたひざまずいている。どうやってここにたどり着いたのかはわからない。

三つのささやき

「ささやきたいなら、願えばいいのだ」

祭壇から声がするが、それは誰かひとりの声ではなく、音痴な蟻の集団が合唱しているみたいに聞こえる。落書きじみた絵から、けだものが這い出してくる。まず蛇の髪、それから髑髏の首飾り。尻をついて座っても、おまえを見下ろす高さがあって、おまえを影の中に沈めてしまう。全身をびっしりと覆うのは、見覚えのある筆跡で彫られたおまえには読めない文字のタトゥーだ。

文字という文字が顔に変わって、一斉におまえに語りかける。

「ささやく力がほしければ、この祭壇の前にぬかずくがよい。ただし、七つの月のあと、おまえのすべてはわたしのものとなる。早く心を決めるのだ。おまえには時間がない」

おまえは皮膚に刻まれた無数の顔を眺める。どれが人間でどれが獣かを見分けるのは難しいが、なじみの顔なら二つばかりある。バラルとコットゥは魚みたいな目でおまえをにらみつける。マハカーリーのむっちりとした太腿に二人仲良く押し込められて。

「おまえにささやきを三つ授けよう。好きなように使うがよい。その後、きょうのミッションに加わってもらう。逃げようとしても無駄だ」

顔という顔が一斉にしゃべる。おまえにはそれがジャキの声のように聞こえる。月は昇りつつあり、時は刻一刻と過ぎていく。〈光〉に行ったところで、答えのない問いが増えるだけなのはわかっている。この世には他の命より貴い命があることもわかっている。人の命は色違いのポーカーチップだ。おまえの命が〈ペガサス〉のプラスチックの十ルピーチップなら、ジャキの命はベガスの金ピカの角チップ《ブラーク》なのだ。

おまえは影の中でこうべを垂れて息を吸い込む。

「さっさとやってくれ」

「すべての月を失うことになるが、それでいいのだな、ミスター・カメラマン?」

「ああ、全部くれてやる。いいから急げ」

「〈光〉行きも諦めるのだな?」

「何もかも諦めるって。もういいだろう。早くしてくれ」

かつて骨のあったところに鎖がかけられ、枷《かせ》がはめられていく。その感覚が背筋を伝ってゆっくりと首まで這い上がったところで、ふっと消える。

「終わったよ」声が告げる。

祭壇の落書きじみた絵を描いた幼き芸術家がトンネルから出てくる。スタンリーは国から支給されたBMWに今まさに乗り込むところだ。運転席にはDD、今日の彼は初めておまえにコーヒーを淹《い》れ、原生林の話をしたときのように近寄りがたく見える。

スタンリーは緑色のガラス瓶と香油の入った小瓶、それに灰の入った広口瓶を膝の上にのせる。おまえはやつが息子の額に灰をすり込むのを眺める。DDの首に何かをかけて、それを結ぶのを眺める。やつはDDに車を出すよう告げる。

BMWは走りだしたと思うと、急停止する。行く手を遮り、ボンネットに覆いかぶさるようにして立っているのはスパロウボーイだ。車中の二人をひたと見据え、紙切れを掲げてみせる。「なんなんだよ?」と言って、DDは窓を開ける。少年は急ぎ足で回り込んできて、DDの上に身を乗り出すと、スタンリーの顔の前で紙切れを振る。

スタンリーが紙切れを取って広げる。そこに記されているのは、サンスクリット語みたいにくねくねした英字。少年自身がペンで刻み込んだ七つの単語だ。

「ジャキはパレスにいる《ジャキ・イズ・イン・ザ・パレス》。彼女をたすけて《セーヴ・ハー》」

スタンリーがはっとしてスパロウボーイを見ると、彼は口をパクパクと動かして「ともだち」という単語を作ってみせる。

「パレスって?」父親の肩越しにメモを読んだDDが尋ねる。気のない、退屈そうな声だ。「クラブか何かか?」

スタンリーの目が怒りに燃え、褐色の肌が深紅に染まる。

「クラブなんかじゃない。急げ。ティンビリガシャヤ・ロードだ」

「道はどこも封鎖されてる。外出禁止令の前に帰ったほうがいいって」

「ジャキは今どこにいる?」

「昨夜は出かけてたけど。今頃はもう家で寝てるだろ」

「その目で。見たのか?」

「いいや」

「急げ」

かくして車は走りだすが、封鎖された道はどこも大渋滞中だ。おまえの手元には5のワンペア。テーブルの上には黒い色のキングが二枚。スタンリーの力をもってすれば、パレスの門を通り抜けることができるだろうか。ジャキの独房まで行って、錠を解くことができるだろうか。

おまえはがっかりさせてばかりだった友を救うこのチャンスにすべてを賭けた。最後にいっとき自由の味を噛みしめると、マハカーリーに向き直る。

・・

悪霊を怖れることはない。真に怖れるべきは生きている人間なのだから。ハリウッドや死後の世界がどれだけ趣向を凝らそうと、人間の恐ろしさにはかないっこない。野獣やさまよえる霊魂に出くわしたときには、思い出すがいい。そいつらはおまえらほど危険じゃない。

幽霊だって他の幽霊のことは怖い。でも、彼らが本当に怖れているのは人間、それと果てしない無だ。やつらが見当外れなことをしでかす理由はそこにある。だが、それだけが理由ではない。

やつらにはもう味わうことも、しゃべることも、セックスすることもできない。それも理由のひとつだ。やつらの怒りの矛先は、自分の命を奪った者、自分の地位を奪った者、そして、自分の名前を口にしなくなった者に向けられる。なぜって、やつらにはわかっているんだ。おまえだってわかっているよな？　それは誰もが知る究極の真理。いずれおまえの話をする者はいなくなる。おまえの質問に答える者はいなくなる。おまえの祈りを聞く者もいなくなる。

今頃どこかで、ラーニー博士はかぶりを振って、おまえのファイルを破り捨てている。今頃どこかのオフィスでは、男たちが粗末な小屋に暮らす子どもたちの上に爆弾を落とす命令を出している。おまえはマハカーリーの背にまたがってパレスをめざす。屋根から屋根へ跳びうつるマハカーリーの皮膚は鱗《うろこ》に覆われ、髪では無数の蛇が風にあおられシューシューうなっている。おりしも沈みゆく太陽が空を黄金色に染め、眼下に連なる渋滞の列さえ美しく見せる時間だ。国から支給されたスタンリーのBMWがバスとトラックの間を縫って疾駆するのが見える。すべてのチップが真ん中に積み上げられた今、おまえの最後のカードはなんだ?

マハカーリーの背中には、文字や顔のタトゥーがびっしりと刻まれている。パレスが近づくにつれ、その顔が一斉に語りかけてくる。だが前と違って、話す中身はばらばらだ。ほとんどの霊魂は石化している。自分でもわからないほど長い間ここに囚われてきたのだ。中には人間ではないものもいる。

その耳障りな声はまるで死体の上を這い回るミニチュアのマイクを付けた蟻の群れ。悪ガキどもがしきりに揺らすプラスチック箱の中の小石。一斉に飛び交うポルトガル語とオランダ語とシンハラ語。しゃべる速さもばらばらなら、話もまったく噛み合わない。悲鳴はため息に覆い隠され、降伏は呪詛にすり替わる。

……孫娘を守ってくれたら、わしの魂をおまえにやろう。

……この街の鍵は全部金持ちが握ってる。おれみたいなクズはお呼びじゃない。

……何度生まれ変わって探しても、この邸《やしき》を建てた者が見つからないのだ。

声という声が虚空に叫び、宇宙に吠え、未使用中の周波数帯を狙ってがなりたてる。霊魂たちの悪態や懇願で放送電波は大渋滞だ。混乱した者、嫉妬する者、怒れる者、怖れる者、悪さをする者もいれば、情けを乞う者もいる。

……いっしょに逝こうってあの人は言った。なのに、あたしを先に飛ばせたの。

……そんなことしても無駄さ。おれたちゃ、とっくに死んでんだ。

……泣いてたら成仏できないって言われたんだ。だから、涙を流さずにいたのに。

マハカーリーはコロンボの住宅街に隠された曲がりくねった小道に入っていく。緑豊かなその小道には、至る所に行き止まりが潜んでいる。おまえを乗せた化け物はスピードを落としてこの郊外の迷宮を進む。眼下の庭が広くなり、塀が高くなっても、ひと気はないままだ。

五階建ての建物の脇に、大臣のベンツが停まっているのが見える。その建物はもはや存在しない帝国から来た総督がかつて暮らした邸に似ている。マハカーリーはその駐車場を素通りし、さらに二本小道を進んで、門に守衛のいる見覚えのある建物にたどり着く。マハカーリーはパレスの屋上めがけて跳びあがる。肌に囚われた無数の顔が苦悶にゆがみ、甲高い悲鳴を洩らす。やつはおまえを振り返り、艶然と微笑む。美しき魔性の女といった具合に。

「さっさとささやきを使ってこい。終わったら、向こうの駐車場に来るのだ。そこでしっかり働いてもらうからな。逃げようとしても無駄だ。どうせそう遠くへはいけやしない」

・・

　カシムは机に向かってどっかと座り、両手で頭を抱えている。報告書はすでにタイプされ、インクリボンの上に巻き上げられている。階下の防音窓から洩れ聞こえるうめき声から察するに、パレスの営業はすでに再開したようだ。

　テーブルの上には、ジャキの栗色のハンドバッグ。口は開いているが、中がぐちゃぐちゃなのはいつものことなので、物色されたとは言い切れない。とは言え、そう見るのが妥当だろう。

　おまえはカシムの肩の上に浮かび上がって報告書に目を通す。それによると、コロンボ3、ゴール・フェイス・コート在住のジャクリーン・ヴァイラヴァナタン二十五歳は国営ラジオにて政府の機密情報を漏らした上に、ＪＶＰのテロリストと目されるマーリンダ・アルメイダと親しい関係にあり、さらにこのほど麻薬所持が発覚したとのこと。

　見ると、テーブルの上の小さな缶には精神安定剤《ハッピーピル》が二錠入っていて、その脇にはジャキのラミネート加工された黄色い国民ＩＤカードが立てかけてある。カシムは唇を噛み、虚空を見つめる。おまえはその横で丸くなって、やつの耳の中へ言葉を注ぎ込む。

「あいつらは彼女を殺して、その罪を報告書の作成者に着せるつもりだ。つまり、彼女は殺されて、あんたはこの肥溜めから出られない。それが嫌なら、今すぐ彼女をここから出すんだ」

　カシムははっとして立ち上がり、きょろきょろと部屋を見回す。ラジオがついていないことを確かめて、静寂に耳をそばだてる。おまえはこのささやきを無駄にしないよう、間髪を入れずにまくしたてる。

「やつらはあんたが賄賂を受け取ったと言うだろう。あんたは汚職警官だってね。けど、あんたはこんなことをする人間じゃない。もうじきスタンリーがここに来る。彼女を助ければ、やつから褒美がもらえるぞ。例の異動だって叶う。なんてったって、あんたはあの暗殺部隊とは無関係なんだから。な、そうだよな？」

カシムはそわそわと部屋じゅうを歩き回る。何を考えているかはわからない。他人の頭の中をのぞき込むには、マハカーリーに何を売り渡せばいいのだろう？　部屋の隅にはリュックサック、中身は透明な液体の入った瓶と包帯。その下にはサージカルマスクの箱、それから帽子に白いシャツと黒いズボン。軍人でも警官でもない者の標準装備だ。

カシムが包帯を折りたたみ、液体に浸す。マニキュアと糖蜜のにおいがするそれを、ポケットに忍ばせる。だが、じきにやつは思い直す。リュックサックに乱暴に包帯を戻し入れると、ジャキの独房に向かって歩きだす。

・・

独房に着いたカシムは息をのむ。ジャキはすでに目を覚まし、ずだ袋を頭から外そうとしているが、両手を後ろ手に縛られているとあってうまくいかない。じたばたともがいては苛立たしげにうめく。カシムがドアの鍵を開け、忍び足で部屋に入る。ジャキはその音を聞きつけ、壁際へ後ずさる。

「誰？　ここはどこ？」

「頼む、頭巾を取らないでくれ。顔を見られたら、あいつらはあんたを生かしちゃおかない」

「あいつらって誰？」

「あんた、ネガは持ってるか？」

「は？」

「マーリ・アルメイダのネガだ。すべての元凶、あの箱の中身だよ」

「持ってない」そう答えるジャキは目隠し鬼の鬼みたいだ。「嘘じゃないってば。エルザ・マータンギに売っちゃったの。ネガはあの人の手元にあるはず。ねえ、おじさんに電話させてくれない？」

「目隠しを取っちゃダメだ」

「わたしはスタンリー・ダル――」

「あんたが誰かはわかっている」

「水をもらえないかな？」

カシムは部屋を出て鍵を閉める。おまえはジャキのそばへすっ飛んでいくと、彼女の体に腕を巻きつけ、切れ切れの息で必死にささやく。

「おまえは拘束されてるんだ、ジャキ。落ち着いて、気をしっかり持つんだぞ。そうすれば、きっと助かるから。もうじきスタンリーおじさんが迎えに来る。そのことをカシム警視に伝え……」

警視がティーカップとペットボトルの水を持って戻ってくる。ずだ袋を外すまえにこう警告する。

「飲め、水だ。おれの顔は見るなよ。おれはあんたを助けたいんだ。だが、あんたを信用しているわけじゃない」

ジャキが目を伏せると、カシムが頭巾を取り、腕の縛めを解く。ジャキは目を閉じたままで、ここがどんな場所かも、誰に捕らわれているのかも確かめようとしない。しびれた両手でカップを支え、中身をこぼさないようにする。

カシムはジャキが水を飲むのを見守る。

「ネガを渡せば、今すぐ逃がしてやる」

ジャキはひとしきり水を飲むと、ぼんやりと床を見つめる。意識がもうろうとしているせいで、おまえのささやきを自分の頭で考えたことだと思い込んでいるんだ。のちに彼女はこのときのことを、何を言ったかも誰に言ったかも覚えていないと振り返る。

「あなたがうちのフラットに捜索に来た人だってことはわかってる。こうなったのはあなたのせいじゃないってこともわかってる」

おまえがささやき、ジャキが話す。おまえの言葉は彼女の耳から彼女の口へ。自分が何を話しているのかを彼女が疑問に思うことはない。

カシムは黙り込んでいる。

「スタンリーおじさんはあなたにご褒美をくれる。おじさんなら今夜にでもあなたを異動させられる。わたしを自由にすれば、あなたも自由になれる。約束する」

カシムが背中を反らして腕を組む。「どうしておれの異動のことを?」

「あなたがいい刑事なのはわかってる。こんなことする人じゃないってことも、きっと正しい道を選ぶだろうってこともわかってる」もう息なんてしていないのにひどく息が切れる。階段を一気に八階まで駆けあがり、そのまま屋上から飛び降りたみたいだ。

「ダルメンドラン大臣にそんな権限があるのか?」

「あるって。おじさんならきっとやってくれる。お願い、刑事さん。ここにいたら死んじゃうんだよ。わたしたち、二人とも。わたしを助けて。きっとあなたを助けるから」

くたびれ果て、ぼろぼろになったおまえは部屋の隅に退いて成り行きを見守る。これが二つ目のささやきだとしたら、三つ目のささやきは何に使えばいいのだろう。

カシムはジャキにもう二杯水を飲ませてから、彼女を助け起こす。ジャキの脚はふらふらだが、なんとかカシムの肩につかまって、廊下を引きずられていく。カシムはオフィスの椅子に彼女を座らせ、タイプライターから報告書を引き抜く。それをくしゃくしゃに丸めてポケットに突っ込むと、新しい用紙をセットして猛然とキーを叩きはじめる。

カシム警視は引き抜いた紙にインクで署名する。立ち上がり、ジャキにサージカルマスクの箱と制服を渡す。

「これに着替えて。マスクを着けて帽子も被るんだ。あんたの釈放通知書に判子を押してくるから。守衛に顔を見られるなよ。急げ！」

彼が書類に判を押し、封筒に入れて、戻ってくると、ジャキの身支度は済んでいて、着ていた服はバッグに押し込まれている。黒いズボンはぴったりだが、白シャツのほうはなで肩の彼女にはぶかぶかで、袖がだらりとずり落ちている。

門にたどり着く頃には、ジャキはまっすぐ立てるようになっている。守衛は目を細くして、カシムが偽造した大臣からの書状を見る。

「ほら、ほら、急いでくれ。こっちには約束があるんだ。そこにシリル大臣の署名があるだろう？それとも大臣に直接確認したいのか？」

守衛が首を横に振り、書状を折りたたんで向こうを見た隙に、カシムはジャキを先導してパレスの外に出る。

静かな小道を一台のBMWが猛スピードで走ってきて、キーッと音を立てて停まる。土煙の中からスタンリーが姿を現し、カシムの肩から崩れ落ちそうになるジャキの体を間一髪で受けとめる。彼は警官をじろりとにらむと、DDに車のキーを手渡す。

「彼女に怪我は？」

「ありません、サー」

「彼女はどのくらいここに？」

「ほんの二、三時間です、サー」

「彼女の名前は何かのリストに載っているのかね？」

「いいえ、サー」

「それは確かか？」

「はい、サー」

「ディラン！　彼女をうちに連れていけ。誰が来ても、玄関を開けるんじゃないぞ」スタンリーはカシムのほうを見る。「おまえもいっしょに行け。わたしが戻るまで、家で待っているように」

DDは困惑した顔をしつつも、ジャキを後部座席に引っぱり上げる。ジャキはシートにぐったりと身を預けると、泣きじゃくりだす。ひとしきりしゃくりあげると、しばらく休んで、また思い出したように泣きはじめる。

「早く車を出せ」

「父さんはどうするの？」

スタンリーは声を落としてカシムに尋ねる。「オフィスには誰がいる？」

「サー、大臣と少佐は今から会合です」

「向こうのビルの最上階だな？」

「ええ、おそらく」

「おまえはこの二人についていてくれ」と、スタンリー。「家まで無事に送り届けるんだ。それと。このことは。他言無用だ。いいな？」

「はい、サー」

スタンリーはカシムの手にクロウマンがもらいそこねたいくばくかの紙幣を握らせる。

「しゃべったら。バッジを。取り上げるぞ」

「やめてください、サー。金など欲しくありません。どうか、サー」

「いいからそれをしまって、さっさと行け」スタンリーがぴしゃりと言う。

「サー、そのう、異動の件は」

「なんだって？」

「そちらのマダムがおっしゃるには……いや、いいです。その話はまたあとで」

「なんなんだ？」

「なんでもありません、サー」

スタンリーが足音も荒く向かったのは、小道二本先にある五階建てのビルだ。国の金で整備されたその駐車場には、国の金で購入されたベンツが停まっている。

・・

カシム警視が助手席に乗り込むと、DDはいよいよ呆気にとられる。

「いったいどうなってるんだ？　父《アッバ》さんはどこへ行く気だ？」

ジャキは袖口で涙を拭い、首を横に振る。

「不気味な夢を見たの。目が覚めたら、頭に袋が被さっていて……。写真展はもう始まったかな？」

「さあな」と、DD。

「お父上はこれから会合です」カシム警視が言う。「さあ、車を出して。ここで見たことは忘れてください。わたしのことも」

DDは行き止まりでUターンすると、信号のついた道路をめざす。そこまで戻れば、悲鳴も周囲に届くだろう。DDがジャキと警官を連れ帰る父親の家は、おまえたちが夢と不安とトランクスを分かち合ったゴール・フェイス・コートのフラットからも、袋小路にひっそりとたたずむこのダンジョンからも遠く離れている。BMWがカーブを曲がって小道の向こうに消えていくのを見送りながら、おまえはDDとジャキとカシムそれぞれにふさわしい幸運——エースとハートと6——を祈る。

「無事でいてくれ」そうささやいて、すべてのルーレット盤が心優しくあることを願う。

木々が凍りつき、風が凪いだのは、そのときだ。耳と耳の間に声が忍び寄り、朽ちかけた霊魂の腐臭が鼻をふさぐ。おまえの体を宇宙の吐息が吹き抜ける。どうやら宇宙は歯を磨くのを忘れたようだ。

「用事は済んだか、ミスター・カメラマン？」

振り返ると、そこにマハカーリーがいる。やつの皮膚の上では、無数の顔が汚染された血管みたいにどくどくと脈打っている。やつが身振りで背中に乗れと促したとき、市民的であれなんであれ、不服従という選択肢はもはや残されていないことをおまえは悟る。そして、うなずく。「と思う」

「では、今度はおまえに奉仕してもらう番だ。来い。たっぷり働いてもらうぞ」

おまえはけだものの背によじ登ると、道を駆けていくスタンリーを眺める。その姿はまるでペース配分を忘れたマラソン選手のようだ。

・・

スタンリーはねじれた道を通って、高い塀に囲まれたオフィスビルをめざす。

それは五階建ての、これといった特徴のない建物だ。灰色のペンキを塗りたくられ、空に向かって積み上げられたコンクリートの箱。色の付いていないガラス窓はベネチアンブラインドに覆われている。

マハカーリーが止まると、おまえはその背中から跳びおりて、やつの巨体がこの醜悪な建物が投げかける影に溶け込むのを眺める。

足元に、ケナガイタチの顔が見える。そいつは死んだ動物が決まって見せる、あのうんざりしたような表情をおまえに向ける。「何見てんだよ、このブサイクが」

「わかったんだ。動物にも魂があるって。おまえたちにも夢はあるし、楽しみもある。喜びだって悲しみだって感じるし、痛みも嘆きも愛も家族も友情も知っている。なのに、人間はそれを認めない。肉を切り刻み、美味《うま》い美味いと言って食うには、そのほうが都合がいいからだ。まあ、おまえの場合は食われる心配はないだろうけど、そこはどうでもいいや。心から詫びさせてもらうよ」

ケナガイタチは驚いたのか、腹が減ったのか、怒っているのか、よくわからない顔をしている。わからなくて当然だ。なんてったって相手はケナガイタチなんだから。

「おまえの謝罪など聞きたくないわ」そう言い残し、ケナガイタチはマハカーリーの肉の中に消える。

生きている人間が動物と会話できないのには、それなりの理由がある。動物はひっきりなしに不平を並べる。そのせいで、余計に命を奪いづらくなるからだ。同じことは反体制派や反乱分子や分離主義者、それに戦場カメラマンについても言えるかもしれない。声を聞かなければ、その分忘れ去るのもたやすくなる。

太陽がコロンボの街に沈もうとしている。空には雲ひとつ見えない。

もうじきおまえの最後の月が空に向かって手を伸ばす時間だ。

・・

バラルとコットゥがマハカーリーの脚からおまえを見る。

「悪かったな、あんなことしてさ」コットゥが言う。

「あんなことって?」

「罪深いことだ」と、コットゥ。

「けど、ああするしかなかったんだ」バラルが付け足す。

「それで謝ってるつもりかよ」おまえは言う。マハカーリーはするりと風から降りると、マーラの木の上に腰を下ろす。

「おれたちゃゴミ処理人だ」と、バラル。「ゴミは出さない。ただ片付けるだけ」

「そこの居心地はどうだ？」おまえは尋ねる。

「そこってどこよ？」と、コットゥ。

「じき、あんたにもわかるさ」と、バラル。

「あの金を返してほしいか？」コットゥが尋ねる。

「あの金って？」おまえは訊き返す。

このビルの警備はすぐそこのパレスほど厳重ではないし、当然ながら警備員たちにはマハカーリーとその肉に囚われた魂は見えない。マハカーリーはドアをすり抜け、階段を跳ねあがる。おまえは破滅に瀕した人間の例に漏れず、なす術もなく連れて行かれる。権力の回廊を駆け抜けるマハカーリーを止める者はいない。その先にあるのは、一個の爆弾だ。

ミッション・クヴェニ

けだものはこのビルを知り尽くしているようだ。二階まで歩いて上がると、窓から外に滑り出て壁伝いに三階へ、そこからは階段で五階をめざす。五階の大部屋の外には秘書が座っている。ぽっちゃりとしたその女性の机には、彼女と同じ顔をしたぽっちゃりとした三人のティーンエイジャーの写真が飾られている。

ロビーのプレートには「司法省管理部門」の文字。一階では、パーティションで仕切られた個室でサリー姿の女性たちがタイプライターを叩き、四階には、ネクタイを締めてファイルを抱えた男性たちの姿が見える。エレベーター近くの案内板によれば、各階は経理部、財務部、文書部、人事部に割り当てられているようだ。

似たようなビルは島じゅうにあるが、ほとんどが最大都市コロンボに集中している。損失を出しつつも利益を計上するビル。拷問人に予算を割り当て、誘拐犯のために年金制度を整え、暗殺者の住宅ローンを認可する場所。そう言えば、おまえのダダがこんなことを言っていたっけ。十歳児を相手になぜそんな話をしたのかは不明だが、それはダダにしては珍しくまともな言い分だった。

「善と悪との戦いがなぜこんなに一方的なのかわかるか、マーリン？　それはな、悪のほうが統率が取れ、設備に恵まれ、おまけに給料もいいからだ。おれたちが怖れるべきは怪物でも悪鬼《ヤカ》でも悪霊《デーモン》でもない。自分たちのやってることは正しいと思い込んでる組織化された悪人の集団。それこそが真に恐ろしい相手なんだ」

待合室に立っているのは、ドライバーマッリ。義足を付け、柱によりかかっている。汗をかき、息が荒い。おまえは下の階で退屈な事務処理をする人々を思い、入り口の警備を突破しようとするスタンリーを思い、いつの日か奪う命と助ける命を識別できる爆弾が発明されるときが来るのだろうか、と思う。爆弾にも美点があるとすれば、それは人種差別主義者でも性差別主義者でもなく、階級に関心がないところだ。

おまえはドライバーマッリのあとを追って曇りガラスのドアが並ぶ廊下を進み、巨大な窓を擁する大部屋に入っていく。そこでおまえが目にするのは、忘れたくても忘れられない、恐ろしい出来事だ。

・・

司法省管理部門の四階および五階にいた二十三名の命を奪ったその事件はのちに不運と黒魔術によって引き起こされた悲劇とされ、クロウマンは被害を抑えた功績の一部は自分にあると主張した。実際には、それはセーナ率いる死人軍団のしわざで、彼らが風を操り、運命を変えたのだ。おまえはと言えば、この最後の月に少なくともひとつの命を救うことに貢献したと言えるだろう。

人はみな、自分の頭でものを考え、自分の意思で決断を下していると信じている。だが、それもまた、われわれが誕生後に飲む偽薬《プラセボ》のひとつ。思考とは内のみならず外からももたらされるささやきだ。制御不能なのは風と同じ。頭の中に絶えず吹き込まれるささやきに、誰もが自分で思う以上に屈しているものなのだ。

幽霊が生きている者の目に見えないのは、罪悪感や重力や電気や思考が目に見えないのと同じだ。ひとりひとりの人生の針路を司るのは、幾千もの見えざる手。操られる側の者たちはそれを神だとかカルマだとかまぐれと言った、およそ正確とは言いがたい名前で呼ぶ。

五階の大部屋では、セーナが手勢をわれらが祖国の軍隊にはけっして真似できない正確さでそれぞれの持ち場に就かせたところだ。コーナー窓の近くに鎮座するのはマハカーリー、この映画セットの製作者にして、この映画の監督。

顔が硫酸で焼けただれた女がランチャゴダの耳にささやきかける。彼の心を惑わせて、ドライバーマッリに入室前のボディチェックをするのを忘れさせるのが彼女の役目だ。

爆弾テロの被害者はベストの電気回路をチェックして、ワイヤーに電流が流れていることを確かめる。凌辱されたミスコン女王は会場に一番乗りし、得意のダンスで大臣に取り憑く悪霊《ミニスターーズ・デーモン》、またの名を死んだボディガードの気を引いている。それは彼女が悲劇的な最期を迎えるまえに、コンテストに向けて練習したダンスだ。

死んだ母親に託された任務は、ドライバーマッリがちょうどいいタイミングで爆弾を爆発させるよう促すこと。セーナの構築した抑制と均衡のシステムは、スリランカのあらゆる組織に欠けているもの、すなわち緻密さと計画性を兼ね備えている。確率に委ねられたものは何ひとつない。今日、死んだ無政府主義者、死んだ分離主義者、死んだ罪なき者、死んだ自分がなんだったか思い出せない者から成るこの軍団が暗殺部隊を一撃のもとに破壊する。おまえはそれをマハカーリーの肩の上から眺めることになる。

・・

「ここからベイラ湖が見えるとは知らなかったな」大臣が窓越しに緑色の湖水に浮かぶ寺院を見下ろしながら言う。「夢のような眺めだ」

「臭いを嗅がないかぎりは、ですがね」少佐が指摘する。少佐と並んでソファに座る禿げかかった男が腕組みをしたまま、ぎこちなく笑う。STF随一の尋問官と紹介されるその男が誰なのかは、マスクをしていなくともおまえにはわかる。

大臣に取り憑く悪霊《ミニスターーズ・デーモン》は誰にも読まれない法律書の詰まった書棚の上に仰向けに寝そべって、凌辱されたミスコン女王の踊りを眺めている。それはコーッテ王国時代の舞踊とディスコ全盛期のダンスを融合させたもの。彼女は彼の目を見つめながら、背中を反らす。肩を回し、手首をくねらせ、胸を突き出し、腰で弧を描く。どうやら彼女はクロウマンの祭壇で稼いだ賽銭を目力と振り付けの才能を手に入れることに投資したと見える。女王は投げキッスをし、なまめかしく身をくねらせる。

「今日の会合にはきみにもご同席願いたい、少佐殿」

「はい、喜んで、サー」

「それにしても、妙な時代になったものだな、少佐殿。われわれはわざわざインド人を呼び寄せて、この国を侵略させようとしている。タミル人のテロリストと取引しようとしている。同胞たるシンハラ人を殺そうとしている。いまだかつてない最悪の時代だよ」

「このままではさらに悪くなるでしょうな、サー」

「きみもクロウマンから魔除けをもらっているのかね？」

少佐は赤面し、袖の下に隠れていたオレンジ色のブレスレットを引っ張る。再度強く引くと、ブレスレットはちぎれて手首から外れる。

「妻からもらったのです。こんな子どもだまし、わたしは信じておりません」と言って、それを灰皿に落とす。

大臣が白いシャツの袖をまくると、似たようなブレスレットが姿を現す。少佐は慌てて捨てた腕輪を灰の中から拾い上げてポケットにしまう。

「あまり思い上がらんことだな。われわれのような仕事に就く者は、あらゆる方面から守ってもらう必要がある。おい《アドー》、護衛はどこだ？」

大臣は今日の護衛が二人揃って食中毒に見舞われて、便座に縛りつけられていることを知らない。

そこへ大臣の秘書が駆け込んでくる。この娘はつい最近水産省から異動になったばかりで、シリル大臣の他人行儀な態度から察するに、まだ手は付けられていないようだ。

秘書は扉を開けて告げる。「サー、例の方がお見えです」

入ってきたのはドライバーマッリ、長身で肌の色は黒く、見るからに緊張している。おどおどした様子のランチャゴダ警視補もいっしょだ。二人とも真面目くさった顔をして誰とも目を合わせないだけの分別は持ち合わせている。

「ああ、きみ。あの護衛どもが来るまで外に立っていてくれ。ドライバーマッリ、おまえはそこでいい」

大臣の指示に従って警官は部屋を出て、ドライバーマッリは直立する。その長靴はピカピカに磨き上げられ、迷彩服はやせこけた体からだらりと垂れ下がっている。

死んだ母親が彼の背後に忍び寄り、カーテンに溶け込む。大臣に取り憑く悪霊《ミニスターズ・デーモン》はドライバーマッリを一瞥するが、すぐにダンサーに向き直る。主人が兵士を叱りつける場面ならさんざん見てきたため、今は亡き一九七〇年度ミス・カタラガマが披露するカタカリダンスとブギウギを融合させた踊りのほうが気になってしまうのも無理はない。

大臣と少佐は部屋にいる第三の男をじっと見ている。髪もマスクもないこの男がここに呼ばれた目的を果たすのを待っているのだ。尋問官はドライバーマッリに向かってつかつかと歩いて行くと、その耳元に言葉を吐きかける。「なぜ退院した?」

「具合が良くなったのです、サー」

「そうは見えないが」禿げた男は青年の焼け焦げた頭皮と頬の傷痕を凝視する。

「どうやって炎から逃れた？　他の二人は死んだというのに」

大臣が少佐を見て、少佐は肩をすくめる。尋問官はドライバーマッリの耳の後ろの肉を引っ張る。ちょっとつまんだ程度なのに血がにじみだす。

「覚えていません、サー」と、ドライバーマッリ。「ああ痛い。どうか、やめてください」

「肉付きが良くなったようだが？」尋問官が手を挙げると、部屋じゅうの霊魂が一斉に身をすくめるが、みぞおちにパンチをくらったのはドライバーマッリだけだ。「なぜだ？」

尋問官がしゃがんで膝を掻《か》きむしる。蟻の行列が脚を這いのぼっているのだ。彼は悪態をつき、脛を叩く。かつて彼が拷問した死んだＪＶＰ党員たちが昆虫たちを彼の足へと誘導する姿は彼には見えない。

大臣が尋問を引き継ぐ。「どういう訳であのバンを変圧器に衝突させたのだね？」

「覚えていません、サー」

「酒を飲んでいたのか？」

「酒は飲みません、サー。キングココナッツ《タンビリ》だけです」

「今だ！」セーナがうわずった声で叫ぶ。

「今よ！」死んだ母親がドライバーマッリの耳にささやく。

スイッチはドライバーマッリのポケットの中にあるが、彼の手はその少し上に浮かんだまま動かない。室内ではファンが三つも回っているのに、彼は汗をかいている。

「どうかしたのかね、きみ？」大臣が立ち上がり、ドライバーマッリに向かって歩きだす。

「ほら、今だってば！」顔が硫酸で焼けただれた女がソファの上から鋭くささやく。その声が氷みたいに冷たい風となって、ようやく蟻を追い払った尋問官の心臓を刺す。尋問官は恨めしげにファンをにらむ。

「さあ、早く！」死んだ母親がドライバーマッリに耳打ちする。彼の唇はわなわなと震え、今にも涙が溢れだしそうだ。それでも、手は止まったままだ。

部屋を見渡すと、大臣に取り憑く悪霊《ミニスターズ・デーモン》が書棚のそばで、とがった両耳の間に生えた髪を凌辱されたミスコン女王に撫でられながらいびきをかいているのが見える。この部屋には今、大臣、少佐、尋問官、運転手が一堂に会している。あらゆる偶然はこれと同じように綿密に計画されたものなのだろうか、とおまえは思う。それから、ラーニー博士とわが国の暗殺部隊についての彼女の論文とそこに無断で使われた写真に思いを馳せる。博士に言わせれば、スリランカはラテンアメリカの独裁政権をお手本にして近代的な暗殺部隊を生み出した最初の民主主義国家なんだそうだ。それは博士の著書で成された数多くの裏付けのない主張のひとつであり、その主張は批判対象を図らずも正当化する次のような文章の中にも隠されている。階層型組織による暴力の量産は必ずしも野蛮な行為ではなく、蛮行に直面した合理的人間の行為なのかもしれない。

「早く！」マハカーリーとその腹に囚われた魂が一斉にささやき、部屋じゅうの霊が静まり返る。

「サー、声が聞こえるのです」ドライバーマッリが告白する。

「早く！」セーナと顔が硫酸で焼けただれた女と凌辱されたミスコン女王の声が重なる。死んだJVP党員たちは尋問官の全身に痒みのもとをせっせと送り込んでいる。

・・

この醜悪な建物に足を踏み入れて以来、おまえの内部で泡立っていた感情が今、折れた首の付け根で凝り固まって、五感にどっと押し寄せる。おまえの最後の月が見てきたもの、それは裏切られた恋人、奈落の淵にぶら下がる親友。その月も今、悪党どもを道連れに爆音もろとも終わろうとしている。ならば、この刺すような目の痛みはなんだ？ 耳に溢れる雑音はなんだ？

カメラをつかみ、部屋を見回すと、生きている者たちの顔が見える。警官、殺し屋、兵士、政治家。霊魂たちはこの部屋を木っ端微塵にするべく待機中だ。マハカーリーは窓枠の上に立ち、世紀のショーを上機嫌で見物している。

「やめろ！」おまえは叫ぶ。「こんなことは今すぐやめるんだ！」

「何やってんのさ、ミスター・マーリ？」セーナがカーテンの陰からぬっと現れる。それから、彼は大臣に取り憑く悪霊《ミニスターズ・デーモン》を一瞥するが、やつは今もミスコン女王の子守歌に合わせていびきをかいている。

「下の階には大勢人がいる。なんの罪もない事務員ばかりだ。一階から四階までだぞ。机の上に三人の子どもの写真を飾っている秘書がいる。おれの友だちの父親だっている。そいつは鼻持ちならない間抜け野郎だが、暗殺部隊とはなんの関わりもない。それに、この阿呆だって、惑わされているだけじゃないか」おまえはそう言ってドライバーマッリを指さす。「今日、何人の人間が死ぬ？おまえはちゃんと数えたのか？」

セーナが突進してきて、おまえの体を壁に押しつける。「ぼくらはこの戦いに決着をつけようとしているんだ。なのに、あなたと来たら、お役人たちの心配？ あいつらが書類にぽんぽん判を押すせいで、怪物どもは権力の座にのさばっている。あんなやつら、クソくらえだ」

「罪のない者が死ぬことはないって言ったじゃないか」

「このビルに罪のない者なんてひとりもいない。あなたの大事な人のパパだってそうさ。体制のために働いてきたなら、当然の報いだ」

「サー、今も声が聞こえます」ドライバーマッリの告白は誰の耳にも届かない。

時刻は午後五時、あらゆるお役所から役人たちが引き揚げる時間だ。それはラッシュアワーを避けるべく定められた業務の一環。机の上に何が載っていようが、どんな仕事が残っていようが関係ない。五時きっかりに店じまいするのは、最上階に自爆テロ犯が潜むビルのオフィスとて例外ではない。

引き止めれば引き止めるだけ犠牲者の数は減る。何に賭けるかではなく、賭けるまでにどれだけ時間をかけるかがものを言うこともあるのだ。

おまえとセーナが減らず口の応酬をするあいだも、ドライバーマッリはおまえには理解できない独り言をぶつぶつとつぶやいている。

背骨に拳を押し当てられているようだ。喉元にナイフを突きつけられているようだ。

「大衆歌謡《バイラ》はもうたくさんだよ、ミスター・マーリ。マハカーリーが言うには、あなたに残されたささやきはあとひとつだってね。さっさと終わらせたらどう？」

「もう三つとも使っちまったよ」

「マハカーリーは二つしか聞いてないってさ。ほら、さっさと使っちゃいなよ」

「下の階にいる秘書や会計係はどうなる？　民間人の上に爆弾を落とすＬＴＴＥとどこが違う？　ＪＶＰを虐殺する政府と？　こんな馬鹿な真似をして何が得られるっていうんだ？」

セーナはおまえをドライバーマッリの前に押し出す。部屋じゅうの霊魂たちは呪文のように「今だ!」と繰り返す。

・・

おまえはドライバーマッリの顔の傷痕を見つめる。なけなしのおまえの残骸がマハカーリーに呑み込まれてしまうまえに、おまえが最後にやることはこれか? おまえはカメラマンの仕事に、ジャーナリズムに、写真をめぐるこのクソいまいましいゴタゴタのすべてに思いをめぐらす。結局のところ、この中にひとつでも真にやるに値することなどあっただろうか?

答えはきっとノーなんだろうな。それでも、おまえは決めたんだ。七つ目の月が終わろうとするこのときに、自分に残された声をすべて使い果たすことを。「ドライバーマッリ。おれはおまえのそばにいて、おまえがどんなやつかをずっと見てきた。おまえのいたところにおれもいたんだ。おまえもおれを知ってるよな」

ドライバーマッリがはっと顔を上げ、すぐにまた足元に視線を落とす。

「おれの姿は見えなくても、声は聞こえているんだろ? ここにいるのは死んでもしかたのないやつばかりだ。けど、部屋の外にいる、さっきお茶を淹れてくれた女の人はどうだ? 下の階にいる人たちはどうだ? おまえ自身はどうなんだ?」

「何やってるのさ?」セーナが顔をしかめる。やつの信奉者の何人かがおまえを槍で突こうとする。部屋の隅っこでいびきをかく悪霊の背後の暗がりで、マハカーリーが息を吐く。皮膚に埋もれた無数の顔が石弓と矢尻に姿を変える。

「おれたちはポーンを送り込んでキングを殺そうとしている。けど、そんなことしたって、悪いキングがもっと悪いキングにすげ替えられるだけ、さらに多くのポーンが送り込まれて死ぬだけだ」おまえはこの部屋にいるあらゆる生者と死者に語りかける。

ドライバーマッリは汗をかきながら震えている。まとわりつく声と、いいほうの脚にのしかかるワイヤーの重みを必死に無視しようとする。口をついて出るのは、I・E・クガラージャに吹き込まれた台詞、リスに餌をやりながら覚えた台詞だ。

「敵の戦闘員はみな同罪だ。全員が死に値する」

「ここにいるのは戦闘員じゃないぞ、マッリ。これまでだっておまえみたいな若造が何人も自爆してきた。けど、それで何が変わった？　こんなクズどものためにおまえの命を犠牲にしちまっていいのか？　彼女の命を？　彼らの命を？」

セーナがおまえの顔めがけて毒液を吐きかける。おまえの首根っこをつかんで、マハカーリーのもとへ引きずっていく。「最後のチャンスは終わったよ、ミスター・マーリ。あなたはこれから千の月の間、マハカーリーのものだ」

・・

ふいに入り口の辺りが騒がしくなって、セーナの呪詛はかき消される。安物のベニヤ板が蝶番ごとガタガタ揺れて、霊魂たちが一斉に跳びあがる。

「チャンタル！」大臣が声を荒らげる。「なぜノックをしない？」

だが、部屋に入ってきたのはシリル・ウィジェラトネの秘書ではない。スタンリー・ダルメンドランだ。

午後の日差しがそのシルエットを戸口に浮かび上がらせる。広い肩幅とゆったりとした足取りがおまえに彼の息子を思い出させる。だが、それも彼が口を開くまでのこと。

「大臣。今すぐ。話がしたい」

「あいにく取り込み中でな、ダルメンドラン……」

「妹の娘が。パレスに連行された。どういうことか説明してくれ」

大臣と少佐は驚いた顔でザ・マスクをにらむ。ザ・マスクは首を横に振り、廊下にいるランチャゴダ警視補のほうを見やる。

暗殺部隊と霊魂たちの注意がドライバーマッリから逸れる。爆弾を抱いた若者は独り汗をかき、震えつづける。

「必要とあらば、相手が誰であれ話を聞かなければならんのだよ、ダルメンドラン」大臣が言う。

「コネがあるからと言って、特別扱いはできない」

「それで。彼女を。パレスに?」

「すまんがダルメンドラン、今は時間が……」

おまえをつかむセーナの手に力がこもる。おまえはやつの体を押して、その手首にがぶりと嚙みつく。ナイフが床を打つ。おまえは狙いを定めて、サンダルを履いていないほうの足でそれを蹴飛ばす。五分間だけラグビーをしたときみたいに。けど、あのときと違って、おまえの足はみごとターゲットをとらえる。ナイフが宙を飛び、先の丸まった柄が大臣に取り憑く悪霊《ミニスターズ・デーモン》の腹に命中する。

やつはうめき、不機嫌そうに目を覚ます。

霊魂たちが息をのみ、セーナは叫び、マハカーリーは窓辺に浮かび上がる。やつの目はぎらつき、顔という顔が覚醒している。ドライバーマッリが部屋にいる全員に聞こえる声でしゃべりだす。

「その質問の答えは……ぼくにはわからない。ずっと考えてきたけど、答えは出なかった。これしかない。今しかないんだ」

部屋じゅうが固唾をのむ。大臣に取り憑く悪霊《ミニスターズ・デーモン》が主人の座っている場所めざしてスローモーションのような動きで跳んでいく。ドライバーマッリはさっきの台詞を繰り返したのち、結論に達する。

「敵の戦闘員はみな同罪だ。全員が死に値する。これでようやく取るに足らないぼくの命にも少しは価値があったことになるかな。でなきゃ、この人生にどんな意味があったっていうんだ？」

そこまで言うと、彼は両手をポケットに突っ込む。

千の月

とてつもなく強い力はどれも目に見えない。愛、電気、風。それに、爆発の後に起こる波もまたしかり。最初の波は爆風だ。空気が限界まで圧縮されると、閉じ込められた風は外側へ向かう。そのスピードは音よりも速く、行く手をふさぐあらゆるものを粉砕する威力がある。この波が少佐の体を三つに切り分け、尋問官を壁に叩きつける。二人とも即死だが、それは数多いる彼らの犠牲者たちには許されなかった死にざまだ。

次にやってくるのは衝撃波だ。この波も超音速で、遅れてやってくる爆音より大きなエネルギーをはらんでいる。これがランチャゴダを貫いて、彼の体をドアに串刺しにする。

ビルが土台から揺さぶられ、壁にひびが入る。階段には、パニックを起こした役人たちが詰めかけ、押し合いながらビルの外へ急ぐ。駐車場にいた運転手やガードマンたちは爆発音を聞いて空を仰ぎ、五階の窓から噴き出す煙を目で追いかける。

部屋の備品は空飛ぶ棍棒や短剣となって、うずくまるスタンリーの全身に降り注ぐ。ドライバーマッリの頭部がトイレの床にぽとりと落ちて、首から下は壁に向かって四散する。炎が上がったのはそのあとだ。熱風が窓を引き剝がし、天井からファンを、壁からコンクリートをもぎ取っていく。下の階では、ペーパーウェイトと書類トレイが手榴弾と迫撃砲と化して飛び交う。足元から地鳴りのような音がとどろき、辺り一面に煙と悲鳴が充満する。駐車場は半狂乱の人々で見る見るいっぱいになる。泣きわめきながら自分の鞄を抱えているのは、最初に出て来た人たちだ。第二陣は土埃と血にまみれ、第三陣は人の手を借りないと動けない。

爆風に蹴散らされたのは生者だけではない。霊魂たちも部屋から廊下へ吹き飛ばされる。彼らは体についた埃を払うと、歓声を上げ、炎の上で踊りだす。死んだ〈虎〉は虐殺されたJVP党員と握手を交わす。それから、エレベーターの脇にしゃがんで、オフィスから洩れ出る煙を眺めながら待つ。

炎は部屋を舐め、窓に向かって這っていくが、浴室とキッチンにはまだ火の手は及んでいない。折れた肘を抱え、浴槽の中で咳き込んでいるのは、シリル・ウィジェラトネ大臣だ。彼が覚えているのは、運転手がしゃべりだしたと同時に、浴室に飛び込んだことだけ。ドライバーマッリの目にただならぬものを見たからだと自分に言い聞かせてはいるが、疼く心の奥底では、人ならざるものの力で浴室に押し込まれたことがわかっている。

大臣に取り憑く悪霊《ミニスターズ・デーモン》は浴槽の上に座って、主人の顔をペチペチ叩いて目を覚まさせる。やつがおまえを見てにやりと笑ったそのとき、煙の中からセーナが姿を現す。

「まったくもう、あなたがあのろくでなしを起こしちゃったんだよ、マーリ」セーナはおまえの髪をつかんで部屋の外へ引っぱっていく。

大臣が浴室から這い出てくる。「あのチンカス野郎がいまだに息をしているのも、あなたのせいなんだからね」

霊魂たちがセーナを歓声で迎える。セーナは拳を突き上げてうなずく。「これで三人片付けたぞ。ただし、ひとりは取り逃がした」彼は笑顔で宣言すると、おまえの髪をさらに強く引っぱる。

ハイヒールを履いた足がかつては壁だった瓦礫の下に埋もれている。ばらばらになったスタンリーの肉の欠片《かけら》がこびりついたネクタイが見える。

「三人どころじゃないだろ、クソが」おまえは吐き捨てる。

「ミスター・カメラマンはわたしのものだ」煙の中から声がして、マハカーリーが現れる。その姿はまるで二本脚で立つ雄牛だ。やつはおまえに指を突きつける。「逃げようとしても無駄だ。どうせそう遠くへは行けやしない」

セーナはおまえの髪をつかんで、けだもののほうへ引きずっていく。おまえは逃れようともがくが、弱っちいのは息をしていた頃と変わらない。なんてったって、おまえの専門は拳を交えることじゃなく、愛を交わすことだったからな。

「悪いね、マーリ」セーナが言う。「次に会えるのは千の月が過ぎた頃かな。ひょっとしたらこれが永遠のお別れかも。千の月と永遠と、どっちか長いほうが過ぎたらまた会おう」

マハカーリーがかぎづめのある手でおまえをつかんで引き寄せる。いくつもの顔が目の前にぬっと迫って、おまえは思わず悲鳴を上げるが、その声は無数のすすり泣きにかき消されてしまう。そして、彼らが炎の中から姿を現す。煙の中から這い出してくる。ラージャ・ウドゥガンポラ少佐、ザ・マスク、警視補、そしてスタンリー・ダルメンドラン。全身血まみれでずたぼろで、足は地面に触れていない。

霊魂たちが彼らに飛びかかり、もみ合いになる。そのスクラムを突き破るのは、大臣に取り憑く《ミニスターズ・》悪霊《デーモン》だ。やつがマハカーリーの上に跳び乗ると、けだものはおまえをつかんでいた手を離してしまう。大臣に取り憑く悪霊《ミニスターズ・デーモン》がおまえに投げキッスをして言う。「あんたにはひとつ借りがあるからな。これで差し引きゼロだ」

やつはマハカーリーの頭をのたくる蛇ごと壁に押しつける。「さっきはありがとよ。おかげでガードマンとしての務めを果たせた。これでおあいこだかんな。ほら、ぼんやりしてねえで、とっとと逃げろ！」

マハカーリーが大臣に取り憑く悪霊《ミニスターズ・デーモン》の喉元につかみかかり、逆にみぞおちにパンチを食らう。いくつもの顔が異なるキーで泣きわめく。

「おまえはマハカーリーなんかじゃない。僧衣を着てなきゃバレないと思ったか、タルドゥウエ・ソマラマ（一九五九年に当時の首相S・W・R・D・バンダーラナーヤカを暗殺した仏教僧）！　二度もおれの目を逃れようったってそうはいかないぞ！」

死んだボディガードの拳がマハカーリーの顔にめり込む。

炎にあおられた風が非常階段を伝い降り、四階の窓から吹き出していく。おまえはそれに跳び乗って、階段で倒れている大臣の横を通り過ぎる。三階にも四階にも動かなくなった体が見える。数は多くない。だが、もうたくさんだ。

・・

風はおまえを通りへ運んでいく。道端に幽霊《ゴースト》たちの姿が見える。しゃべったことのあるやつもいれば、あえて近づかずにいたやつもいる。

色褪せた屋根の上を飛んでいると、月が雲の陰に隠れるのが見える。おまえの七つ目の月が、太陽が姿を消すのを待っているんだ。おまえはもつれた電線をくぐり抜け、古い教会を、みすぼらしいバルコニーを、ささやく木々を、建設半ばの高層ビルを縫うように飛んでいく。後ろからマハカーリーの甲高い叫び声が聞こえる。屋根から通りへ跳びうつりながら、おまえのあとを追っているのだ。

セーナももっと速い風に乗って、悪態をつきながら追いかけてくる。おまえは行く手に飛び交う幽霊《ゴースト》たちとぶつかりながらも逃げ続ける。

運河に向かう途中、死んだ無神論者がおまえに向かって敬礼し、死んだ弁護士が自爆テロの犠牲者たちと笑い合うのが見える。バス乗り場では死んだ犬たちが吠え、死んだ自殺者たちは相変わらず屋上から飛び降りている。ドラァグクイーンがジャンプ半ばでおまえに手を振る。おまえはそのまま風に乗ってぬかるんだ湖をめざし、一番弱い風を待つ。

マハカーリーもさすがにここまでは追ってこないんじゃないか、と思いたいところだが、ささやきは止まず、通り過ぎる木々の陰からいつやつが現れてもおかしくはない。おまえは一番弱い風に跳び乗ると、しだれる枝に槍や牙は潜んでいないかと目を凝らしつつ、運河沿いをゆっくりと運ばれていく。

空が雲を一掃し、オレンジ色の吹き出物みたいな太陽が顔を出す。良かったな、まだ日は暮れていなかったんだ。おまえの七つ目の月は雲の切れ間から顔をのぞかせるタイミングをうかがっている。そして、ほら、土手に立つ、あれがアルジュナの木だ。ラーニー博士とヒーマンとモーゼの姿も見える。揃いの僧衣に身を包み、おまえに手を振っている。彼らは二本目のアルジュナの木を指さしてから、運河と川が交差する場所を指さす。そのそばに三本目の木が立っている。

その木陰から足を踏み出したのはマハカーリーだ。目はぎらつき、指先から煙が吹き出している。爆風とその犠牲者をさんざんむさぼったはずだが、どうやらデザートは別腹と見える。

「さっさと飛び込め！」ヒーマンがステロイドの効いた甲高い声で叫ぶ。「やつは水の中までは追ってこられない」

マハカーリーが木から跳び上がり、おまえは渦巻く流れにダイブする。最後に感じたのは、背筋を這うかぎづめの感触だ。

川に向かって落ちていくとき、おまえを見上げる無数の目が見える。それはかつておまえのものだった目で、少なくとも今のところはどれも真っ白だ。水の色はフロストガラスの電球みたいな白で、現に体が水面を打つとき、ガラスの砕ける音が聞こえる。写真が公になろうがなるまいが、おまえにはもうどうだっていい。なぜって、ジャキとDDが今も息をしているんだから。たとえこのクソいまいましいゴタゴタのすべてを埋め合わせることにはならないとしても、それってけっこうすごいことだ。それに、間違いなくおまえが人生について言える最も優しいことでもある。何もなかったわけじゃないんだ。

〈誕生の川〉

幅は〈オッターズ〉のプールと同じくらいだが、縁に飛び込み台はついていない。その川はどこまでも果てしなく延び、オーストラリアの砂漠やアメリカのトウモロコシ畑を走る道を思い出させる。と言っても、どちらも『ナショナルジオグラフィック』で見ただけで、結局行く機会はなかったけどな。川はココヤシの林も水田も通り越し、彼方の丘の向こうに消えていく。おまえはそれを眺めやり、やれずじまいになったいくつものことに思いを馳せる。

ラーニー博士の言ったとおり、ベイラ湖から吹く一番弱い風はおまえをここまで送り届け、悪霊どもの姿はもうどこにも見えない。川は深くなく、つま先で底に触れられる。ぬかるんだ底にはブービートラップよろしくごろごろ岩が転がっている。すでに日は沈み、月は空にある。水は温かく、空気はひんやりとしている。この川にいるのはおまえ独りじゃない。あっちもこっちも、流れに抗い岸に沿って泳ぐ人だらけだ。

おまえは誰かのそばを通り過ぎるたびに、その泳ぎ手の目を、話す言葉を、それとなくうかがう。みんないっぺんにしゃべっていて、会話が成立しているケースもあれば、独り言をつぶやいているだけのやつもいる。気づくと、おまえもしゃべれるなんて知らなかった言語でぶつぶつとつぶやいている。「オマエハオマエガオマエダトオモウオマエデハナイ」「オマエハオマエダッタモノオマエガカンガエオコナイミテキタモノスベテダ」

他の泳ぎ手たちがおまえをまじまじと見て、それから、互いの顔をまじまじと見る。誰もがおまえと同じ顔をしているが、おまえより髪がボサボサのやつもいれば、女もいるし、性別を持たない者もいる。

おまえは水平線に向かって泳ぐ。キャンディ人の貴族と言い争うタミル人の農園労働者を追い越して、アラブ人の船乗りと語らうオランダ人の教師のそばをゆるりと通り過ぎる。どの顔もそっくりだ。どの耳も同じ形だ。

本当にここか？　ここが〈光〉？　悪霊どもも追ってはこられないという場所なのか？　おまえは流れに身を洗われ、水の中にとぷんと沈む。息を止める必要はないし、止めるべき息もない。

水底まで沈むと、それがそこにある。七つの月の間ずっとおまえの目を逃れてきたもの。おまえが最後にやったこと、最後にされたこと、呼び戻すのを忘れていた記憶。目を背けてきた真実、何より怖れていた答え。

おまえは澄んだ水の中でふっと息を吸い込むと、レンズの泥を拭い、マーリンダ・アルメイダ・カバラナとして最後の息をしたときのことを思い出す。

おまえの値段

テラスの暗がりからその人影が現れたとき、おまえが思ったのは、それにしてもスタンリー・ダルメンドランは息子によく似ているな、ということだった。広い肩幅、形のいい頭、黒い肌、白い歯、弾む足取り、しなやかな腰つき。彼はバーテンダー（ついさっき前までおまえが撫で回していたあの雄牛似の若造だ）に何かひと言鋭い口調で言い渡した。それから、おまえに向き直った。

暗がりから、男が二人、プラスチックのテーブルと、フォーマイカ製の椅子を二脚運んできた。そいつらの顔には見覚えがあった。ウェイターでもバーのスタッフでもなく、いかさまをした客をぶちのめし、負けた客から金をふんだくるためにカジノに雇われている男たち。

スタンリーがおまえに座れと身振りで示した。おまえに与えられた選択肢は二つ、コロンボの夜景と向き合うか、階段のほうを向いて座って、暗がりに潜む悪漢どもと対峙するかだ。おまえは脅威と向き合うことを選び、夜景に背を向けて腰を下ろした。スタンリーが椅子の背に身を預けたやつの手の中にはピンク色のメモ。そこにはおまえの手書きでこう書いてあった。

今夜十一時に〈レオ〉のバーに来てくれ。
話したいことがあるんだ。
愛をこめて、マール

おまえはそのメモをDDのバドミントンのラケットの上に残した。DDがそれを読んだうえで親父《アッパ》さんにくれてやった可能性もあるにはあったが、アッパが先に見つけたほうに賭けるなら、オッズは六ないし七対一だ。

「何か飲むかね、マーリンダ?」

「十一時にDDと待ち合わせてるもんで」

「わたしが家を出たとき、あいつはベッドの中にいた。来るとは思えんな」

「メモを見てないのかな?」

「置くラケットを間違えたのさ」

「けど、さっき電話でもしゃべったし」

「勘弁してくれよ、マーリ。何週間もほったらかしにしておいて。いきなりパーティーの誘いか？」

スタンリーはわざと母音を引き延ばし、ＤＤが人前では極力出さないようにしていた英国パブリッククスクール仕込みの気取ったアクセントを真似てみせた。この父子は歩き方と肌の色だけじゃなく、甘い声までそっくりなんだ。

「それで、息子に何を話そうとしていた？」

「あんたの知ったことかよ、スタンリーおじさん」

「いいだろう。こちらの話はすぐに終わる」スタンリーは言った。「ひとつ訊きたいことがあって来ただけだ」

気づけば、階下のバーはすっかり静かになっていて、このテラスにももう誰もやってきそうにはなかった。人目を忍んでいちゃつきたいんなら、話はべつだが。

「さっさとオチを聞かせてくれよ、おじさん」

「このメモには話したいことがあると書かれている。その内容に興味はない。わたしが知りたいのはひとつだけだ。おまえの値段はいくらかね？」

「値段？」

「いくら払えば、ディランの人生から消えてもらえる？」

「百万ドルってとこかな」おまえはそう言って、にやりと笑った。「それか、あんたが内閣に入れてもらうために払った額。そのどっちか大きいほうだ」

スタンリーは挑発には乗ってこなかった。

「何事にも相場というものがあるはずだ」

「DDが自分の人生からおれを追い出したいっていうんなら、自分の口から言えばいい話だ。どのみち、めったにそばにいてやれてないが」

「今度はどこへ行っていた？」

「インド平和維持軍《IPKF》の取材で北に」

「誰の依頼だ？」

「それもあんたの知ったことじゃねえな、スタンリーおじさん」

「ディランは政府軍の依頼だと思っている。だが、おまえが軍の仕事をしていたのは何年も前の話だろう？」

「お呼びがかかって拘束中のウィジェウィーラの写真を撮ったりはしたけどな」

「お払い箱になったのは、HIV陽性だったからだと聞いたが」

「そいつはガセだ」

「検査はしたのか？」

「たしかにおれは陽性《ポジティヴ》だ。けど、それは性格の話で、エイズの話じゃない」

それは使い古されたジョークだった。

「ディランはいい子だ。前途洋々たる若者だ。だが、彼は今、余計なことに気を取られている。やるべき仕事に集中することが何よりあの子のためになる。そうは思わないかね？」

「だから、あんたの事務所に戻って、欲深な金持ち連中の資産隠しを手伝ってやるべきだって言うのか?」

スタンリーおじさんは煙草に火をつけ、その包みをおまえに手渡した。銘柄はもちろん、ベンソン&ヘッジス、帝国主義の味のするやつだ。と言っても、ゴールドリーフやブリストルと同じ工場で作られているのだが。おまえは一本取って火をつけると、先っぽがフィラメントみたいにぽっと燃え上がって、じきに煤けた色に変わるのを見守った。スタンリーはおまえがマッチに手こずるのを眺めるだけで、ライターを貸そうとはしなかった。そう言えば、DDは母親の死後、アッパが一日二パック吸っていた煙草をきっぱりやめたと誇らしげに語っていた。おまえに聞く耳があるのなら、同じことができるはずだ、と。

「煙草はやめたんじゃなかったのか?」

「ディランはおまえに会うまで煙草を吸わなかった。あの子には、母親が癌になったのはわたしのせいだとよく責められたものだよ。辛い時期もあったが、今はそれなりにいい父子関係を保っている。わたしにはあの子しかいないんだ。そのことを理解してほしい」

おまえは煙をふうっと吐き出しながら、どうしたらこの会話から逃げられるだろうかと考えた。トイレに立つのがいいかもしれない。

「おまえはあのウェイターと不自然な行為に耽っていただろう? 同じことを息子とも試したのか?」

スタンリーは身を乗り出して、カップの形に丸めた手の隙間からベンソンの煙を吐き出す。

「不自然ってなんだよ?」

「よくもおれの息子に、このブタ野郎めが。あの子をケンブリッジに行かせたのは、帰国早々変態からエイズをうつされるためではない」

隅っこにいるボディガードたちも煙草を吸っている。彼らはスタンリーが声を荒らげると、一歩前に踏み出すが、やつが片手を挙げると、その足を引っ込める。

「あんたが手塩にかけて育てたのは、この国の現実も、ここに暮らす人たちの窮状も、なんも知らない甘ちゃんだ。おれがあいつの目を覚まさせてやったのさ」

「そうやってお気楽に説教できるのは、そのマーリンダ・カバラナという名前のおかげだ。タミル人の若者を政治活動に巻き込めば、どういうことになるかはおまえにもわかっているはずだ」

「おれは絶対にDDを危険な目に遭わせたりしない」

「ジャフナに呼んでおいて、よくそんなことを」

「じゅうぶん気をつけるつもりだったさ」おまえは言う。

「おまえはこのメモに『愛』などという言葉を書いた。こんなのは自然に反することだ」

「それを言うなら、結婚だって自然に反する。ナイフやフォークを使うのもそうだし、宗教だってそうだ。どれもこれも人間がこしらえたクソだ」

「おまえに愛の何がわかる?」

「おれはあんたよりあいつのことを大切に思ってる」

「それならば。この金を受け取って。消えたまえ」

見ると、テーブルの上にはずだ袋があって、その上にルピー札が載せてあった。

「あんた、ちょうどいいときに来たよな。今夜、おれは借金から解放された。顧客を全員切ってやった。これでDDが望むところどこにだって行ける。サンフランシスコ、東京、ティンブクトゥにだって。この肥溜めにはもううんざりだ。それに、外国でならＤＤはもっと安全に暮らせる」

スタンリーは黙って紫煙をくゆらせながら、おまえの顔をじっと見た。おまえはやつとの間にチェス盤が置いてあるところを想像してみた。やつのビショップはおまえのナイトと対峙していて、双方が自分のポーンをクイーンに変えようと狙っている。けど、現実にテーブルの上にあるのは、ほとんど空になったベンソンの包みと札束だけだ。その札束を受け取るのは、あまりに代償が大きすぎる。

「あの子に博士号を取らせてくれるか？」

「あいつが望むものならなんなりと」

「それで、きみは何をするんだ？」

「結婚式やユダヤ教の成人式《バル・ミツバー》の写真でも撮る。なんなら保険の営業をまたやったっていい。どうにでもなるさ」

「ギャンブルは？」

「足を洗う」

今度ばかりは自分でも嘘をついている気がしなかった。

「バーテンたちとの不自然な行為は続けるつもりか？」

おまえは間《ま》を置き、ちょっと考えて、それから息を吐き出した。

「いいや、サー。おれはＤＤを裏切らない。他の誰のことも」

スタンリーは最後の煙草をもみ消すと、微笑んだ。「それさえ聞ければもう言うことはない」彼が再び片手を挙げると、二つの人影が暗がりから躍り出た。

そいつらのことは名前を知る前から何度もカジノで見かけていた。一九八三年以降、バラル・アジットは顎ひげを剃り落とし、コットゥ・ニハルは腹にぜい肉を蓄えていたから、色黒のクイーンとだみ声の色男の指示を受けて拡大した写真に写っていた二人だとは気づかずにいた。肉切り包丁を振りかざすけだものと火を放つ男。

唯一のタミル人閣僚が八三年の暴動に関わったごろつき二人とつながっているなんて、妙な話があるもんだ。そう思っていたところにやつらが飛びかかってきて、おまえは地面に押し倒された。札束がおまえのジーンズから落ち、コットゥがそれをポケットに入れ、バラルがおまえの首のじゃらじゃらを引っ張った。チェーンが首筋に食い込んだ。どれがどれかは感触で区別がついた。パンチャユダの黒い紐はざらついていて、木製の円筒が付いた銀のチェーンはひんやりとしている。青酸カリのカプセルの縒《よ》り糸が皮膚に擦れて血がにじむのがわかった。素手で首を締めあげられながら、おまえの頭をよぎったのは、窒息させたいんなら、後ろからチェーンを引っ張りゃいいのに、ということだった。

「おまえのチェーンにはすべてまじない師に呪いをかけてもらった。そのときに、このカプセルを見つけた。テロリストでないなら、なぜそんなカプセルを首にぶら下げている？　死ぬ覚悟もないのに、毒薬で身を飾るのはなぜだ？」

それはつかまったときのため、他の誰かがそれを必要とするときのため、人間なんて電話一本で闇に葬られる存在だと肝に銘じるためだって、スタンリーに説明してやることもできた。だが、スタンリーはおまえの頬を張り、鼻を殴りつけ、口に無理やりその液体を流し込んだ。おまえは必死に吐き出そうとしたが、やつは両手でおまえの顎をロックした。おまえはやつの指に嚙みつき、するとやつは悲鳴を上げ、おまえの首のニコン3STを引っ張ると、おまえの顔に振り下ろした。目から火が出て、首ががくんと後ろに垂れ、目の端にコットゥとバラルの姿が見えた。二人ともおまえに負けないくらい面食らっていたよな。

カメラがもう二回顔に叩きつけられた。それから、腹を蹴り上げられて、おまえは吐きそうになり、あえぎながら唾を飲み込んだ。

「ディランはおれのすべてだ。他のやつらは全員地獄に堕ちたってかまわない。おまえにわかるか、なあ?」

息ができず、そのせいで吐くわけにもいかなかった。脳天にのみが、胸に金槌が、みぞおちに何本もの針がぶっ刺さってるみたいだった。「おまえ」とは誰で、「おまえ」と呼びかけてくるのは誰なのか、そんなことはもう知りたいと思わなかった。なぜって、どちらもおまえだし、どちらもおまえではないのだから。

「あとの始末は任せていいな?」テーブルナプキンで手を拭いながら、スタンリーが尋ねた。

「もちろんです、サー」バラルが答えた。

「このことは少佐には内密に頼む」

「サー、こりゃ聞いてたのと話が違う」コットゥが言った。「おれたちは拉致るために来ただけだ。どうやってこいつを下まで運べばいい?」

「わたしだってこうなるとは思っていなかった」と、スタンリー。「だが、こうするしかなくなった」

バラルがうなずき、コットゥが首を横に振る。

「サー、これだけのゴミを始末するとなると、費用も馬鹿になりゃしません」

「テーブルの上にある金を持っていけ」

「無駄金を使ったもんだ、サー。前もって言ってくれたら、もっとやりやすい場所にこいつを連れて行ったのに」

「では、頼んだよ」

埃まみれのテラスを磨き上げられた靴が踏みしめる音が聞こえた。足の引きずり方まで美しいせがれとそっくりだった。目がくらみ、体が震えた。人生の走馬灯ってやつが駆けめぐるのを待ったけど、見えるのは影と雲ばかりだった。全力を尽くせと説く父親と、ふくれっ面はやめろと諭す母親と、父親と話をしてくれとせがむ間抜けな青年と、オッケーとつぶやく悲しげな娘の声が聞こえた。目を開けると、おまえはテラスの上に浮かび上がっていて、そこからは全部の階が透けて見えた。

今やおまえの目は〈ホテル・レオ〉の壁をX線よろしく透視することができた。まるで死がおまえをスーパーマンに変身させたみたいだった。六階にはギャンブラーが、五階にはポン引きが、下のモールにはお茶をする娼婦たちが見えた。八階のスイートでは、エルザとクガがまるでいとこ同士みたいに言い争っていた。と、そのとき、六階で、ごろつき二人がぐるぐる巻きにしたタイヤを持ち上げ、手すり越しに勢いよく投げ落とすのが見えた。それはかつてそいつらがその上でたくさんの人を燃やしたタイヤのように見えたが、巻きつけられた紐がほどけると、実は死体だったことがわかった。そいつといっしょに落ちていきながら、おまえの頭に浮かんだのは、いくつもの言い訳と弁解ともうそれを聞くことのない人たちのことだった。

体がビルの側面にぶち当たり、そこに深紅と漆黒、血と黒曜石の色をした染みを残した刹那、千の悲鳴が遠ざかっていった。いい気分とは言えないまでも、そこまで不快なわけでもなかった。目には見えないが確かに存在する、この荒漠たる宇宙の広がりの顕微鏡でしか見えないちっぽけな点のひとつ、それが自分なのだと感じた。

ＤＤの顔が見えた。改めて見ると、その顔は父親とはちっとも似ていなくて、彼は飛行機に乗って、どこか太陽がさんさんと降り注ぐ場所に降り立つのだった。おまえは汚染された井戸を浄化する彼を写真に撮り、彼が微笑む白昼夢を見た。おまえがずっとそうしてきたように彼もまた意味のない大義に人生を預け、二人して幸せになるところを思い描いた。人はみな意味のない大義を見つけては、それに人生を捧げずにはいられない。でなきゃ、息を吸って吐くなどという面倒なことをどうして続けていられるだろう？

そうとも、かつてはおまえにも自分の顔がちゃんと見えて、自分の瞳の色がちゃんとわかって、空気を味わい、土のにおいを嗅ぎ、澄み切った泉や汚れ切った井戸で喉を潤したときがあった。だからこそ、それはおまえが人生について言える最も優しいこと。何もないってことはないんだ。

・・

体がアスファルトに叩きつけられたとき、音はしなかった。たとえ音がしたとしても、街のざわめきと地の果てから響くうなりに全部かき消されてしまったはずだ。自分が「おまえ」と「おれ」に分かれ、それから、かつておまえだった、そしていつかまたおまえになる、無数の「おまえ」と無数の「おれ」に分裂するのがわかった。目を覚ますと、そこは混み合う待合室だった。おまえはぐるっと辺りを見回して、これは夢だなと思った。そうと決まれば、終わるのを待てばいい。一切は過ぎ去る。夢ならばなおのこと。

おまえは誰もがしたがる質問の答えとともに目覚めた。答えは「イエス」、答えは「あっちと似たようなもんだが、もっとひどい」。おまえにつかめた洞察はたったそれだけ。だから、おまえはもう一度寝直すことに決めたんだ。

〈光〉

最初にミツバチがそれを知った。
それから氷。それから樹木。
それから世界じゅうの母親たち。

テス・クレアのツイッター

五種類の飲み物

その水は目にしみない。それどころか、目をじんわりと癒してくれる。金持ちの男たちとよく行った南のほうのホテルで出された、レモングラスとシナモンに浸した温かいタオルのようだ。水の色は青でも緑でも青緑でもなく白。子どもの頃にレディーバード社の本で読んだ、スペクトルのあらゆる色から作られるというあの白だ。もっとも、その後通ったお絵描き教室で、絵の具をあるだけ混ぜてできた色はなぜか黒だったのだが。

その水は渦を巻き、おまえを深みに引きずり込む。ウナギの群れや魚の大群、藻で覆われた岩が視界を通り過ぎていく。水底でいくつもの石が奇妙な形を成し、その割れ目が光を宿してきらめくのが見える。雨粒が頭上の水面を穿《うが》ち、水底まで泡を送り込む。さらに深く潜っていくと、うねる水とごつごつした岩の向こうに、洞窟の入り口が現れる。

壁も天井も床もスクランブルエッグみたいな黄色で、まばゆい光がおまえの目を見開かせる。とりあえず前に進んだのは、そっちに行くしかないからだ。左右に壁、足元には小川のせせらぎ、行く手には光。壁と天井はやがて鏡に変わり、あらゆる曲線が光を反射し合う。歩を緩め、ちょうどいい角度に体を傾ければ、鏡に映った自分が見える。瞳の色が緑から青、青から茶色にうつろう。だが、耳は、耳だけは変わることがない。

「なんとか間に合いましたね、マール」ラーニー博士が言う。「なんでもギリギリにならないとできないたちなんでしょうね、あなたって人は」博士が席に着く薄っぺらいテーブルの上には、食器が一式セットされている。これから独りで宴会でもするかのようだ。

「〈光〉ってただの鏡だったのか？　天国でも神様でも母親の産道でもなく？」

「間に合うとは思いませんでしたよ、坊や《ブター》」と、博士。「あなたがここに来られて良かった」

「で、このあとは？」

「飲み物を飲んでもらいます」

「喉は渇いてないんだが」

「座って」

おまえはおとなしく席に着く。テーブルの上にあるのはどれもカップの類で、大きさと色はばらばらだ。飲み物は全部で五種類。ティーカップには黄金色の液体、マグカップには紫色の炭酸水、ショットグラスには琥珀色の酒、キングココナッツにはストローが刺さっている。残るひとつはボウルに入ったツボクサ粥、風邪に咳、切り傷、虫刺されにも効く万能薬、スリランカじゅうの母親《アンマ》がいたいけな幼児に無理やり飲ませるあれである。

博士はおまえに微笑むだけで、クリップボードも眉も動かさない。「すべてを忘れたいなら、お茶を。思い出したいなら、ポルテロを。世界を許したいなら、アラック、わたしのおすすめはこれですよ。許されたいなら、タンビリを。自分に最も適した場所に行きたいのなら、コラキャンダを飲むのです」

「全部ひと口ずつ飲むってのはナシなんだよな？」

「ご明察」

「これで全部なのか？　コーヒー党はどうすりゃいい？」

「あなたはコーヒー党ではありません」

「飲みたいのはポルテロだけど、許されたい場合は？」

「利点《プロ》と欠点《コン》をじっくり比較検討したいのなら、第七の月まで待つべきではなかったわね」

「プロとはこのおれ。いかさま《コン》とはおれの人生そのものだ」

「馬鹿な冗談を言っている時間もありません」

「なら、どうやって選べばいい？」

「あなたにはわかっているはず」

おまえは反射する鏡を見回してから、白いローブをまとった女性をじっと見つめる。彼女のほうに歩いていって、そっと抱きしめる。それはアンマには一度もしてやれなかった類のハグだ。

「お子さんたちが長生きすることを願ってる。あんたと旦那さんが永遠の絆で結ばれていることを願ってる」どうしてそんなことを言ったのかは自分でもわからないが、たしかにそれは心からの言葉だ。

「優しいのね、マール。さ、飲みなさい」

おまえは片方だけのサンダルを脱いで、床に置く。木製の円筒とパンチャユダと縒《よ》り糸につながれた潰れたカプセルを首からはずして、テーブルに置く。カメラをバンダナで拭い、そのバンダナをチェーンの脇に置く。そして最後にカメラを下ろす。

それは勝ち負けなんかじゃなかった。酩酊するときは終わったし、癒すべき渇きも、甘さを味わうための舌も今はもうない。作りたてのコラキャンダは腐ったコラキャンダと見分けがつかない。そんな使い古されたジョークが頭に浮かぶ。おまえはどろりとした緑色の粥に手を伸ばし、それを喉に流し込む。鼻をつまみ、息を止め、いるべき場所に運ばれるのを待つ。

質問

目を覚ますと、そこには唯一まことの神がいる。彼女の顔に見覚えはあるが、名前は忘れてしまった。

おまえは目を覚まさず、自分が目を覚ましていないこともわかっていない。忘却の最大の美点はそれを実感できないことだ。

おまえは母親の産道で目を覚まし、光に向かって泳いでいくが、ようやくそこにたどり着いたときには、落胆のあまり泣きわめく。

目を覚ますと、おまえは裸で隣にはＤＤがいて今日がいつなのか思い出せない。

現実は右のいずれでもない。

おまえの前には白い机。立っているのに、足は体の重みも魂の重みも感じない。テーブルの上には、ダイヤル式の電話と一冊の記録簿。身に着けているのは白いスモックで、首にはオームのチャームがぶら下がっている。目の前には人がうじゃうじゃいて、口々に何やら叫んでいるのだが、どういうわけか声は聞こえない。

耳をふさぎ、瞬きをすると、突風みたいに音が飛んでくる。彼らはおまえに質問を浴びせているのだ。おまえには答えられない問いばかりを。

「ここにいるわけにはいかないんだ。なあ、どうしたら出られるんだよ？」

「赤《バ》ちゃん《バ》たちに会わせて。あの子たちはいったいどこにいるの？」

「あんたのせいとは言ってない。けど、間違いってのは起こるもんだろ？　なんとか送り返してくれよ」

もう一度瞬きをすると、音が消える。おまえは辺りを見回して、前にもここに来たことがあると思う。泣きわめく霊魂と白い服を着た役立たずで溢れ返る場所。どうやらおまえも今やその役立たずの一員らしい。

電話が鳴る。その声に聞き覚えはあるが、名前が出てこない。「本を開いて。答えが必要なときは、本を開くのです」ガチャン。

おまえの前には、表紙に菩提樹の葉があしらわれた記録簿がある。おまえはそれを開く。罫線の入った紙におまえ自身の筆跡で書かれているのは、短い単語が四つだけ。その言葉には人類何千年もの知恵、宇宙が初めて会計検査を受けたときに得た洞察が凝縮されている。

その言葉とはこうだ。一度にひとつずつ《ワン・アット・ア・タイム》。

おまえは詰めかける人々の顔を見回す。年寄りもいれば十代の若者もいるし、サリー姿の人もいれば病院のガウンを着た人もいる。目の下にクマをこしらえ、泣き叫ぶ人もいる。その中に知った顔を見つける。そいつに向かって目を瞬くと、人々のわめき声がすっと消えて、男の声だけが聞こえてくる。

「満月《ポーヤ》のたびに、ここに来るんだ」死んだ無神論者が言う。「何か目新しいニュースはないかと思ってね」

「名前は？」

男は切断された首をカウンターの上にのせると、それを上向きに傾け、ビー玉みたいな目でおまえを見据えて鉤鼻をフンと鳴らす。

「決まり切った手順は抜きでいこうや」

「ご用件は？」

「うちの子たちももうティーンエイジャーだ。すっかり反抗的になっちまってな。もうあいつらを眺めてても面白くないんだよ」

「それで、そろそろ〈光〉に行きたいと？」

「あっちには何があるんだ？　ポーヤのたびに訊くんだが、あんたらみんな、もったいぶって教えてくれやしない」

男はおまえに最初に話しかけてきた幽霊だった。あれから七つの月が過ぎたが、過ぎ去った時間は男に優しくはなかったようだ。

「人によって違うって話だけどな」

「そのことなら前にも聞いた」

「ま、基本的には、カジノみたいなもんだな」おまえは言う。「違いっつったら、選ぶのが飲み物かカードか……」

「それか処女か？　処女についてのわしの持論はもう話したかな？」

「要するに、次にどこへ行くか選ぶ必要があるんだ」

「で、おまえさんはこれを選んだと」

「向こうがおれを選んだんだよ」

「牛のクソの臭《インチキ》いがするな」

「ご不快な思いをさせたのなら謝ります」

「そう言えと、その本に書いてあるのか？」

「まあな」

「それなら、ＪＶＰに撃たれたことに対する補償はしてもらえるのかね？」

おまえは男と手元の記録簿を見比べて、ページを繰るのはやめにする。「とにかく円盤を回すことだ。なぜって、これはそういうゲームだから。スリランカ流ルーレットだよ。あんたを殺したＪＶＰは死んだ。この先千の月の間、そいつらを呪って過ごすもよし。とりあえず円盤を回してみるもよし。さあ、どっちにする？」

男は顔をしかめ、ポリポリと頭を掻《か》く。奇跡を理詰めで否定しようと試みる懐疑論者のように。

「知るか」そう言い残して彼は立ち去る。

・・

初めこそ危なっかしかったものの、おまえはあの最初の月から八人の霊魂を〈光〉に送り込み、十三人を〈耳の検査〉に案内する。モーゼとヒーマンがおまえの直属の上司だが、二人は揃ってうなずくだけで、ろくに指導もしなければ、ほめてくれるわけでもない。おまえのもとにやってくる者は当然ながら死んでいてひとり残らず傷だらけで、炎に包まれるわが家を前にへたり込み、泣き叫んでいた辺境の村の女たちや子どもたちを思い出させる。たいていの場合、記録簿に従うが、ときには筋書きどおりにいかないこともある。

たとえば、エンジニア用のヘルメットを被ったご婦人に、どうして自分はLTTEの自爆テロで死ななければならなかったのか、と訊かれたとき。なんでも彼女は八三年の集団的迫害《ポグロム》では、何百人ものタミル人労働者を守ったのだそうだ。生涯固い帽子を着用してきた自分がよりによって頭部外傷で死んだのも納得がいかない、と彼女は訴える。記録簿を開くと、そこにはこう書かれている。

カルマはいくつもの人生を経るうちに均《なら》されていくもの。不当な扱いを受けた者が〈光〉に進めば、次はもっといい場所に送られます。

「もっといい場所」とは、記録簿にしばしば出てくる婉曲表現だ。モーゼによれば、これは特定の宗教に肩入れする者との神学的論争を避けるためなんだとか。と言っても、死してなお信仰を貫く者はビックリするほど少ないそうだが。おまえはヘルメットを被った女性エンジニアに、不平を言いたいならそれもありだし、〈光〉に行くのもありだと告げる。ただし、結果はどのみち同じだ、と。「そういうもんなんだって。とんでもない幸運は悲劇などとうの昔に忘れた頃に転がり込んでくる。その逆もまたしかり。気長に待つしかないんだよ」

女はおまえと握手を交わして、にっこり笑う。「このヘルメット、被っといたほうがいいと思う？」

「おれは七つの月の間、首からカメラをぶら下げてた。重荷になっただけだったな」

「でも、頭の上に何かが落ちてきたら？」

「頭の上にはいつだって何かが落ちてくるもんだ」

「こっちは長年キャンディの建設現場で仕事してきたんだから」と、彼女。「そんなこと言われなくたってわかる」

「で、そういうときは重力かキャンディの丘のせいにしたのか？」

「どっちでも同じだって言うなら」彼女は言う。「このまま被っておこうかな」

・・

ラーニー博士はおまえの成績にご満悦だ。ヒーマンとモーゼも呼んで、ゴール・フェイス・グリーンのはずれでお祝いをしてくれる。そこはかつてのおまえの住まいから道ひとつ隔てた場所。おまえたちは日の出を拝み、涼風を楽しむ。こういうのは〈光〉だろうと〈下〉だろうと変わりはない。そしておまえはあらゆるほめ言葉を受け流す。

「たまたまツイてただけだって。無理な勧誘とかはしてないし。コラキャンダだってほんとは飲んじゃいない」

「嘘おっしゃい」善良なる博士が言う。

「おれがここに落ち着くなんて冗談みたいな話だよな？」

「おまえがどこかに落ち着くこと自体が冗談のようだ」と、モーゼ。

「落ち着くって言葉は語弊があるぞ」と、ヒーマン。「あんたはじきにここからいなくなる身だ」

「今って勤務時間外だよな？」おまえは言う。「説教はたくさんだ」

「わたしたちはあなたの成長を喜んでいるのですよ」ラーニー博士が言う。

「引き返してべつの飲み物を選ぶのってアリか？」おまえは尋ねる。

「あなたがそうしたいなら」と、博士。「カジノに行って前と同じ手札を要求するようなものですけどね」

ドライバーマッリが人造人間みたいな姿でおまえのカウンターにやってくる。頭は胴体から切り離されて、手足もみごとにばらばらだ。やつはおまえが誰かわかっていない。まあ、無理もない話だ。やつはオーラの葉をおとなしく提出し、おまえはやつを四十二階に遣《や》る。戻ってきたときには、さらなる心的外傷を負っているが、おまえは粛々と記録簿に従って、やつを黄色の扉の向こうに送り込もうとする。

ドライバーマッリは首を振り振り、廊下の向こうへ歩いていく。そこには、黒いゴミ袋に身を包んだ見慣れた人影がいて、こくんとうなずき、ニヤリと笑う。セーナは左右にマントをまとった食屍鬼《グール》を従えていて、そいつらはドライバーマッリを生き別れた弟みたいに温かく迎える。いや、案外実の兄弟だったりしてな。おまえはセキュリティーに通報するが、ヒーマンが駆けつける頃には、セーナと食屍鬼《グール》どもは新兵たるドライバーマッリを連れて去ったあとだ。無理に連れ戻しても面倒が増えるだけ。だから、おまえはそのまま行かせる。

・・

死んだ恋人たちが手をつないでやってきて、おまえを見て微笑む。二人はゴール・フェイス・コートの住人で、男のほうはおまえの顔を覚えていたようだ。

「ぼくたちと同じフラットにお住まいでしたよね？」

「遠い昔の話だけどな」

彼は彼女に向き直り、おまえを顎で示す。「ほら、ドリー。あの色の黒い男の子の彼氏さんだよ」ピンクのシフォンをまとった彼女は泣いていたように見える。

「ひどい喧嘩をしたところなのよ」彼女は言う。「いい加減別れようって話になって。五十年もたてば、ハネムーンもおしまいね」

「そりゃ残念だ」おまえは言う。

「相合傘のカップルを眺めるのにも飽きちゃった。あの子たちのしてることといったら、互いに嘘をつきながら、体をまさぐり合うだけだもの」女が言う。

「それで、ぼくたちは自殺したことを罰せられるのかな？」男が尋ねる。

記録簿を開くと、そこにはこう書かれている。


あなたがたが自分の肉体に何をしようが、宇宙は一切関知しません。


おまえはそっくり彼らに伝える。

「ほんとうに？」

「肉の在庫は豊富だからな」

「じゃあ、二人で〈光〉に行ける？」死んだ恋人たちが声を揃える。

「それがあんたらの選んだことなら」

「でも、最上階から眺めるゴール・フェイスの夕焼けより素晴らしいものなんてあるのかな?」男が問いかける。

ナイアガラの滝、パリ、東京、サンフランシスコ、その他DDを連れて行ってやれなかったさまざまな場所が頭に浮かぶ。その答えはわからない。だけど、おまえは知っているふりをする。首を横に振って、二人の顔に笑みが広がるのを眺める。

・・

DDは父親が死んだあと、香港に発つべく荷物をまとめる。葬儀には、眼鏡をかけた白人男子を伴って現れ、おまえはつい余計な想像をめぐらしてしまう。だが、おかしなもので、胸にこみ上げるのは誇りによく似た感情だ。この美しい青年がクローゼットから出る手助けをするためにおまえが地上に遣わされたのだとしたら、おまえの人生もまったく無駄ではなかったわけだ。

ラッキー・アルメイダは〈母親たちの前線〉なる団体に加わって、行方不明のわが子を探す母親たちのための運動に身を投じる。おまえは彼女を夢に訪ね、もういいんだ、と伝える。アンマのことは責めていない、と、いろいろすまなかったな、と伝える。

ジャキはニュースキャスターのラディカ・フェルナンドの部屋に転がり込んで、めくるめくセックスを経験するが、その最中におまえの名前を呼ぶことは一度もない。

スリランカは分解する。内戦は続き、人々は前回引いたくじに比べれば、今回のほうがまだましだと自らを慰めるが、状況はいろいろな面で悪化している。

政府は二十三名の命を奪った爆弾テロが庁舎で起きたことを否定する。九死に一生を得た大臣は、あのビルは〈アジア水産〉なる会社のもので、その日は海産物の輸出について協議するために呼ばれたのだと主張する。彼は主治医と支持者、そしてお抱え占星術師に謝意を表す。

マハティヤ一派の企みはスープレモの知るところとなり、凄まじい怒りを買う。二部隊にまたがる裏切り者たちはヴァカライ近くの洞窟に拘束され、袋叩きにされたあげくに、満ち潮とともに溺れ死ぬ。ＬＴＴＥはゴパラスワミ大佐の協力者をしらみつぶしに追う。コロンボに拠点を置くＣＮＴＲなる団体もそのひとつだが、〈ホテル・レオ〉に構えるオフィスに爆弾が仕掛けられたときには、すでにそこはもぬけの殻だった。

・・

おまえはラーニー博士に、いずれは生まれ変わりたいが、今はまだそのときではない、と告げる。今は前世と来世のはざまでしばしの休息を楽しむとき。墓などなくても、安らかに眠ることはできるのだ。母親がこっちに来るまでは留まるつもりだと言うと、博士もそれがいいと言ってくれる。

おまえは単調な仕事にも慣れ、それを楽しみ、心待ちにすらするようになる。幼い子どもや恋人を残してきた者たちの相手が続けば心も沈むが、どんな死もかけがえのないことに気づけたのは収穫だ。とは言え、どんな生もかけがえないと思える境地にはまだ達していない。

父親の名前を呼ぶのはもうやめにした。近くにいないことはわかっているし、この先もそばに来ることはないだろうから。万が一にも声が届いて、万が一にも来てくれることがあったとしても、あの人はおまえが誰だかわからないだろう。おまえは彼の人生の脇役ですらなく、ただのエキストラだったのだから。ま、そのうち会おうや、ダダ。挨拶すらできずじまいだったもんな。

ついに姿を現したとき、彼はずいぶんとくたびれて、心許なそうにしている。不思議と怒りは湧かず、こみ上げるのは悲しみだけだ。そこにいたのは、わが子を理解できぬまま、ただ守ろうとした男。ありもしない祖国のために戦った男だった。

彼は葬式のときのスーツを着て、瞳の色は緑と黄色、顔は煤だらけで悲しげだ。スタンリー・ダルメンドランはおまえに気づくと、はっとする。それから、ちゃんと目を見て、頭を下げる。「本当にすまなかった」彼は言う。「あれには理由が――」

「もういいって」おまえは言う。

「ディランが無事でよかった」

「まったくな。誰かさんに感謝しないと」

「あの子と話すことはできるのか？」

「それにはあんたの古いお友だちのクロウマンと取引する必要がある。だが、個人的にはおすすめしない。三十六階で〈ドリーム・ウォーキング〉のコースを申し込むって手もあるぞ。結果は保証できないけどな」

「あの子は今、外国人と付き合っている。すでに肉体関係を持っている」

「耳寄りな情報をありがとよ」

「二人でサンフランシスコに行くことにでもなったら？　向こうはエイズの巣窟だぞ」

「あのさ、スタンリーおじさん、〈下〉のことに関して、あんたにできることは何もないの。それをさっさと受け入れるんだな。その分、楽になるからさ」

「では、ここは？」

「ん？」

「今いるここはどこなんだ？」

「おれがあんたを許す場所」

「だが、わたしは自分がどこにいるのかわかっていない」

「そういうことなら。スタンリーおじさん」おまえはおじさんお得意の間《ま》を真似て言う。「あんたは。正しい。場所に。来たんだ」

ライオネルはどこへ行った？

それで、おまえの写真はどうなったかって？　みごと世界を揺るがしたか？　コロンボを包み込む無知という名のシャボン玉《バブル》を弾けさせたか？

あの爆弾テロから数週間が過ぎても写真は壁にかけられたままだが、おまえはどうしても〈ライオネル・ウェント〉に行く気になれない。セーナやマハカーリーと出くわす確率が高い場所には近づかないことにしていたのだ。ラーニー博士は、白いローブを身に着けているかぎり、いかなる悪霊もおまえに触れられないと請け合うが、それでも百パーセント安心とは思えない。

ついに意を決して単身乗り込んでみたときには、ギャラリーには人っ子ひとりいないが、おまえは驚かない。おまえの写真は霊魂たちを引き寄せはするが、人間様にはさっぱり人気がないのである。今はモンスーンの季節で、だからこの地獄みたいな蒸し暑さのせいかもしれないし、死体の白黒写真などより、見るべきものはいろいろとあるのかもしれない。食屍鬼《グール》と餓鬼《プレータ》とポルターガイストがしゃべりたそうに近づいてくるが、今さら写真の話をするつもりはない。

六日目、クガラージャがやってきて、一九八三年の写真とインド平和維持軍《IPKF》による殺戮、それから、死んだタミル人の村人の写真十枚を勝手に持ち去ろうとする。これに驚いたのが、明け方に撮ったあのセンザンコウの写真をうっとり眺めていた死んだ観光客たちだ。

「ちょっと《メイト》！　あいつ、写真を盗もうとしてるぜ」英国人が警備員に向かって叫ぶ。茶色の制服を着た老警備員がようやく追いついたときには、クガラージャはもう出口まで来ている。ちょうど〈ジャングルの掟　MA写真展〉と書かれた看板の辺りだ。

「わたしはこの写真の所有者だ」クガラージャはそう言うと、警備員を押しのけて足早に去る。茶色の制服を着た老警備員は肩をすくめ、腰掛けに戻ってあくびをする。

おまえは写真に撮られた死者に見つかって、写りが悪いだのなんだのと文句をつけられやしないかと怖れている。だが、おまえが撮った死体の大半はこの画廊から遠く離れた土地で命を落とした。もしもおまえが彼らなら、好きにやらせておくだろう。ようやくあのありがたき忘却の泉の水を飲め、このくじ引きだらけの人生とおさらばできたのだから、それくらいお安い御用じゃないか。

・・

数日後、ラディカとジャキがやってくるが、送ってきたDDはあの眼鏡をかけた白人男子と車に留まる。おまえの写真ともおまえの死とも関わりたくない、とDDは言い、ラディカは心配そうなふりをする。

「少し仕事を休んだらどう？　この国に留まりたいのか、そうじゃないのか、じっくり考えてみたら？　話がしたいときは……」

「ニュースでも読んでろって」ＤＤはそう言い残して車を出す。

おまえは追いかけようとするけれど、クロウマンの呪いに弾き飛ばされる。空気がおまえを押しやり、風はおまえを運ぶのを拒む。

ラディカはジャキと会場を回り、額装された残虐行為を眺めてはかぶりを振る。「まったくあの馬鹿、何考えてたんだか」

「写真こそが戦争を終わらせる最良の手段だって、あの人は考えてたんだ」

「拉致られたこと、このまま黙ってるつもり？」

「どこに訴えればいいかもわからないし」

「警官たちのことなら、うちで報道することもできる」

「どんなやつらだったか覚えてないんだ。わたしを逃がしてくれた人のこと以外は」

「この週末は遠出しない？　ここに来たのはいい考えじゃなかったかも」

「マーリは何も知らないコロンボの人たちに本当のスリランカを見せたがってた」

ラディカはひと気のない画廊を見回す。彼女にさんざめく幽霊たちの姿は見えない。その目に映るのは空っぽの空間だけだ。

「コロンボのほうはこれっぽっちも興味がないみたいだけどね」

ジャキはドアの脇の椅子に腰かけ、出て行ってほしいとラディカに告げる。その午後は、それでもぽつぽつと客が訪れる。冷やかしの学生たち、アーティスト集団、個人指導中の教授、バンに乗った記者たち。その多くが衝撃と畏怖に打たれるが、中には写真を写真に撮るやつもいて、おまえは誇らしいと同時に腹立たしくも思う。夕刻までには噂が広まって、ぞくぞくと客がやってくる。知っている顔もちらほらいて、演劇畑と音楽畑から何人か、あとはテレビドラマで見た顔だ。それなりに名の通ったやつもいる。さして感銘を受けていなさそうなやつもいる。

ジョニー・ギルフーリーがボブ・サドワースとともにやってくる。二人は首を横に振るだけで、ほとんど口を開かない。ジョニーは少佐と大佐とサドワースの顔合わせをとらえた二枚の写真を壁からはずす。ついでに、ヌード写真も何枚か持っていくが、それはDDが帰ったあと、おまえの指示に反してクラランタが展示したものだ。バイロンとハドソンとボーイ・ジョージ。この二人目の泥棒が警備員の居眠りを妨げることはない。

報道関係の知人たちは来るなり思い出話を始める。『オブザーバー』紙のジェラージがおまえは愚か者だったと言えば、『タイムズ』紙のアサスはいいや天才だったと言う。おまえに寄せられる追悼の言葉と言えば、せいぜいこんなところだろう。

ジョニーがドアのそばにいるジャキに近づいて耳打ちする。おまえは近くまで飛んでいって聞き耳を立てる。「今すぐここから出ろ、お嬢ちゃん。このギャラリーはじき灰になる」

「オッケー」と、ジャキは言うけど、動かない。大臣の甥っ子の元彼女と付き合っているせいで気が大きくなっているのだろうか。いいや、あいつのことだから、きっと勝率《オッズ》など計算していなくて、だからこそあんなに堂々としていられるんだ。彼女は夜になるまでずっとそこに座っている。ギャラリーは大盛況で、人々は口々にこのMAとは何者だろうと尋ね合う。と、そこへ、拡声器を通したかのような甲高い声が響きわたるが、シリル・ウィジェラトネ大臣は拡声器など抱えてはいない。

大臣の片足は包帯でぐるぐる巻き、片方の腕にはギプスがはめられている。車椅子に乗っていて、それを押すのはカシム警視だ。警視は爆弾テロからこのかた残業続きと見える。カシムが隅っこに座るジャキを見つけると、ジャキもカシムに気づく。ジャキは「ごめんね、何か約束した気がするけど全部忘れちゃったの。スタンリーも死んじゃったし」とでも言いたげに、カシムをじっと見つめる。あいつが本当に言いたいのは「助けてくれてありがとう」ということだが、身振りだけでそれを伝える自信がない。やがて、カシムは目を逸らし、大臣を前に押していく。

大臣は弱った体を震わせながらのたまう。「紳士淑女のみなさん、さる情報機関からの警告を受け、本日午後九時に外出禁止令が宣言されます。できるだけ速やかな帰宅を推奨します」

最初はしゃべり声、それから悲鳴、続いてパニックが起こって、狭い入り口に客が殺到する。コロンボ10の市場《バザール》もかくやの押し合いに、コロンボ7のバブルは今にも弾けそうだ。彼らには車椅子と並んで歩く大臣に取り憑く悪霊《ミニスターーズ・デーモン》の姿は見えない。やつはおまえにウィンクして、うなずいてみせる。

軍人でも警官でもない男たちが出口の警備に就くと、大臣はカシムに車椅子を押させて、写真展を見て回る。大臣が一枚の写真に目を留め、指をさし、カシムは黙ってそれを壁からはずす。死んだジャーナリスト、拉致された活動家、袋叩きにあった僧侶の写真が、爆発した飛行機、死んだ村人、熱狂する暴徒とともに壁から消えていくのを、おまえは静かに見守る。

膝いっぱいに額縁をのせて大臣が去ると、霊魂たちも去っていく。おまえに敬意を払ってのことか、退屈したせいかはわからない。かくしておまえは空白だらけの壁の前に独り取り残される。死んだ観光客たちが上階の〈アーツセンター〉のジュークボックスをガンガン叩く音がして、流れだすのは、おまえの親父《ダダ》がこよなく愛し、そのせいでおまえが嫌わざるをえなかった曲。かの偉大なる哲学者ケネス・レイ・ロジャース（カントリー歌手のケニー・ロジャースのこと）の「ザ・ギャンブラー」だ。

残った写真はどれも五通あった封筒のうちの同じ一通に入っていたものだ。写っているのは夕焼けと日の出、茶畑が絨毯を織り成す丘陵と水晶を敷きつめたような砂浜、センザンコウにクジャク、ゾウの親子、そしてイチゴ畑を駆けまわる美しい青年と愛すべき娘。封筒の名は「パーフェクト・テン」、そこに収められた写真は自分の作品からはめったに得られなかった喜びをおまえに与えてくれる。

写真はすべて白黒だが、色鮮やかなロイヤルフラッシュみたいに光り輝いている。愚か者と野蛮人だらけだが、この島は美しい。そして、おまえが撮ったこれらの写真がおまえのいなくなったあとに唯一残るものだとすれば、それこそがとっておきの切り札《エース》ってやつかもしれないな。

死んだヒョウとのおしゃべり

「知るに値する唯一の神は電気」死んだヒョウがカウンターの前にすっくと立って、かぎづめのある手をおまえの記録簿の上にのせて言う。「電気こそが崇めるに値する真の魔法だ」

「おまえに電気の何がわかる？」と、おまえは言い、後ろに連なる列が強烈な屁でも食らったかのように一斉にのけぞるのを眺める。「それと、おまえはどうやってその……唇？ を動かさずにしゃべってるんだ？」

おまえはこのカウンターで過ごしたいくつもの月に数多の来訪者をさばいてきたが、動物界のメンバーを迎えるのはこれが初めてだ。おまえが記録簿を指さすと、けだものはすっと左にずれ、のせていた手をどける。記録簿を手に取って開くと、そこにはこう書いてある。


動物にも心はあります。

生きとし生けるものが心を持っているのです。


ヒョウはおまえを値踏みするような目で見る。驚いたのは、これまでに遭遇したたいていの死んだけだものたちと違って、その瞳が緑でも黄色でもないことだ。人類《サピエンス》によくあるように、茶色でも青でもない。白なのだ。「ヤーラの第三ブロックのキャビンに電気が通ったときには、感心したよ。夜ごと小屋の外に身を潜めて、蛍光灯の光をうっとりと眺めたものだ。野蛮なサルどもにこれだけのものが作れるのなら、自分には何ができるだろうと想像してな」

「ご用件は？」

「ホモ・サピエンスに生まれ変わりたい。力を貸してもらいたいんだ」

「そいつはおれの管轄外だな」

「ものを創り出すには道具が必要だ。その点、人間の肉体にはしかるべき機能が備わっている」

「うーん、力になれるかどうか」

「それなら、創造主に会わせてくれ。直接交渉してみるから」

「創造主なんておれは信じていない」

「馬鹿を言うな。食肉処理場の豚でさえ信じているぞ」

「たった独りでこの世のすべてを見守るなんて無理だって」

ヒョウは鼻を鳴らし、手を舐める。

「どうして創造主がおまえを見守ってなきゃならない？　創り出してもらっただけじゃ満足できないのか？」

ネコ科の動物を相手に答えに詰まるなど、そうあることではない。だが、ジャングル育ちのこの猫はおまえのカウンターをどんよりさせてきたたいていの元ホモ・サピエンスより広い心の持ち主のようだ。

「思うに、どんな生き物も自分たちが宇宙の中心だと考えているものなんじゃないかな」

「それは違う。われわれヒョウはそんなふうに考えていないぞ。なぜなら、われわれ自体が小宇宙なのだから」ヒョウが言う。「アリのコロニーの中にも宇宙はある。だが、それは宇宙の中心ではない」

「壮大な言葉を使って、ずいぶんとちっこいものの話をするんだな」おまえが言うと、ヒョウは子猫みたいに顔を赤らめる。

「昆虫の観察に多くの時間を費やしてきたんだ」

「この惑星を支配するのは人間ではなく昆虫だ、って言うもんな」

おまえは記録簿のページをめくり、そこに記された言葉をまじまじと見る。


終わらせたい会話に引き込まれてはいけません。

「昆虫には非凡な才能がある。それは疑いようがない。陸地にも水中にも、人類よりはるかに高い知能を持つ種がごまんといる」

「あのさ、今、ちょっと仕事が立て込んでて」

「だが、いまだ電球を発明した虫はいない」

このヒョウを追い払うのは容易ではなさそうだ。おまえは記録簿をさらにめくるが、役に立ちそうな助言は見当たらない。

「電球を発明したいのか?」

「わたしはいくつもの街を渡り歩き、おまえたちの暮らしぶりを観察してきた。人間は不快この上ない生き物だが、優れた点もそれなりにある」

「どうしてヒョウじゃダメなんだよ? この辺りじゃ、ジャングルの王なんだろ?」

「そのジャングルが消え続けてるってのに、王も何もあったものか」

「昔の知り合いにあんたみたいなことを言うやつがいたな」

「殺生をせずに生きようとしたこともある。だが、もったのは一カ月だ。ひどい話さ。わたしは野蛮なけだものだ。相手をまともに思いやれるのは人間だけ。残虐なことをせずに生きられるのは人間だけなんだよ」

「草食動物は違うのか?」

「ウサギには選択の自由がない。だが、人間にはある。そいつを味わってみたいんだよ」

「味わうってほどのもんじゃないぞ」

「誰もが食われないために汲々としている。そんな食物連鎖から、いっとき逃れてみたいんだ」

「あんたはその……〈耳の検査〉は受けたのか?」

「もちろんだ」

「人間より野蛮な動物はいないぞ」

「百も承知だ。だが、たいていの悪には自浄作用がある」

「人間になったら、ヒョウだったことは忘れちまうぞ」

「よくそれでこの仕事が務まるな。あんたは何もわかってない。忘れることなどひとつもない。記憶の置き場所を思い出せないだけなんだ」

「おれたち、立場を交換したほうがよさそうだな」おまえは言う。

「まさにそう提案しようと思っていたところだ」

「ほとんどのサピエンスは自分に失望している。気をつけるんだな、もし……」

「はいはい。その話は前にも聞いたよ。それでも、おまえたちはワイヤー数本とスイッチで明かりを創り出すことができる。自分のチャンスに賭けてみるよ」

「選べるかどうかはわからないぞ」

「ああ、それについては心配無用だ。誰にでも選ぶ機会は与えられる。もしも人間に生まれ変わるのが無理ならば、今度は女王バチの賢さとシロナガスクジラの心と野蛮なサルの親指を持ったヒョウにしてくれ。他の指と向かい合わせにできる親指は電球の取り付けに欠かせないからな」

煙に巻かれつつも、おまえは記録簿を開き、そこに記された指示を読む。

おまえはDDのこともかつておまえを撫で回した男たちのことも考えないまま、いくつもの月を過ごす。祖国の内戦の行方も追い切れなくなるが、大義からかけはなれた確執と化したことだけはわかっている。ドライバーマッリはセーナの一味に加わったと聞いた。そのセーナは軍勢を率いて北上したのち、インドの首相暗殺を企てたのを最後に、消息を絶った。それからしばらくして、おまえが自分の名前を聞いたのは、お気に入りの墓地のお気に入りのマーラの木の上に座っていたときのこと。それはよれよれの葉っぱみたいに風に舞いながら飛んできたんだ。

「マーリンダ・アルメイダ。わたしの親友だった人」

おまえはその風をつかまえて、そのまま虚空に放りだされる。気がつくと、ゴール・フェイス・コートのかの有名なテラスにいるが、そこは驚くところじゃない。

短パン姿のジャキは髪を短く刈り上げていて、コードのない電話に向かってしゃべっている。

「あの人に会ったことはある？」

受話器の向こうから戸惑った声がする。発音から察するに、相手はアメリカ人のようだ。「すみません、なんのことだか」

「あなた、トレイシー・カバラナでしょ？」

「どこでこの番号を？」

「去年、あなた宛てにスリランカから写真の包みが送られてこなかった？」

「父はスリランカ人でしたけど、何年も前に亡くなりました。義理の兄のことは何も知りません。母は彼の名前を絶対に口にしなかった。わたしは包みを開けていません」

「その写真を買い取らせてほしいの。一枚残らず全部」

「どこにあるのかわかりません。もう捨てられちゃったかも」

「あの人、あなたのことが可愛くてしかたないみたいだったよ、トレイシー」ジャキがポーカープレイヤーばりの嘘をつくが、だからと言って、彼女の言ったことが事実に反するわけではない。

「ごめんなさい。今ちょっと手が離せなくて。もう切らなきゃ」

ガチャン。

ジャキは悪態をつき、ビーンバッグソファにひっくり返る。ラディカ・フェルナンドは同じように短く刈った髪を撫でつけ、首を横に振る。

「写真、持ってるって？」

「約束したとき、あの子まだほんの子どもだったんだよ。マーリったら何考えてたんだか」

「あの人、前にあたしに言ったんだ。あなたは愚かにも自分に恋しちゃってるんだって」ラディカが言う。ニュースを読むときの声はどこかに消えている。

「いつの話？」

「あなたのフラットに集まった夜。あたしたちが初めてキスしたときだよ。あなたにタミル人のいい男を紹介してやってくれって頼まれたんだ」

「なのに、あなたは真逆のことをしたんだね」ジャキは言い、頭皮に指を滑らせる。

ラディカは写真の入った額を二枚手に取って、ジャキの膝の上にのせる。

「これ、そろそろ片付けてもいいんじゃない？」

「どうして？」

「何度言わせんの、ジャキ？　あたしにここに越してきてほしいんじゃないの？」

「一枚だけ取っておいちゃダメ？」

「ダメ」

「どうしてよ？」

「あの人じゃなくて、あたしを見ていてほしいから」

写真はどちらも〈ライオネル・ウェント〉での写真展からくすねてきたものだ。一枚はクルネーガラの巨石を見渡すツリーハウスで撮った、おまえとジャキのツーショット。女王クヴェニはその巨石から身を投げて、あとには呪いだけが残った。もう一枚は四つの死体をとらえた写真で、おまえはそれを崩壊したビルの屋上から撮ったんだ。女とその赤ん坊、眼鏡の老人、雑種犬。それぞれの死体の周りには榴散弾の破片が散乱しているが、彼らの命を奪ったのは榴散弾ではない。

ジャキがうなずくと、ラディカは写真を二枚とも箱に入れ、どこかへ持っていってしまう。ジャキはため息をついて目を閉じ、おまえが告げたさよならは彼女には聞こえない。

・・

〈誕生の川〉にヒョウを連れていったとき、ラーニー博士はそこにいない。おまえは一番弱い風に乗るが、三本のアルジュナの木は見つからない。川はがらんとして静かで、漂う者の姿もない。

ヒョウは不満げにうなり、水辺の木をかぎづめで引っ掻く。「ナマケグマだっておまえよりは賢いぞ」

「こっちはあんたの助けになろうとしてるんだ。ちょっとは口を慎んだらどうだ？」

「助けになっているのはわたしのほうだと思うがね」

「なんとでも言え」

「ウダワラウェにいた頃、次なるブッダの到来を予言するゾウに会った」

「で、いつだって？」

「あと二十万回月が昇るまでは来ないとさ」

「たいした予言だな」

「鏡に棲む魔物にも会った。鏡に映った自分を眺める人間を眺めるのがそいつの趣味でな」

「そりゃ面白そうだ」

「平和主義者のワシにも会ったぞ。そいつはネズミを狩るのを拒んで、ひな鳥たちを飢え死にさせてしまった」

「おれの会った冷血な人殺しの大半が殺しは嫌いだと言ってたな。どうせ口からでまかせだろうが」

「おまえたち人間のことはずっと見てきた。生きていた頃も、幽霊になってからも。どうしても理解できないのが、人間はなぜ自分たちが創り出したものを破壊してしまうのか、ということだ。なぜそんな無駄な真似をする？」

「あった、あった。アルジュナの木が一、二……三本。三本目の正面に飛び込めば、川がおまえを運んでくれる」

「どこへ？」

「おまえが行くべき場所に」

「人間になれるのか？」

「正しい飲み物を選べば、なれるかもな」

ヒョウはおそるおそる岸に近づくと、流れに手を浸す。

「ヒャッ、冷て。なあ、おまえもいっしょに飛び込まないか？」

「おれは生まれ変わるのはごめんだ」

「どうして？」

「来世はヒョウかもしれないだろ？」

「聞かなかったことにしてやるよ。だが、本当にこのままずっとあのカウンターにいるつもりか？」

「それも悪くない。変わったやつらに会えるからな」

「いっしょに跳ぼうぜ」

「あんた、変装したラーニー博士かよ？」

「誰だって？」

そこで、おまえはラーニー博士とセーナとスタンリーとDDのこと、それから、ベッドの下の箱のことをヒョウに話して聞かせる。ヒョウは枝に座って耳を傾け、いつのまにか空高くには月が昇っている。

月は弓なりで、もしも今でもおまえの折れた首に壊れたニコンがかかっていたら、ぜひとも写真に残したい姿だ。けど、現実にはそうは行かないから、おまえは瞬きをして、自分がそうするところを思い描く。

ヒョウはうなずき、しっぽを振って、水に飛び込む。そして、その刹那、空には月があって、おまえははっと気づくんだ。語るべきことはもう何もないし、話すべき相手ももういない。これは単純な事実で、落ち込むことでも喜ぶことでもない。

だから、おまえは跳ぶ。

跳ぶ瞬間、おまえは三つのことを知る。

一つ、まばゆい〈光〉はおまえの目をさらに大きく見開かせる。二つ、おまえは同じ飲み物を選ぶが、連れて行かれるのは新しいどこかだ。そして三つ、そこにたどり着いたとき、おまえはすべてを忘れているだろう。

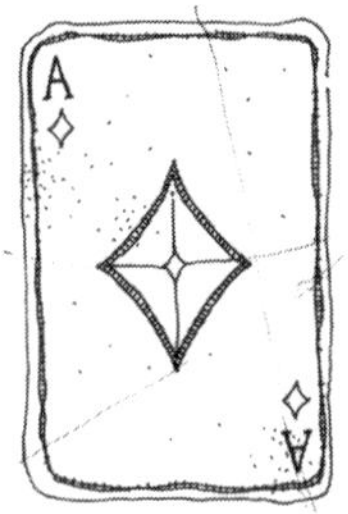

謝辞

アーディル・アジズ、アフタブ・アジズ、アムリット・ダヤナンダ、アンディ・シューベルト、アニタ・プラタープ、A・R・L・ウィジェセケラ、アローシャ・ペレーラ、アルン・ヴェランダヴェープレマティレケ、A・S・H・スマイス、チャナカ・デ・シルヴァ、チキ・サルカール、チューラ・カルナティラカ、コーマック・マッカーシー、デヴィッド・ブラッカー、ダーヤ・パティラナ、デシャン・テネクーン、ディレシュ・テヴァナヤガム、ディヤ・カール、ダグラス・アダムス、イーリッド・ペレーラ、アーネスト・ライ、ファイザ・スルタン・カーン、ジョージ・ソーンダーズ、ハウ・パー・ヴィラ、アイマル・デサ、ジット・テイル、ジェハン・メンディス、カート・ヴォネガット、ラクシュマン・ナダラージャ、レーディヒ・ハウス、マーク・エリンガム、マリッサ・ジャンツ、メルー・ゴーコレー、マイケル・メイラー、ナンダデヴァ・ウィジェセケラ、ナターシャ・ジンワラ、ナレーシュ・ラトワッテ、ナイジェル・デ・ジルワ、パイキアソシー・サラワナムットゥ、パッツィ・デ・シルヴァ、フィリップス・ヒュー、ピアーズ・エクレストン、プラサド・ペレイラ、ラジャン・フール、ラジーヴ・バーナード、ラジニ・ティラナガマ、ラムヤ・チャマリー・ジラシンゲ、ラヴィン・フェルナンド、リチャード・デ・ゾイサ、ローハン・グナラトナ、ロヒタ・ペレーラ、ローシャン・デ・シルヴァ、ラッセル・テネクーン、シャナカ・アマラ

シンゲ、スムリティ・ダニエル、スタンリー・グリーン、ステファン・アンドレ・ヨアヒム、ステ
ィーヴ・デ・ラ・ジルワ、スティーブン・チャンピオン、スニタ・テネクーン、トレイシー・ホル
ジンガー、ヴィクトル・イヴァン、ウィリアム・マクゴーワン、www.existentialcomics.com、www.
iam.lk、www.pinterest.com に。

ナタニア・ジャンツ、エランガ・テネクーン、ラリット・カルナティラカ、カニシカ・グプタ、
マーナシー・スブラマニアム、デヴィッド・ゴドウィン、アンドリュー・フィデル・フェルナンド、
ゴヴィンド・ダール、ウェンディ・ホルジンガー、ジャン・ラメッシュ・デ・ショーニング、モハ
メッド・ハニフに特別な感謝を。

『マーリ・アルメイダの七つの月』はフィクションである。登場する人物は架空だが、本書に描か
れる時代（一九九〇年）に活動していた政治家など一部の人物は実名で言及されている。

訳者あとがき

一九九〇年、内戦に揺らぐスリランカ最大の都市コロンボ。戦場カメラマンにしてギャンブラー、クローゼットのゲイにして無神論者のマーリ・アルメイダは不慮の死を遂げ、冥界で目を覚ます。なぜ死んだのかは記憶にない。だが、彼にはやり残した仕事があった。秘蔵のスクープ写真を公開することで、腐敗した政権を倒し、長引く祖国の内戦を終わらせるのだ。冥界の役人から与えられた猶予は七日間。その間に自らの死の謎を突きとめ、愛する人たちを写真のありかに導かなければならない。物語は冥界と下界、過去と現在、さらには歴史小説、ゴーストストーリー、フーダニット、タイムリミットサスペンス、ロマンティックコメディといったジャンルの枠さえ跳び越えて、青年の愛と正義を賭けた七日間に並走する。

スリランカ出身の作家シェハン・カルナティラカが英語で執筆した本書『マーリ・アルメイダの七つの月 *The Seven Moons of Maali Almeida*』は二〇二二年のブッカー賞を受賞した。選考委員長でナショナル・ギャラリーや大英博物館の館長を歴任したニール・マクレガー氏によれば、「野心的な題材」、「可笑《おか》しくて奇抜な語りの妙」が高い評価を集めたという。さらに、マクレガー氏は本書が高い娯楽性と深い哲学性を兼ね備えている点に着目し、「読者は血で血を洗う内戦下のスリランカにいざなわれ、人間社会の闇を突きつけられるが、同時にそこに優しさや美しさ、愛と正義、あらゆる命を肯定することの価値を見出す」とも指摘する。こうした二面性（あるいは多面性と言ってもいいかもしれない）は本書を語る上でのキーワードになると訳者も感じている。主人公マーリの人物像もまた、矛盾に満ちた二面性を持って描かれる。「〝敬虔な無神論者〟にして皮肉屋でありながら、ジャーナリズムの力をほとんど宗教的と言えるまでに信じている（ロサンゼルス・タイムズ紙）」マーリは自虐ネタを繰り出しては、あっけらかんと開き直る、弱さと図太さを併せ持つ愛すべきキャラなのだ。

語りの妙としては、全編「おまえ（You）」という二人称を用いた点が挙げられるだろう。マーリに呼びかけているのが誰なのかについては、読者それぞれの解釈に委ねたいが、訳者はこの「おまえ」という呼びかけが、あたかもVRゴーグルのような働きをして、主人公との一体感や作品世界への没入感を高めてくれるように感じた。生と死、肉体と霊魂、西洋と東洋など、さまざまな対立する概念が交差して織り成す、この万華鏡のようなめくるめく物語を楽しんでいただけたらと思う。

本書はもともと二〇二〇年にインドで *Chats with the Dead*（死者とのおしゃべり）のタイトルで出版された。英国での刊行にあたって、改題されるとともに、スリランカの歴史や文化になじみのない読者にもわかりやすく読めるよう修正が加えられた。それでも現地の言葉がぽんぽん飛び交い、聞き慣れない地名や人名、料理の名前などが随所に出てくるから、読者はあたかもコロンボの喧噪に放り込まれたかのような感覚を味わうだろう。邦訳に当たっては、あまりうるさくならない範囲でルビや注による説明を補足した。また、登場する組織の名称や対立関係については、上巻四十一頁に、主人公が米国人記者に渡した「カンニングペーパー」の形で解説されているので、こちらを参照しながら読むのもおすすめだ。背景のさらなる理解のため、以下にスリランカの概要と歴史をまとめるが、読みながらピースをつなぎ合わせていくのも読書の醍醐味だと思うので、本編を未読の方は飛ばしていただいてもかまわない。すでに読み終えた方には、復習のつもりでお付き合いいただけたらと思う。

スリランカはインドの南に位置するセイロン島と北西部の小さな離島から成る島国だ。外務省ウェブサイトによれば、二〇二一年現在、人口は約二千二百十六万人。うち約七十五％がシンハラ人で、その大半が仏教徒、約十五％がタミル人で、多くがヒンドゥー教徒である。残る十％をイスラム教徒のムーア人やヨーロッパ系の植民者の血を引くバーガー人などが占める。先住民族のヴェッダ人も少数ながら今も山間部に暮らしている。

セイロン島に最初に王国を築いたのは、紀元前五世紀に北インドから移り住んだシンハラ人だと言われている。ただし、この建国の神話は学問的に証明されたものではなく、近年の研究によれば、十九世紀に至るまで南インドから移住したタミル人のほうが数の上では勝っていたとも指摘される。とは言え、長年の間、両民族は大きな衝突もなく共存してきた。この状況に変化をもたらすきっかけとなったのが、ヨーロッパによる植民地化だ。十六世紀にはポルトガルが、十七世紀にはオランダが、さらに十八世紀にはイギリスがセイロン島に侵攻。イギリスによる全土支配は第二次世界大戦後の一九四八年、セイロンがイギリス連邦内の自治領として独立するまで続いた（国として完全独立し、シンハラ語で「輝ける島」を意味するスリランカに改称したのは一九七二年のことである）。植民地時代のキリスト教教育や英語の公用語化は、その反動として「スリランカはシンハラ人のもので、真のシンハラ人は仏教徒である」とするシンハラ・ナショナリズムと呼ばれるイデオロギーを形成・拡大させた。さらに、独立直後から一九七〇年代にかけて、シンハラ人のエリート層が要職を占める政府は「シンハラ・オンリー政策」を推進。シンハラ語の公用化や仏教保護政策によってシンハラ人を優遇するいっぽうで、タミル人の市民権をはく奪する。これに反発したタミル人の間で分離独立運動が興り、過激派は武装組織を結成、国内での反政府テロ活動を激化させた。その代表格が一九七六年設立の〈タミル・イーラム解放の虎（LTTE）〉である。そして一九八三年七月、北部の都市ジャフナでシンハラ人兵士十三名がタミル人に殺害されたことが引き金となって、コロンボなどの都市部でシンハラ人暴徒が多数のタミル人を虐殺、以後LTTEと政府軍は泥沼の内戦に突入する。

一九八七年になると、スリランカ政府の要請を受けたインドが平和維持軍を派遣し、LTTEとの仲介に乗り出す。今度はこれが共産主義を掲げるシンハラ・ナショナリズム過激派、人民解放戦線（JVP）を刺激。JVPは反インド・反政府を表明して中部や南部で暴動を起こし、その結果、指導者ローハナ・ウィジェウィーラが一九八九年に殺害されるまでの二年間に、無辜《むこ》の市民も含め二万人以上が政府による弾圧の犠牲となった。

つまり、本書で描かれる一九九〇年前後は、政府軍、LTTE、JVPという三つ巴のテロ、報復合戦により、スリランカが混迷をきわめた時期なのだ。その後も政府軍とLTTEの戦闘は激化し、この内戦は二〇〇九年五月、政府軍がLTTEの最高指導者ヴェルピライ・プラバカラン（本書ではおもに「スープレモ」の名で呼ばれる）を殺害して、勝利宣言を出すまで四半世紀にわたって続いた。総死者数はじつに十万人を超えたとされる。また、島はその間の二〇〇四年末に、沿岸部を中心に三万人余りの犠牲者を出したスマトラ沖地震によるインド洋大津波にも見舞われている。内戦が終わったのちも、長い戦渦で荒れ果てた北部・東部の戦闘地域と都市部との地域格差は広がったままで、シンハラ人とタミル人の真の和平が課題として残された。

その後、国内情勢の安定により、成長を加速させたスリランカだが、現在は深刻な経済危機に陥っている。原因は慢性的な貿易赤字、財政政策の失敗に加え、コロナ禍による観光収入の激減だ。二〇二二年には政府に対する国民の不満が爆発、暴動が発生して大統領が国外逃亡し、首相が国家破産を宣言する事態となった。そんな中でのカルナティラカのブッカー賞受賞は、暗雲垂れ込めるスリランカにひときわ明るいニュースをもたらしたと言えるだろう。

シェハン・カルナティラカは一九七五年生まれ、コロンボの英語を話す中流家庭に育ち、ニュージーランドの高校、大学を卒業。フリーランスのコピーライターとして活動するかたわら、二〇一〇年刊行の長編第一作 *Chinaman: The Legend of Pradeep Mathew* で、旧英国領の優れた小説に与えられるコモンウェルス賞を受賞した。これは酒浸りの元スポーツ記者が失踪した伝説のクリケット選手を追うさまを、スリランカの政情や断絶した親子の物語をからめて描いたほろ苦くもファニーな風刺小説で、英国のクリケット年鑑『ウィズデン』による「クリケット本のオールタイムベスト」では第二位に選ばれている。

デビュー作にして一躍注目を集めたカルナティラカだが、第二作の本書を刊行するまでにじつに十年のブランクがあった。インタビューでその理由を問われると、育児やコピーライターの仕事で忙しく、執筆の時間が思うように取れなかった、と答えているが、本書の構想自体は二〇〇九年の内戦終結直後にすでに生まれていたという。時代を一九九〇年に設定したのは「(当時の)悪者の大半がすでにこの世を去っているから」と冗談めかして語っているが、内戦が混迷をきわめた「記憶に残るかぎり最悪の年」だったことも大きな理由だろう。執筆を開始したのは二〇一四年で、その後いくたびもの推敲や出版社探しを経て、長らく温めてきた物語がようやく読者に届けられた。

主人公マーリ・アルメイダのモデルは、本編でも何度か言及されるジャーナリストで活動家のリチャード・デ・ゾイサであることが明かされている。一九九〇年にコロンボで拉致・殺害されたデ・ゾイサとマーリの共通点は多い。シンハラ人とタミル人の血が流れていること、JVPとのつながりを噂されていたこと、そして、クローゼットのゲイだったこと。当事者ではない作家がクィアな人物を描くにあたって、著者は「エンパシーとリスペクトとスキル」が欠かせないとし、コロンボに暮らす世代の異なる同性愛者に取材をし、先行作品を読み込んだうえで執筆に臨んだと語っている。一九九〇年前後はエイズが死に至る未知の病として怖れられ、同性愛とエイズを結びつけた差別が横行した時代だった。それゆえ本書には現代の感覚に照らせば怒りや悲しみを禁じえない差別的な表現が出てくるが、原文の意図を尊重し、そのまま訳出したことをお断りしておく。

実在の人物からヒントを得た登場人物は主人公マーリだけではない。冥界でマーリを導くラーニー博士のモデルは一九八九年に幼な子を遺して暗殺された医師でジャフナ大学解剖学部長のラジニ・ティラナガマ博士である。また、イスラエル人の武器商人二人組、ヤエル・メナヘムとゴーラン・ヨラムが映画監督メナヘム・ゴーランから名前を借りているのは、監督作『燃えよＮＩＮＪ

A』シリーズのタイトルが本文中に登場することからも明らかだ。

いっぽうで、政治家などの著名人が実名で登場するケースもある。「シンハラ・オンリー政策」を推し進めたS・W・R・D・バンダーラナーヤカがそのひとりで、冥界でマーリとからむ悪霊が生前彼のボディガードだったという設定になっている。また、「ラージャパクサの若造」などと言及される野党議員は、二〇〇九年の内戦終結時の大統領マヒンダ・ラージャパクサである（ちなみに、二〇二二年の経済危機で辞任・国外逃亡を余儀なくされたゴタバヤ・ラージャパクサ大統領はその弟にあたる）。とは言え、こうした背景を知らなくても、尻込みすることはない。むしろ、そのほうが、本書に描かれる腐敗を自分の知っている国、今住んでいる国などに自由に重ねて、痛烈な風刺をより痛烈に味わえるかもしれない。どこまでが真実でどこからが虚構なのか、想像をめぐらせてみるのも本書の楽しみ方のひとつだろう。

さらに、この虚実ないまぜの物語が東西の宗教や神話から自由にエッセンスを取り入れていることにも触れておきたい。冥界最強の悪霊マハカーリーは、ヒンドゥー教の破壊と死を司る女神カーリーからビジュアルの一部と名前を借りている。また、本書で〈はざま〉と呼ばれる死後の世界はチベット仏教で死者が次の生を受けるまでの間に過ごすとされるバルドゥ（中有《ちゅうう》）と重なるし、〈はざま〉と〈光〉をつなぐ〈誕生の川〉はギリシャ神話に登場する冥府を流れる忘却の川レテを想起させる。ここにも、まさにマッシュアップとも呼びたい多面性が見られるのだ。

本書は海外の書評などでは『真夜中の子供たち』のサルマン・ラシュディや『百年の孤独』のガブリエル・ガルシア゠マルケスといったマジックリアリズムの流れを汲む作品として紹介されるこ

とが多い。著者自身、ラシュディやマルケスを愛読し、強く影響を受けたことを認めているが、マジックリアリズムという括りには特にこだわりはないとしている。あえて本書をジャンル分けするなら、「殺人《マーダー》ミステリーであり、ゴーストストーリーだ」と言い、「核心にあるのは、三角関係を描いたロマンスだ」とも語っている。たしかに、マーリを慕う親友ジャキの切ない恋心やマーリがジャキに寄せるかけがえのない友愛の情は本書の白眉と呼びたい美しさで描かれる。

そのうえで、著者は敬愛する作家として、本書にもオマージュが登場する『銀河ヒッチハイク・ガイド』のダグラス・アダムス、『十二月の十日』のジョージ・ソーンダーズらを挙げているが、影響の大きさで言うなら、カート・ヴォネガット抜きには語れない。著者は本書の語りの特徴である毒のある笑いを「絞首台のユーモア gallows humour」と表現し、絶望的な状況を笑い飛ばすスリランカ人のたくましい心性と重ね合わせているが、こうしたユーモアは最愛の作家ヴォネガットから学んだものでもあるのだ。なお、ブッカー賞のウェブサイトでは、著者が「カートおじさん」への愛を熱く語った記事が読める。

また、全編にちりばめられた音楽や映画へのオマージュも、本書の読みどころのひとつである。訳者はマーリよりはだいぶ年下だが、著者より少しお姉さんの、八〇年代にティーンエイジャーとして洋楽や洋画に親しんだ世代だ。訳出中は、U2やジョン・レノンのヒット曲の歌詞や映画『カラテ・キッド（邦題：ベスト・キッド）』のもじり、『ブレードランナー』の名セリフなどを発見し、たびたびニヤリとさせられた。元ネタに言及するのは無粋なことと承知しているが、日本語に訳すと引用であることがわかりづらい場合には、適宜ルビや注を入れた。訳者が気づいていないオマージュもまだまだ隠れているにちがいない。ぜひ探してみてほしい。

著者の最新作は *The Birth Lottery and Other Surprises* というタイトルの短編集で、すでにインドでは刊行され、英国でも近く刊行の予定だ。birth lottery（生まれたときに引くクジ）とは本書にも何度か登場する表現だが、最近日本でよく言われる「親ガチャ」とも重なるところがあるかもしれない。収められているのはどれもスリランカにまつわる物語だが、SFあり、フラッシュフィクション（超短編）あり、さまざまな形式やヴォイスを試行した、著者いわく「コンピレーション・アルバムのような」作品集だということだ。

シェハン・カルナティラカが作家であると同時に文学をはじめとするさまざまなカルチャーの愛好者《ファン》だとするなら、訳者もまた翻訳者である以上に無類の本好きを自認する者だ。この愛すべき物語に向き合う時間は、翻訳者としても一ファンとしてもこの上なく幸せだった。本書を訳す機会をくださり、また、ともに本書を読み解いてくださった担当編集者の町田真穂さんに心より感謝したい。

最後になったが、スリランカという国をより深く知るため、また、本稿でスリランカの歴史をまとめるにあたって、次の書籍を参考にさせていただいた。この場を借りて著者のみなさまにお礼を申し上げます。

『スリランカを知るための58章』杉本良男、高桑史子、鈴木晋介編著、明石書店（二〇一三年）
『スリランカ現代誌　揺れる紛争、融和する暮らしと文化』澁谷利雄著、彩流社（二〇一〇年）

『地球の歩き方スリランカ　2020〜2021年版』「地球の歩き方」編集室著作編集、学研プラス（二〇一九年）
『ぼくは6歳、紅茶プランテーションで生まれて。――スリランカ・農園労働者の現実から見えてくる不平等』栗原俊輔著、合同出版（二〇二〇年）
『スリランカ古都の群像』廣津秋義著、南船北馬舎（二〇一〇年）

山北めぐみ

二〇二三年九月

シェハン・カルナティラカ

Shehan Karunatilaka

1975年生まれ。作家。スリランカのコロンボに育ち、ニュージーランドの高校、大学を卒業後、フリーランスのコピーライターとして活動。2010年刊行の初長編作品『*Chinaman: The Legend of Pradeep Mathew*』が旧英国領の優れた小説に与えられるコモンウェルス賞を受賞。2022年、長編第２作である本書を刊行。ブッカー賞を受賞し、内戦下のスリランカの闇を皮肉とユーモアをもって描いた傑作として世界的に高く評価された。

山北めぐみ（やまきた・めぐみ）

翻訳者。東京都生まれ。大学では詩の創作を学ぶ。おもな訳書にフェリシア・ヤップ『ついには誰もがすべてを忘れる』、ダイアン・レイク、デボラ・ハーマン『マンソン・ファミリー　悪魔に捧げたわたしの22カ月』、マーゴット・リー・シェタリー『ドリーム　NASAを支えた名もなき計算手たち』（以上ハーパーコリンズ・ジャパン）などがある。

マーリ・アルメイダの七つの月　下

2023年12月20日　初版印刷
2023年12月30日　初版発行

著　者　シェハン・カルナティラカ
訳　者　山北めぐみ
装　画　山口洋佑
装　丁　川名潤

発行者　小野寺優
発行所　株式会社河出書房新社
〒151-0051　東京都渋谷区千駄ヶ谷 2-32-2
電話　03-3404-1201（営業）03-3404-8611（編集）
https://www.kawade.co.jp/

組　版　株式会社創都
印　刷　株式会社亨有堂印刷所
製　本　小泉製本株式会社

Printed in Japan
ISBN978-4-309-20896-1